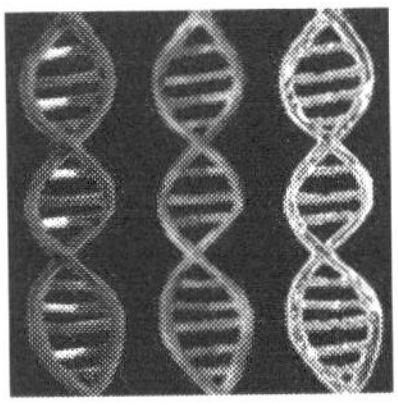

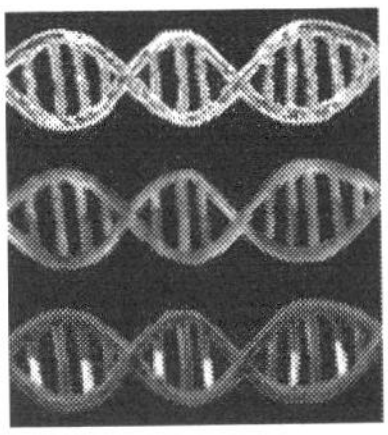

Gênese do processo tradutório

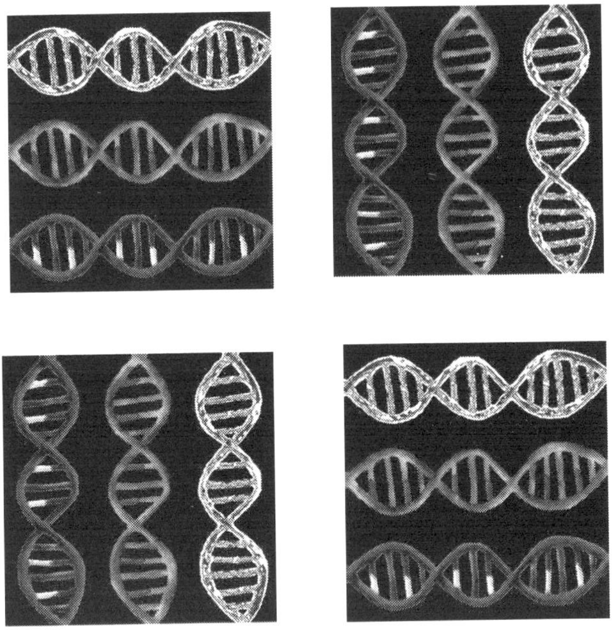

Sergio Romanelli

EDITORA
HORIZONTE

Editora
Eliane Alves de Oliveira

Capa
Editora Horizonte

Diagramação
Palatino 10/14

Impressão
PSI7, junho de 2013.

Papel
Pólen 70g

Este livro contou com o apoio da CAPES e do CnPq.

Dados Internacionais de Catalogação na Publicação (CIP)

Gênese do processo tradutório : Sergio Romanelli. – Vinhedo, Editora Horizonte, 2013.

ISBN 978-85-99279-53-3

1. Crítica genética 2. Tradução - crítica genética 3. Rina Sara Virgillito - processo de tradução - Emily Dickinson 4. Autoria I. Sergio Romanelli

CDD 400:410:800

Editora Horizonte
Rua Geraldo Pinhata, 32 sala 3
13280-000 – Vinhedo – SP
Tel: (19) 3876-5162
contato@editorahorizonte.com.br
www.editorahorizonte.com.br

Shall I take thee, the Poet said
To the propounded word?
Be stationed with the Candidates
Till I have finer tried -

The Poet searched Philology
And when about to ring
For the suspended Candidate,
There came unsummoned in -

That portion of the Vision
The Word applied to fill.
Not unto nomination
The Cherubim reveal -
Emily Dickinson

Sumário

Lista de abreviaturas e siglas

ASF – Arquivo do Estado de Florença

FV – Fundo Virgillito

Apresentação

O livro que nos apresenta Sergio Romanelli é fruto de uma pesquisa cujo desenvolvimento ocorreu entre a Itália e o Brasil. Em um primeiro momento, o autor reconstitui a trilha teórica que guiou seus passos na pesquisa que durou mais de dez anos e que, talvez, ainda não esteja encerrada, tendo em vista a densidade do material genético disponível.

Se, por um lado, o recurso teórico se embasa nos Estudos Descritivos da Tradução e na Teoria dos Polissistemas, por outro lado, Romanelli adentra um campo novo, o campo da Crítica Genética. Para isso, o autor logo reivindica o Novo Paradigma da Ciência, delineado pela especialista em estudos sistêmicos, Maria José Esteves. Eis uma perspectiva instigante, pois se trata de adotar uma nova visão do mundo, o que implica estar disposto a levar a reflexão para além dos padrões. Em outras palavras, implica se arriscar, ter coragem de adentrar novas abordagens e propor novos resultados de pesquisa. É o que faz Romanelli, quando interliga de forma transdisciplinar, Tradução Literária e Crítica Genética.

A característica da Crítica Genética é de não se constituir em uma teoria, mas em uma metodologia, em um conjunto de etapas, detalhadas e precisas, a serem aplicadas ao objeto de estudo, a fim de torná-lo legível e analisável. Um objeto de estudo, também novo, instável e que não existe antes de ser organizado pelo pesquisador que nele se debruça. Seu nome tem forma de oximoro, Manuscrito Moderno, e coloca os estudos de Gênese literalmente em destaque.

Nesse livro, o objeto singular estudado concerne aos documentos de processo da poetisa e tradutora Rina Sara Virgillito, conservados no Arquivo Nacional de Florença. É um material prolixo e denso que, certamente, obrigou o pesquisador a um trabalho organizacional e analítico de extrema minúcia. De fato, o propósito da pesquisa, ao seguir os rastros escriturais, cobrindo centenas de fólios, era reconstituir um processo criativo e, sobretudo, evidenciar que essa escritura criativa tradutória dos poemas de Dickinson se igualava, no seu processo, à escritura criativa dos poemas de Virgillito. Isto é, que provinha de um sujeito único que se firmava e se afirmava à medida que se textualizava a escritura literária em ambos os processos. Apresentando essa conclusão, Romanelli adere à linha de pensamento que considera o tradutor um escritor e um criador. Recordemos as palavras do autor: "os manuscritos revelaram um *modus operandi* de um tradutor de poemas, que é similar ao *modus operandi* do poeta".

Essa nova visão, nova abordagem, novo objeto de estudo, culminam em novas práticas que visam evidenciar, a partir dos rastros que deixou em seus documentos de processo, o sujeito criador no seu ato escritural. De fato, ao reconstituir o percurso criativo de Vergillito, Romanelli torna evidente a passagem, tanto da poetisa quanto da tradutora, por diversas fases, etapas de construções, de criações, imbuídas de dúvidas, de questionamentos, de dilemas, de escolhas possíveis. Portanto, na análise de um manuscrito de escritor e/ou de tradutor, o pesquisador se depara com um sujeito que existe no seu fazer escritural e criador, o que invalida o preconceito crítico que se obstina a reduzir o tradutor a um mero intermediário entre duas línguas, a um instrumento transparente desprovido de capacidade criativa. Eis o ponto nevrálgico discutido por Romanelli quando afirma que procurou "colocar em relevo a qualidade e a validade do trabalho criativo do tradutor. Dar-lhe visibilidade, mostrar como seu labor se desenvolve ao longo de anos".

O recurso idôneo para colocar em relevo essa faceta do tradutor é adentrar seu laboratório, pois é lá que se encontram os vestígios de um trabalho árduo. E isso somente é possível pelo viés da abordagem genética.

Então, só podemos acolher com entusiasmo a incursão de Romanelli nessa margem genética, pois não temeu, não vacilou ao se aventurar nessas veredas sempre bifurcadas e instáveis dos caminhos plurais da criação.

Marie-Hélène Paret Passos

Introdução

Os Estudos Descritivos da Tradução de Gideon Toury (1980) e José Lambert (1985), a Teoria dos Polissistemas de Even-Zohar (1990) e a Crítica Genética pertencem ao que Esteves (2003) chama de *Novo Paradigma da Ciência*. As três dimensões nas quais ele se fundamenta são: complexidade, instabilidade e intersubjetividade. Apoiando-se nas teorias dissipativas do físico Prigogine (1980), esse paradigma considera todo sistema como complexo e aberto, sustentando, ainda, que não existe uma realidade científica independente do observador.

As Teorias Descritivas, assim como a Crítica Genética, rejeitam as teorias linguísticas e literárias prescritivas, positivistas e estruturalistas. O que interessa, de fato, é detectar as leis que governam a diversidade e a complexidade dos fenômenos, não registrá-los e classificá-los simplesmente. As duas teorias não partem de pressupostos e julgamentos *a priori*, não consideram válido somente o texto *final* (por sinal, ambas questionam os conceitos de texto acabado, fidelidade, autor, texto original), mas querem considerar as diferentes condições nas quais um autor trabalha e o que pode influenciá-lo.

Além disso, ambas valorizam o processo, e é privilegiado em relação ao produto considerado *final*; também analisam os fatos recorrentes no processo tradutório e, a partir daí, procuram detectar as normas de vários tipos (institucionais, literários, da própria poética do autor), que guiam as estratégias de criação do autor.

Assim, na perspectiva desse novo paradigma do pensamento sistêmico e, adotando a metodologia elaborada pela Crítica Genética, apresento aqui o processo de tradução sob a perspectiva da Crítica Genética. Desejo, dessa forma, remontar ao processo de criação de um tradutor por meio da análise do prototexto que pode levar ao texto considerado *final*. Pretendo também mostrar como a Crítica Genética, com a sua metodologia de pesquisa, pode auxiliar a teoria da tradução ao buscar reconstituir as estratégias de trabalho do tradutor. Acredita-se poder demonstrar, então, como pela análise dos manuscritos de um autor, observando as suas rasuras, cartas, anotações, seus rascunhos, jornais, livros, metatextos, depoimentos *é possível remontar ao processo de criação*, cuja gênese contém índices de elementos que influenciaram as suas escolhas.

No caso específico deste livro, analiso o duplo papel do tradutor, seja como autor de um novo texto, seja como um profissional que conta com estratégias próprias de criação ou de recriação. Ademais, o *corpus* a ser estudado se compõe de cinco cadernos com traduções autógrafas de poemas escritos por Emily Dickinson. As traduções foram feitas pela poeta italiana Rina Sara Virgillito e são conservadas no Arquivo Nacional de Florença, na Itália, junto com outros documentos relativos à produção poética e tradutória de Virgillito, assim como cartas, desenhos, diários da época da tradução das poesias em questão (de 10/10/1995 até 15/01/1996), o catálogo de sua biblioteca pessoal, os manuscritos de outras traduções e de seus poemas. Adoto, também, um procedimento indutivo, cujo modelo pode ser elaborado por generalizações, a partir de observações concretas. Mas o ponto de partida desse estudo em Crítica Genética é organizar o objeto de estudo e torná-lo legível.

A primeira fase é a da elaboração do prototexto, ou seja, a organização crítica do dossiê. O prototexto não é um conjunto de documentos, mas um recorte ou um novo texto composto de todos esses documentos. As etapas sucessivas são:

1) Especificação, datação e classificação de cada fólio desse dossiê;

2) Decifração e transcrição dos materiais;

3) Organização do dossiê contendo os documentos selecionados para análise.

Na etapa conclusiva, passo à observação, visando a estabelecer relações entre os diferentes registros e procurando evidenciar as recorrências no modo de ação do artista/tradutor estudado. Busco, então, explicações para essas recorrências, fazendo um acompanhamento crítico-interpretativo dos registros.

O livro se estrutura em cinco capítulos. No primeiro, *Novo paradigma do pensamento sistêmico*, introduzo os princípios do novo paradigma do pensamento sistêmico, bem como ideias relacionadas à pesquisa e ao pesquisador. Faz-se necessário, de fato, explicitar os princípios desse paradigma, já que tanto a Crítica Genética quanto os Estudos Descritivos da Tradução lhe pertencem. A importância desse paradigma, nascido no âmbito das ciências exatas e transferido para todas as outras, é que procura deslocar o foco de pesquisa do objeto para o observador, rejeitando a presumida objetividade e unicidade dos fenômenos observáveis, em prol da complexidade e pluralidade. Aprofundo a noção de sistema e, sobretudo, a de um sistema complexo, observando-se a escrita como um sistema.

No segundo capítulo, *Do estudo da obra ao estudo do processo*, abordo como ocorre o processo de criação de uma obra de arte. Especificamente, analiso os princípios e os teóricos das disciplinas de referência desta pesquisa, a saber, a Crítica Genética e os Estudos Descritivos da Tradução. É, sobretudo, abordada a noção de *norma* conforme teorizada por Toury e de Polissistema de Even-Zohar. Mostro, também, as etapas de um estudo genético, remontando à constituição de um dossiê genético até a transcrição dos manuscritos e sua interpretação. Finalizo, este capítulo, com a descrição do *corpus* a ser estudado e os objetivos que se pretende alcançar.

O terceiro capítulo, *A pré-gênese: o autor traduzido*, é dedicado à análise da autora traduzida, Emily Dickinson, à sua biografia e poética, ao seu processo de criação, incluindo etapas de revisão, transcrição, correção e censura, que seus poemas sofreram, ao longo dos séculos.

No quarto capítulo, *A fase pré-redacional explanatória: as aproximações entre tradutor e texto(s) de partida*, inicio um complexo estudo e a reconstrução do processo criativo do tradutor, desde as aproximações mais incipientes até o desenvolvimento do verdadeiro projeto de tradução. Essa longa gestação, que durou quarenta anos, é percorrida e analisada por meio dos manuscritos que compõem o prototexto. Recolhendo indícios, recorrências e sinais de um processo criativo e perceptivo, que deixou, nos manuscritos, o seu único testemunho, e que somente o crítico genético pode tentar reconstituir. Faz-se necessário, também, acompanhar esse processo de criação junto com a atividade poética e tradutória de Virgillito, ao longo de quarenta anos, para sustentar, de alguma forma, as suposições acerca de seu trabalho.

No quinto capítulo, *Gênese de um processo tradutório*, tenta-se finalmente entender, pela análise dos vestígios deixados nos manuscritos, bem como nos livros lidos e estudados pela tradutora, qual era, afinal, a sua ideia de tradução, e como isso influenciava o seu trabalho tradutório; quais eram as suas preocupações ao traduzir um texto poético de outra língua e cultura; ou qual era o modo como seu próprio estilo e poética influenciavam o seu processo criativo e quais as normas encontradas nos manuscritos que levariam a supor uma verdadeira poética da tradução que envolvesse não somente as traduções dos poemas de Dickinson, mas sua própria produção. Finalmente, no sexto capítulo, apresento o papel que as editoras e os organizadores tiveram na edição desses textos manuscritos e como suas escolhas, às vezes, aparentemente não justificadas, moldaram o texto até que os responsáveis pela publicação se tornassem coautores do mesmo.

Capítulo I – Novo paradigma do pensamento sistêmico

O pintor Luca Giordano[1] definiu o quadro *Las meninas,* de Velásquez[2], como *a teologia da pintura,* mas aqui chamo-o de *a teologia da criação artística,* ampliando, dessa forma, o objeto de questionamento do pintor. Se, de fato, para Velásquez, o objetivo era mostrar ao observador os problemas específicos da pintura, no caso em questão, o quadro se torna um meio plasticamente eficiente para ilustrar a ambiguidade da representação artística, em geral, e do processo de criação de uma obra de arte.

O quadro, complexo e contraditório, já deu origem a várias e opostas interpretações[3], mas, sem dúvida, aponta questionamentos fundamentais para a crítica artística e para a crítica literária contemporânea. Em realidade, a sintaxe visual do quadro sugere reflexões relacionadas com a questão da interpretação, da representação, da relação autor-obra e obra-leitor, e do processo de criação, dentre outras.

Pintado por Velásquez em 1656, o quadro se encontra hoje em Madrid, no Museu do Prado. No quarto retratado, encontram-se nove figuras humanas e um cachorro. Da esquerda para a direita, vê-se, em primeiro plano: o próprio Velásquez, ao lado da tela, com pincéis e paleta; dona Maria Augustina de Sarmineto; a infanta Margarida; Dona Isabel de Velasco; a anã Mari Bárbola e o anão Nicolas Pertusato; mais atrás, dona Marcela de Ulloa e um homem de preto; ainda mais além, no limiar de uma porta entreaberta, encontra-se Jose Nieto Velásquez. Ao olhar a cena com todos esses personagens, o espectador é levado a perguntar-se: afinal, qual dessas figuras é mesmo o sujeito da

[1] Luca Giordano (Napolis 1634-1705), pintor italiano. Entre as suas obras: *Storie della Vergine* (1667) de estilo clássico. Passou um tempo na Espanha, na corte de Carlos II.

[2] Velásquez Diego Rodríguez de Silva (Sevilha 1599 - Madrid 1660), pintor espanhol. Dentre as suas obras mais famosas, destacam-se: *Vênus ao espelho* (1647-1651) e *O príncipe Baltasar Carlos a cavalo (*1635).

[3] No Museu Picasso, em Barcelona, o pintor retrata a releitura do quadro, em várias telas gigantes.

pintura? Pareceria um auto-retrato do pintor, porém, ao observar bem, pode-se ver que todos os olhares, inclusive o do próprio Velásquez, mas excetuando o olhar do cão, apontam para uma direção, para um ponto externo ao quadro: na parede, ao fundo, abaixo de duas grandes telas, meio na sombra, nota-se um terceiro quadro que, graças ao jogo de reflexos, descobre-se ser, na realidade, um espelho. E dentro do espelho, delineiam-se as figuras do soberano Felipe IV e da rainha Mariana. Velásquez teria, pois, representado a si próprio, no seu atelier, ao pintar um retrato dos soberanos espanhóis.

Figura 1 – *Las meninas,* de Velásquez

Portanto, o espectador vê o artista empenhado no ato de pintar, mas não consegue enxergar o que ele está pintando porque, aos seus olhos, apresenta-se somente o verso de uma grande tela. Pode-se observar o modelo que o pintor retrata somente graças a uma pálida imagem, que aparece refletida em um espelho distante. A posição de espectador acaba, enfim, coincidindo com aquela dos soberanos da Espanha, que o pintor retrata.

A partir dessa interpretação, o filósofo francês Michel Foucault (1965) propusera uma série de considerações sobre as relações entre *realidade* e representação, entre o visível e o invisível, entre a questão da presença e da ausência. Segundo ele, o espectador desse quadro só vê o avesso da tela trabalhada pelo pintor, verdadeiro mediador entre o visível, que é a obra representada e o invisível, que constitui a gênese da obra representada.

Enquanto o pintor é o rei entre essas duas dimensões incompatíveis – o que está representado e o processo de criação que levou àquela representação – o espectador, que não tem acesso à tela do pintor, "percebe a trama, os montantes negros na horizontal e na vertical, o oblíquo do cavalete" (Foucalt, 1965, p. 195). Mas essa relação entre artista e intérprete não é tão unívoca; de fato, segundo Foucault, ela se caracteriza pela reciprocidade, considerando que os olhares do pintor e do público para o qual o autor aponta se sobrepõem, cruzam-se e produzem "toda uma complexa trama de incertezas, trocas e esquivas". Assim, ao olhar a obra, não existe somente o ponto de vista do pintor, mas uma pluralidade de pontos de vista, em que o público também participa da representação e do processo de recriação da obra, assim como de seu julgamento e interpretação. Mas os diversos olhares sobre a obra, porém, nunca são estáveis, bem como as interpretações que se sucedem, sempre mutantes:

> Nenhum olhar é estável, ou melhor, no sulco neutro do olhar que atravessa a tela na perpendicular, o sujeito e o objeto, o espectador e o modelo invertem seu papel infinitamente. E a grande tela virada na extrema esquerda do quadro exerce ali sua segunda função: obstinadamente invisível, ela impede que jamais seja observável nem definitivamente estabelecida a relação dos olhares (id., p. 196).

Resumindo, neste quadro, convivem, no mesmo espaço, a representação de uma cena, o representado, o quadro, o representável, o processo criativo que aparece na tela do pintor e a percepção de tudo isso por parte do espectador envolvido também na representação pelo olhar do pintor. Deslocando essa análise para o plano mais geral da criação, poderia-se dizer que não existe, então, um objeto único e definível na criação artística, ou na pesquisa científica, mas há múltiplas interpretações e visões possíveis de um mesmo objeto ou de objetos diversos. Logo, não há, consequentemente, um olhar objetivo, mas uma plurisubjetividade no âmbito de qualquer análise dos fenômenos artísticos; e percebe-se que não existe uma linearidade, mas sim a imprevisibilidade dos fenômenos, nunca iguais e estáveis. Assim, não existe uma obra de arte acabada e perfeitamente inteligível, mas o que se consegue são aproximações à representação de um processo de criação temporariamente *acabado*.

Transpondo essas reflexões decorrentes do quadro de Velásquez para o âmbito da criação literária, percebe-se que, nem lá nem cá, existe linearidade, nem estabilidade na gênese de uma obra em prosa ou em versos, tampouco se pode considerá-la completamente inteligível e acabada.

Poderia-se, ao se tratar de criação literária, colocar, no lugar da tela de Velásquez, a obra de um autor que esteja sendo escrita, que seria o objeto de estudo da crítica literária. Poderia-se imaginar como seria o *modus faciendi* de um autor, ou seja, como ele se comportaria, ao ser focalizado no ato de escrever. O que ocorre é que, para o espectador-leitor, ao ler o livro *acabado*, ele chegaria apenas ao que equivaleria ao reflexo no espelho da obra de Velásquez; ou seja, à representação daquele processo de criação literária mostrado na tela, já que nunca se poderá desvelar, totalmente, o verso do livro, a sua gênese.

Assim, como no caso do espectador do quadro, o leitor nunca poderá ter conhecimento completo da gênese, mas somente conseguirá acesso a um conhecimento parcial da obra. O mesmo aconteceria com o crítico-leitor que, ao analisar uma obra, terá como referência a obra *acabada* e não a sua configuração proteica em *status nascendi*.

No caso do crítico literário, contudo, ele pode até ter acesso aos bastidores da obra, cujos índices se pode observar nos rascunhos, nas anotações, enfim, nos manuscritos que o autor deixara. Ao registrar esses índices, é possível tentar reconstituir aquele processo misterioso da criação, e daí analisar a obra do ponto de vista privilegiado do seu criador, conseguindo, dessa forma, entrar na *tela* e dar uma espiada, ainda que furtiva, naquele trabalho singular, buscando depreender as leis que o norteiam. Essas leis, geralmente, podem ser depreendidas ao observar traços que se repetem na gênese, enfim, características que são reiteradas em determinado processo de criação. Contudo, durante muito tempo, a crítica literária considerara suficiente e, sobretudo, *mais digna*, a obra presumidamente *acabada* entregue pelo autor ao público, acreditando-se que fosse aquela a versão mais considerada pelo próprio autor.

A questão, porém, levantada na segunda metade do século XX pelos estudos genéticos, no âmbito da literatura, é que nem sempre a obra entregue ao público corresponde a uma versão considerada satisfatória pelo autor. O fato é que muitas variáveis intervêm na escolha da versão a ser publicada, e nem sempre, aliás, quase nunca, pode-se considerá-la como *acabada* só pelo fato de ter sido editada. De modo que, traçando uma analogia com o quadro de Velásquez, em apreço, pode-se imaginar que o estudioso que observa uma obra sob a ótica da Crítica Genética teria desejado entrar na tela do autor, ficar ao lado dele e acompanhar, por meio dos índices deixados no percurso de sua criação, aquele processo que levaria à versão considerada *acabada*, mas focalizando o seu interesse mais no processo que no produto considerado *final*.

Percebe-se, então, que o quadro *Las meninas*, de Velásquez, pode ser considerado relevante no âmbito da pesquisa científica, não somente porque é uma pintura intencionalmente ambígua, e que assim se apresenta ao espectador, estimulando-o a fazer uma leitura do quadro em níveis diferentes, mas também porque questiona os objetos e os sujeitos da representação. Portanto, a representação aparece não como um fenômeno singular, mas plural, em que intervêm muitas variáveis que, por sua vez, dão margem a várias interpretações. Decorre disso, pois, que o autor e o espectador-intérprete não constituem dois polos distintos e distantes, mas constituem categorias que podem se confundir, já que o leitor também é capaz de ser o autor, e o autor, por sua vez, pode ser visto como leitor da obra, o que impossibilita apenas uma única interpretação. Logo, o quadro de Velásquez traz à tona questionamentos importantes e fundamentais, que caracterizam o novo paradigma do pensamento sistêmico contemporâneo, que fundamenta esta pesquisa.

Existem várias definições de paradigma, sendo que para Edgar Morin (1990), os paradigmas são princípios não evidentes que direcionam nossa visão de mundo e ajudam a organizar nosso pensamento. Segundo Capra (1982), paradigma constitui um conjunto de pensamentos, de percepções e valores, que direciona nossa visão da realidade e que se harmoniza com o modo como uma sociedade, inclusive a científica, se organiza. Segundo Esteves (2002), quando se fala de novo paradigma, refere-se a uma metodologia de pesquisa baseada em uma nova concepção do mundo e do trabalho científico:

> Quando afirmo que o pensamento sistêmico é o novo paradigma ou a nova epistemologia da ciência, é o sentido de paradigma como crenças e valores dos cientistas que tomo como equivalente de epistemologia ou de quadro de referência epistemológico, no sentido de visão ou concepção de mundo implícita na atividade científica. De fato, os critérios de cientificidade compartilhados pelos cientistas, ou seja, os princípios diretores da investigação científica, refletem seu paradigma, sua epistemologia, sua visão de mundo, as crenças e os valores com que estão comprometidos (Esteves, 2002, p. 43).

Para surgir um novo paradigma, esse deve passar a existir em relação a um outro paradigma, mais tradicional. Costuma-se chamar a ciência tradicional de *ciência moderna*, ou *clássica*, dos séculos XVII a XIX, enquanto que a nova ciência tem sido chamada de *ciência pós-moderna*, a do século XX, ou seja, a que Esteves chama de "ciência novo-paradigmática emergente" ou "ciência novo-paradigmática" (id., p. 43).

Os pressupostos epistemológicos da ciência moderna, cartesiana e newtoniana eram fundamentalmente três, a *simplicidade*, a *estabilidade* e a *objetividade*:

1) O pressuposto da *simplicidade* acreditava que era possível separar um mundo complexo em partes, até se chegar aos elementos simples, necessários para se entender o todo. Dessa concepção decorreria a busca de relações causais lineares para se entender o fenômeno estudado;

2) O pressuposto da *estabilidade* do mundo e da crença na possibilidade de se conhecer os fenômenos acreditava que os fenômenos poderiam ser previstos e controlados;

3) O pressuposto da *objetividade* acreditava na possibilidade de se conhecer objetivamente o mundo tal como ele é. Daí a exigência da objetividade como um critério indispensável de cientificidade, bem como o esforço que se tem de fazer para eliminar a subjetividade do cientista para que se possa atingir uma versão única do conhecimento ou da *verdade*.

Uma consequência do primeiro princípio, o da simplicidade, seria a descontextualização do objeto de estudo, a assim chamada atomização ou disjunção das partes. Dessa atitude simplificadora, reducionista, decorre a compartimentalização do saber, a fragmentação das áreas do conhecimento científico, a multidisciplinaridade ou a pluridisciplinaridade.

O aspecto mais evidente do segundo princípio é o da previsibilidade dos fenômenos. A ideia é de que, já que conhecemos os princípios que regem a evolução do fenômeno estudado, podemos situar o seu estado inicial e, por consequência, prever, com segurança, o seu desenvolvimento, assim será possível controlá-lo e manipulá-lo. A consequência disso é que cada evolução incontrolada do sistema seria considerada negativa porque não haveria possibilidade de controlá-la. Segundo Esteves, esta seria uma consequência do determinismo ambiental, que acredita "que o observador, ou o cientista, ou aquele que conhece, pode manipular o sistema e que deve ser competente para fazê-lo" (id., p. 88).

A consequência mais importante do terceiro pressuposto, o da objetividade, é de que o mundo que se almeja conhecer e estudar seria um mundo objetivo e independente de seu observador. Subjacente a essa concepção estaria a crença no realismo do universo, isto é, a ideia de que o mundo e tudo aquilo que nele acontece é real, existe independente de quem o descreve. Dessa concepção decorre, porém, uma consequência mais importante ainda:

a de que existiria uma única descrição da realidade, já que haveria uma única realidade. O fato é que

> se existe uma realidade única deverá existir uma única descrição, uma melhor ou única versão, um *uni-verso*, que corresponda à *verdade* sobre essa realidade. E, como vimos, admite-se que só o *expert* no assunto conhece a verdade sobre seu objeto de estudo, por ter um "acesso privilegiado" a esse aspecto da realidade (id., p. 90).

Sobretudo esse último princípio parece ter tido um eco no âmbito da hermenêutica literária e filológica medieval, bem como da moderna, quando se pensa no conceito de interpretação de textos, segundo o qual o crítico ou o hermeneuta deveria, ou poderia estabelecer o verdadeiro sentido e a verdadeira interpretação dos textos.

Essa concepção foi, em seguida, desenvolvida pelo racionalismo moderno, sobretudo por Chladenius[4] e Schleiermacher[5], que ampliaram a questão da hermenêutica dos textos bíblicos à análise de qualquer texto, sobretudo, o literário. Assim como acontecia com os textos sagrados, a interpretação deveria visar a desvelar o presumido sentido oculto do texto analisado para que se pudesse reconstituir e entender as possíveis mensagens embutidas no próprio texto.

Segundo Chladenius, a questão que se deve especular não é tanto como entender uma obra, mas sim como interpretá-la. Antes disso, deveria se esclarecer o que significa *interpretar um texto* e qual tarefa caberia à arte da interpretação: "Interpretar não é nada mais que, então, dar aos leitores os conceitos de que precisam para o entendimento perfeito de um trecho"[6] (Chladenius apud Szondi, 1992, p. 29-30). Deve-se ainda esclarecer, segundo o filósofo alemão, que tanto a reconstrução do texto quanto a sua explicação constituem sempre interpretações: filologia e hermenêutica são interdependentes.

A interpretação de um trecho pode ser, então, resolvida, segundo o filósofo, de duas formas: pelo conhecimento linguístico do filólogo e pela reflexão sobre pontos ambíguos, o que seria a tarefa do hermeneuta. Deveria-se le-

---

[4] Chladenius Johann Martin (1710-1759) filósofo alemão, publicou várias obras importantes de teologia e filosofia, sobretudo, duas obras sobre hermenêutica: *Johann Martin Chladenii Einleitung zur rightigen Auslegung vernunfftiger Reden und Schriffen* em 1742 e, em 1752, a *Allgemeine Geschichtswissenschaft*.

[5] Schleirmacher Friedrich Daniel Ernst (1768-1834) filósofo e teólogo alemão. As suas obras mais importantes são: *Discursos sobre a religião* (1799), *Monólogos* (1800) e *A fé cristã* (1821-1822).

[6] Todas as traduções presentes neste livro são de minha autoria. "Interpretare altro non è che dunque dar in mano ai lettori i concetti dei quali esssi lettori abbisognano per il perfetto intendimento di un luogo".

var em conta, ainda, segundo Chladenius, a intenção do autor, como se fosse possível saber que intenção seria essa:

> Pode-se fazer referência à intenção do autor de duas formas, e fazer com que o leitor as siga ambas: 1) quando este ao ler o trecho pensa em alguma coisa em que o autor não pensara, neste caso vai além da intenção; 2) quando ao ler o trecho não pensa em alguma coisa em que também o autor pensara ao compô-lo, neste caso o leitor ignora, ou não capta, a intenção do autor. (...) Mas quando não se vai além da intenção e não se ignora, então, entende-se o autor perfeitamente[7] (id., p. 57).

Em outras palavras, na crença positivista a intenção do autor é algo que se deve interpretar e entender objetivamente, advindo daí a presumida existência de um discurso único e verdadeiro do autor. Caberia à crítica literária desvendar tal discurso, ao desmontar as estruturas linguísticas e não linguísticas que compõem o texto, alcançando, então, a sua verdadeira e única interpretação, bem como a intenção do autor. Entendia-se por interpretação, na verdade, a conformação do texto a específicos cânones estéticos e morais.

Por outro lado, dentro do âmbito filológico e no domínio da hermenêutica religiosa, surge a necessidade de uma reconstituição e interpretação rigorosa dos textos sagrados. Somente com o surgimento da filologia humanística, a partir da experiência de Francesco Petrarca[8], leitor dos textos clássicos, até Coluccio Salutati[9], Leonardo Bruni[10] e Poggio Bracciolini[11], é que a crítica literária, entendida como um conjunto de métodos e teorias historicamente determinado, que organiza os diferentes modos de abordagem do texto, toma consciência da sua especificidade e autonomia. Enfatiza-se, então, a importância de se reconstruir o texto, atentando para a sua identidade linguística e histórica. O pressuposto ideológico de toda a tradição filológica medieval e moderna era, então, buscar reconstituir o *original*, o que chamavam de uma

[7] "Si può dunque in due diversi casi richiamarsi all'intenzione dell'autore, e ammonire il lettore a non perder di vista nessuno dei due: 1) quando costui alla lettura del luogo pensa qualcosa a cui l'autore non ha pensato, nel qual caso va oltre l'intenzione; 2) quando alla lettura del luogo non pensa qualcosa che pure l'autore ha pensato nel comporlo, nel qual caso il lettore ignora, o non coglie, l'intenzione dell'autore. (...) Ma quando non si va oltre l'intenzione, né la si ignora, allora s'intende l'autore perfettamente".

[8] Petrarca Francesco (Arezzo 1304 – Arquà 1374), poeta italiano. Dentre as obras mais importantes: *Rerum vulgarium fragmenta* (1358), *Os triunfos* (1374).

[9] Salutati, Lino Coluccio (1331-1406), humanista italiano. Dentre as obras mais famosas: *De saeculo et religione* (1381), *De fato, fortuna et casu* (1369-1399).

[10] Bruni Leonardo (1370-1444), humanista italiano. A sua obra mais importante é a *Historiae florentini populi* (1414) em 12 volumes.

[11] Bracciolini Poggio (1380-1459), humanista italiano. Dentre as obras mais importantes: *De avaritia* (1428-1429), *Contra hypocritas* (1448).

versão *melhor* do texto literário, pressuposto que implicava na existência de uma única e *digna* versão do texto escrito pelo autor. Uma vez restabelecida a versão oficial, reconhecia-se a possibilidade de uma única e *verdadeira* interpretação do texto em questão, o que somente o filólogo ou o crítico, devido à sua autoridade e competência, poderia expressar.

Em contraposição ou em resposta aos três pressupostos que fundamentavam, como vimos no parágrafo anterior, a epistemologia clássica ou moderna, podem-se distinguir, na contemporaneidade, graças às descobertas das teorias dissipativas da física, três eixos ou avanços que norteiam toda a pesquisa científica:

1) O pressuposto da *complexidade*, segundo o qual existem inter-relações entre os fenômenos do universo, os quais são intricados, em todos os seus níveis;

2) O pressuposto da *instabilidade*, segundo o qual o mundo não é, mas está em processo de vir-a-ser; disso decorre a indeterminação dos fenômenos e sua imprevisibilidade, sua irreversibilidade, com a consequente impossibilidade de controlá-los;

3) O pressuposto da *intersubjetividade*, segundo o qual se deve reconhecer que não existe uma *realidade* independente do observador

> o conhecimento científico do mundo é construção social (...), o cientista coloca a "objetividade entre parênteses" e trabalha admitindo autenticamente o *multi-versa*: múltiplas versões da realidade, em diferentes domínios linguísticos de explicações (Esteves, 2002, p. 102).

Sem dúvida, o pressuposto epistemológico fundamental e central, no novo paradigma do pensamento sistêmico é o da complexidade. Fala-se muito em complexidade das sociedades, das organizações, das instituições, dos sistemas complexos, mas, de fato, não se trata de um conceito novo, embora o seu reconhecimento pela ciência date de pouco tempo. Cabe lembrar que, a partir dos anos 1980, começou-se a falar de complexidade com uma certa insistência, sobretudo, no âmbito da física e graças a autores como Edgar Morin que, em 1982 e 1983, publicou dois textos de referência sobre a teoria da complexidade: *Ciência com consciência* e *O problema epistemológico da complexidade*, tendo também editado, em 1990, a *Introdução ao pensamento complexo.*

Deve-se, porém, ao físico Ilya Prigogine, com a publicação, em 1980, de *From being to becoming. Time and complexity in the physical sciences*, a maior sistematização teórica acerca dos sistemas complexos e simples, além da definição da *lei da instabilidade*. Sistema complexo é todo aquele composto por unidades que interagem entre si, sendo que os comportamentos imprevisíveis, desordenados e variados dessas unidades levam à instabilidade dos sistemas. E, segundo a abordagem sistêmica, não seria possível analisar um fenômeno isolado e fora do contexto de sistemas mais amplos, mas cada fenômeno deve ser estudado como um objeto pertencente a um contexto e dentro de sistemas mais amplos. Se passará a indagar, então, em que condições o fenômeno ocorre e como está relacionado com os outros elementos do sistema. Logo, o foco não estará mais no objeto em si, mas sim nas relações entre os elementos de um sistema. Reconhece-se que:

> Contextualizar é reintegrar o objeto no contexto, é vê-lo existindo no sistema. E ampliando ainda mais o foco, colocando o foco nas interligações, veremos esse sistema interagindo com outros sistemas, veremos uma rede de padrões interconectados, veremos conexões ecossistêmicas, veremos redes de redes ou sistemas de sistemas (id., p. 112).

Uma outra consequência do pensamento sistêmico, além da contextualização do objeto de estudo, é a capacidade de aproximar conceitos e disciplinas tradicionalmente opostas e que se encontravam em situação antagônica. A epistemologia complexa insiste, de fato, na necessidade de se estabelecer uma verdadeira interdisciplinaridade, que leve a uma comunicação entre instâncias até então separadas, dentro do âmbito do conhecimento.

Quanto ao histórico da noção de sistema e de sua evolução, considera-se o biólogo austríaco Ludwig Von Bertalanffy, como o autor da *Teoria geral dos sistemas* (1968). Primeiro, distingue duas tendências básicas dentro da teoria dos sistemas: a *mecanicista*, associada à Teoria Cibernética, do matemático americano Norbert Wiener; e a *organicista*, associada à Teoria Geral dos Sistemas.

A primeira seria mecanicista por causa da sua associação com as máquinas, ou com os sistemas artificiais, enquanto que a segunda se constitui como organicista pela sua associação com os organismos ou sistemas naturais, biológicos e sociais. A Teoria Geral dos Sistemas tinha como objetivo alcançar princípios interdisciplinares universais aplicáveis a todos os sistemas, em geral, e de qualquer natureza, seja física, biológica ou sociológica. Ambas as vertentes apontavam para teorias que desejavam transcender as fronteiras disciplinares e tiveram um papel fundamental para que se pudesse superar o pressuposto epistemológico da objetividade, assim contribuindo para a crença na possibilidade de uma construção intersubjetiva da *realidade*.

Querendo definir a noção de *sistema*, Bertalanffy, no final dos anos 1960, o reconhece como um complexo de elementos em interação, sendo a existência dessa interação e das relações entre seus componentes um aspecto central para identificá-lo. Constituiria, então, uma entidade, e não um mero conjunto de partes desligadas umas das outras. Consequentemente, para compreender o comportamento das partes que constituem um sistema, seria indispensável considerar as relações existentes entre elas, uma vez que cada parte está relacionada com as demais. Como lembra Esteves

> os sistemas não são inteligíveis por meio da investigação de suas partes isoladamente (...). As relações são o que dá coesão ao sistema todo, conferindo-lhe um caráter de *totalidade* ou *globalidade*, uma das características definidoras do sistema (...). A noção de sistema vem substituir a noção preliminar de *gestalten* – noção restrita às *gestalten* em física – referindo-se amplamente a qualquer *unidade* em que *o todo é mais do que a soma das partes* (id., p. 199).

Seria importante, ainda, ressaltar a noção de que um *sistema* é um todo integrado, cujas propriedades não podem ser reduzidas às propriedades das partes; além do mais, ainda que possa haver mudanças de membros que o compõem, não ocorrerá alteração das características do todo. Cabe também destacar que o *sistema*, por sua própria natureza, exercita coerções sobre o comportamento das partes e, por consequência, o grau de liberdade da ação de cada membro se encontra limitado. Além disso, uma parte de um *sistema* não exibe as suas características em todos os sistemas, ou melhor, cada parte de um sistema exibe naquele sistema específico só algumas de suas características potenciais, por isso, costuma-se dizer que o todo é menos que a soma das partes.

Por todas essas razões, torna-se evidente o quanto é inadequado descrever os comportamentos possíveis de uma parte se não se levar em consideração as constrições que sofre por parte do sistema em que está inserido, como também é inútil querer descrever o *sistema* a partir somente das características específicas de um de seus membros. Esse tipo de abordagem, própria do paradigma tradicional da ciência moderna, acabou sendo superado pelo novo paradigma do pensamento sistêmico contemporâneo, que coloca o foco nas relações entre as partes para formarem um todo, uma só entidade.

A existência dessas relações caracteriza o sistema como uma organização, ou melhor, uma organização hierarquizada e estratificada. De modo que, "Costuma-se então dizer que a natureza se constitui de sistemas dentro de sistemas ou de *sistemas de sistemas*" (id., p. 205); ou, ainda, conforme Even-Zohar (1990) chamaria de *polissistemas*.

Existem, porém, dois tipos de sistemas: fechados e abertos. Os sistemas abertos são aqueles que realizam uma contínua troca com o ambiente, que pode ser codificada (a chamamos de informação) ou não codificada (a que denominamos de ruído). A relação do sistema com essa informação nova, caracteriza-o como fechado ou aberto. De fato, o *sistema aberto* é aquele que acolhe a informação nova, ou seja, que é sensível às variações do ambiente e que, consequentemente, consegue incorporar o novo *input,* ou melhor, a aprendizagem. Os *sistemas abertos,* por essa sua natureza, são chamados também de sistemas complexos.

Um dos princípios fundamentais da Teoria Geral dos Sistemas é o de *equifinalidade,* que significa que, nos sistema complexos, o mesmo estágio final ou acabado se pode alcançar partindo de condições iniciais diferentes e por caminhos vários, o que torna impossível predeterminar como a meta será alcançada.

Todo sistema complexo, além disso, é regulado pela lei da *circularidade,* ou seja, há nele interações múltiplas e retroações, que não se inserem na lógica da causalidade linear – aquela em que, para uma causa específica corresponde um determinado efeito –, mas agem segundo os princípios de uma causalidade recursiva. Em outras palavras, isso significa que "parte do efeito (*output*) ou do resultado do comportamento/funcionamento do sistema volta à entrada do sistema como informação (*input*) e vai influir sobre o seu comportamento subsequente" (Esteves, 2002, p. 115).

A *recursividade* se caracteriza por um processo em que os efeitos e os produtos são necessários ao próprio processo que os gera, e uma representação gráfica eficiente desse processo seria a forma espiral. A causalidade recursiva é um fenômeno complexo, desde que contém uma contradição: o produto é produtor do próprio processo que o produz. Outra contradição é que um sistema corresponde, ao mesmo tempo, a mais que a soma de suas partes e, por outro lado, também a menos que essa soma; ou seja, é mais porque do seu funcionamento decorrem qualidades que não existiam fora dele, e é menos porque o comportamento do sistema causa constrições que inibem qualidades pertencentes às partes.

Além disso, o sistema se baseia em outra lei importante, a da *instabilidade,* que gera a da *desordem*. É ainda à física que se deve a crítica da crença em um mundo estável, em que existem regularidades, e a afirmação da existência de um mundo perenemente instável, em contínua transformação e que se caracteriza por uma auto-organização constante. A física introduziu, pois, a noção de desordem, derrubando, dessa forma, o dogma de um mundo ordenado e estável. Claramente, uma vez que a física reconheceu a importância das noções de desordem e auto-organização, isso exerceu uma grande influência em todas as áreas do conhecimento.

Deve-se, sobretudo, a Prigogine e a suas pesquisas sobre as *estruturas dissipativas* (1991), o estudo dos sistemas que funcionam longe do equilíbrio. Haveria, segundo ele, desvios e flutuações dentro do sistema, que influenciam o funcionamento do próprio sistema e a sua reorganização. Essa organização dentro da desorganização do sistema se tornará importante, ao avaliarmos o processo criativo como um sistema complexo.

Sobretudo as noções de *flutuação, desvio* e *ponto de bifurcação* interessam aos fins de deste livro. As flutuações podem ser de origem interna ou externa ao próprio sistema, no caso provocadas pelo ambiente, gerando, assim, em ambos os casos, uma perturbação no sistema. Uma flutuação surgida em uma parte do sistema é capaz de invadir o sistema todo e levar a um salto qualitativo, em qualquer ponto de bifurcação. Nesse ponto de crise, o sistema deixaria seu curso regular de funcionamento, optando, entre as alternativas possíveis, por um novo regime de funcionamento. Esse processo se chama de *morfogênese ou gênese de novas formas a partir da instabilidade*, a partir de um desvio, de uma desordem temporária. Seria nada mais que um processo de auto-organização. As escolhas feitas nos momentos de bifurcação geram, certamente, influências que têm um efeito sobre as escolhas do momento presente. Associarei, como se verá no próximo capítulo, o processo criativo a um sistema complexo em que o autor se encontra no meio de flutuações internas e externas ao próprio processo de criação, o que o leva a se afastar do caminho planejado e o obriga, nos pontos de bifurcação, a fazer sempre novas escolhas. As rasuras constituem o testemunho desses momentos de crise no processo de criação.

Se, então, as escolhas prévias influenciam a estrutura, em um determinado momento, pode-se falar de *determinismo estrutural*. Quando isso ocorre, diz-se que "o comportamento do sistema – sua escolha – é determinado pela estrutura que se estabeleceu por meio de sua história" (id. , p. 125). No caso dos manuscritos de uma obra, por exemplo, as escolhas feitas pelo autor, ao longo de seu processo de criação, traçam o histórico de uma determinada estrutura criativa.

Duas consequências significativas da teoria da instabilidade se refletem nesta pesquisa: primeiro, o fato de a instabilidade, que era vista somente como um desvio a ser corrigido, agora deve ser considerada como um pressuposto necessário para que o ruído provoque a ordem; segundo, o fato de que nos sistemas complexos se torna impossível estabelecer as condições iniciais e uma trajetória precisa de ação.

Igualmente impossível é, segundo a teoria sistêmica, categorizar o mundo, conforme fazia a física clássica, em sujeitos e objetos, desde que o fato de se observar um objeto já faz com que ele seja alterado. Estamos lidando, nesse momento, com o princípio da incerteza, segundo o qual não existe um ponto de vista que dê conta da totalidade do *real*. Por isso, propõe-se a questão da intersubjetividade, o que significa que o "cientista conhecerá o fenômeno no estado em que escolher produzi-lo e descrevê-lo" (id., p. 133).

Mas, não se deve esquecer que o surgimento de um novo paradigma científico implica em novo perfil de cientista ou de pesquisador. O cientista novo-paradigmático será aquele que, apoiando-se nessa nova epistemologia, adotará "uma nova forma de ver e de agir no mundo, baseada em sua única convicção possível: a da inexistência da 'realidade' e da 'verdade'" (id., p. 174). Esse *especialista* terá uma preocupação ética ao se interrogar constantemente acerca de seu trabalho, acerca das alternativas que estará abrindo com suas ações, acerca da sua crença em que o sistema seja auto-organizador, ou ainda, que não se pode direcioná-lo. Tal especialista deveria levar em consideração as conexões intersistêmicas e as repercussões que, provavelmente, suas ações terão em outros pontos da rede de sistemas ou polissistemas. O que ocorre é que:

> Essa preocupação ética do profissional fará com que jamais tente impor ao sistema aquelas soluções que *a priori* poderia considerar serem as melhores (...) lembrando-se de que o que cada um diz, fala mais de si do que da coisa observada (id., p. 178).

Parece-me necessário agora indagar como os métodos da assim chamada *ciência da complexidade* ou *do pensamento da complexidade* ou *do novo paradigma sistêmico* podem ser aplicados aos estudos do processo de criação literária e tradutória. Apesar de hoje se criticar o paradigma científico, que é visto como reducionista e que se baseava nos três princípios epistemológicos da simplicidade, da ordem e da regularidade – em contraposição à complexidade, desordem e caoticidade –, começou-se a observar que pode haver comportamentos não previsíveis a partir de sistemas determinísticos, chegando-se, assim, à definição do que seriam sistemas complexos.

A etapa seguinte consistiria em aproximar conceitos e métodos das ciências da natureza a problemas das ciências humanas. Nos últimos anos, houve, então, a tentativa de fazer pesquisas, associando modelos que aplicassem os princípios da complexidade à literatura. Neste livro, pretendo relacionar o pensamento da complexidade a estudos de processos criativos, especialmente vinculados ao processo tradutório.

Se, como disse anteriormente, o sistema aberto ou complexo é caracterizado pela inter-relação de elementos que compõem uma unidade, ou por um conjunto de partes que compartilha algo em comum, e se esse sistema troca informações com o meio ambiente que o cerca, buscando a permanência e a estabilidade, mas possuindo uma tendência à desordem e à imprevisibilidade, então o processo criativo se comportae como um sistema complexo. Trata-se de um

> sistema, diga-se de passagem, portador de altíssima complexidade, pela qual uma diversidade de elementos mobilizam-se, tencionam-se, acomodam-se e, muitas vezes, dissipam-se. Participando de uma tendência de cunho geral, os elementos do processo partilham um objetivo comum, a construção de algo no seio da linguagem, sistema com o qual tem participação e intervenção direta (Henn, 1998, p. 202).

O sistema criativo é, então, um sistema dinâmico e aberto, não linear. Por isso se aproxima dos sistemas naturais, que revelam fenômenos não previsíveis e caóticos. Essa aproximação, segundo Fiedler (1995), entre os sistemas naturais e os literários, acontece mediante três modelos de pensamento da complexidade: caos determinístico, estruturas dissipativas e complexidade a partir do ruído.

Fiedler, baseando-se nos três modelos referidos, tenta uma aproximação entre complexidade e literatura, considerando o macrosistema representado pelas relações entre autor-texto-leitor e dividindo-o em dois subsistemas: o processo de criação, ou seja, a relação autor-texto; e o processo de leitura, ou seja, a relação leitor-texto, levando, porém, em conta que no processo de criação o autor é também o primeiro leitor de sua obra. Tanto o macrosistema quanto os dois subsistemas são sistemas complexos, abertos, longe do equilíbrio, não lineares e em presença de ruído.

O primeiro modelo, o do *caos determinístico*, ocorre, sobretudo, em sistemas não lineares, que são caracterizados por uma dependência às condições iniciais; ou melhor, trata-se de sistemas em que, por sua própria dinâmica, podem aumentar algumas variações das condições iniciais e ocorrer um comportamento imprevisível que possui, de certa forma, suas próprias regras de funcionamento, mas não facilmente detectáveis naquele caos inicial. Deve-se entender a noção de *caos* como informação extremamente complexa e não como ausência de ordem. Por consequência, aqueles sistemas que apresentam tendência ao caos, possuem uma grande gama de informações. Uma das implicações mais importantes dessa noção de caos é a crença ilusória de que se possa estudar um sistema isoladamente e sem levar em conta o seu contexto, pois tal abordagem desconsidera uma série de variáveis, perturbações, influências, que os vários sistemas externos ou polissistemas acolhem.

No que diz respeito a esse primeiro subsistema do processo de criação literário, isto é, à relação autor-texto, Fiedler destaca a possibilidade de pequenas variações na caracterização das personagens e na relação entre as personagens de um romance, ou "nas escolhas lexicais, nas impressões do mundo sobre o autor, na sua memória e no seu estado de espírito no processo de escritura, na situação econômica e política circundante à produção da obra etc." (Fiedler, 1995, p. 38). Tudo isso pode afetar, de forma significativa, não somente a elaboração do texto, mas o seu resultado final, isto é, a obra considerada *terminada*, bem como o processo de releitura que o autor-leitor faz a cada etapa do processo. Essa dinâmica destaca um princípio interno da produção artística, que Fiedler chama de *dependência em relação às condições inicias*; existem, porém, além das condições iniciais, presentes no início da elaboração do texto, as condições iniciais locais, isto é, aquelas decorrentes das escolhas feitas ao longo do processo de criação textual.

Há, pois, dois planos de ação que se sobrepõem: por um lado, as condições iniciais, que dão uma estrutura provisória e desejável à obra a ser composta; por outro, as condições locais, ou seja, as escolhas decorrentes de mudanças e influências endógenas ou exógenas ao processo criativo, que modificam aquelas condições *iniciais*: "A cada etapa do processo de criação textual, o autor se policia, consciente ou inconscientemente, descartando escolhas que possam desviar muito a narrativa do desejado" (id., p. 39). Essa dependência, então, às condições *iniciais*, caracteriza a dinâmica e a natureza do sistema criativo, que podem ser somente controladas pelo autor.

Porém, apesar dessa dependência às condições iniciais, as diferentes versões de um texto artístico e a própria versão *final* devem ser consideradas como estruturas auto-organizadas em um sistema aberto, sendo que as diferentes versões do texto possuem as características dos sistemas fora do equilíbrio. Assim como nas estruturas dissipativas, o texto vai se estruturando como se cada parte ou etapa ou versão fosse *informada* do estado global do sistema como um todo, e o texto *provisoriamente* final é o resultado de desorganizações seguidas de novas reorganizações, cada vez em níveis de complexidade mais elevados.

O segundo modelo é o das *estruturas dissipativas* ou dos sistemas auto-organizados, teoria que, como já mencionado, foi desenvolvida principalmente pelo físico Ilya Prigogine, e segundo a qual

> As estruturas dissipativas são fenômenos de criação de ordem longe do equilíbrio em sistemas não lineares abertos. Essas estruturas ocorrem em sistemas que necessitam um grande número de variáveis para descrevê-los (...) sistemas imersos num meio dissipativo na presença de ruído (...). O processo de auto-organização é determinado sobretudo pelas propriedades do próprio meio (id., p. 35).

Nesse sistema, que mantém uma troca constante com o contexto, aparecem padrões que se repetem e que atuam dentro de uma relação de trocas com a parte externa do sistema; "ele se estrutura como se cada parte fosse 'informada' a respeito do estado global" (id., ibid.). No que diz respeito ao segundo subsistema que caracteriza o sistema criativo, isto é, a relação leitor-texto, Fiedler destaca o fato de que o leitor vivencia, ao se aproximar do texto, a complexidade como desordem ou ruído. Em outras palavras, os textos são, na definição de Fiedler, canais ruidosos, isto é, canais de comunicação ou de transmissão de significados ambíguos ou imperfeitos: "Ruído, interno ou externo ao texto, pode levar à emergência de novos níveis de significado não previsíveis do ponto de vista linguístico ou das convenções do gênero, nem sujeitos ao julgamento ou elaboração do autor" (id., p. 40). Isso significa que, em literatura, o significado e a informação podem surgir da interação com a desordem. Paradoxalmente, em um contexto ruidoso ou de desordem, em literatura, também, versões não explicáveis se tornam geradoras de um novo nível de significação, levando à criação de um novo contexto mais informativo que ruidoso. Neste caos, também há dependência sensível às condições iniciais de leitura:

> Com efeito, pequenas nuances ou estímulos que o leitor eventualmente absorve do meio circundante ou da sua memória podem afetar de maneira significativa a particular escolha que esse fará no conjunto daquelas compatíveis com os vínculos impostos pelo texto, repercutindo-se essa escolha na emergência do significado (id., p. 41).

Afinal, pode-se afirmar que este subsistema, assim como o primeiro, comporta o surgimento de novos significados e informações a partir do ruído, com o aparecimento de outras estruturas auto-organizadas a cada nível de leitura e dependência das condições inicias. Esse processo se caracteriza por ser inacabado, pois, a cada leitura, são geradas novas interpretações que levam ao surgimento de múltiplos significados.

O terceiro, a *auto-organização e complexidade a partir do ruído*, atribui ao observador e, no caso do texto literário, ao leitor, um papel fundamental na definição dessa complexidade, considerando que se deve dar mais ênfase à relação entre sujeito e objeto do que à própria estrutura do objeto estudado: "Nessa perspectiva, a criação de complexidade se nutre de desordem (ruído). O aleatório passa então a ser parte integrante da organização" (id., p. 36). Ao se falar em literatura, entende-se por *ruído* o uso de uma sintaxe marcada por licenças poéticas, bem como o uso de neologismos, dificilmente compreensíveis pelo leitor. Portanto, um grau maior de ruído pode dificultar não somente a elaboração do texto, mas também a sua leitura.

Resumindo, considerando as propriedades dos três modelos, podem-se destacar as seguintes diferenças: no modelo caótico determinístico, a dinâmica do sistema aumenta pequenas diferenças das condições iniciais; no modelo das estruturas dissipativas, o estado *final* do sistema não depende das condições iniciais; finalmente, no terceiro modelo, na complexidade a partir do ruído, a evolução das condições inicias depende do observador e do nível de observação.

O texto é o resultado, então, desse macroprocesso complexo, que é influenciado pelo mundo e que, por sua vez, o influencia. Nesta análise, considerarei o mundo representado pela sociedade e pela língua por ela utilizada, pelos padrões literários e estéticos de uma determinada cultura; ou pelos padrões editoriais, como partes integrantes do sistema, dentre uma rede maior de sistemas, que se chama de *polissistema*. É necessário, a fim de se entender esse complexo processo de inter-relações, conhecer cada subsistema que compõe tal conjunto.

Philippe Willemart (1996), também inspirado na teoria do químico Ilya Prigogine, propõe adotar o novo paradigma da instabilidade-estabilidade para analisar os manuscritos literários, buscando, dessa forma, construir uma ponte entre as teorias dissipativas da física e a crítica literária:

> a estabilidade e/ou instabilidade. Esta permuta sublinha que não há oposição nítida nem separação entre os dois termos, mas, pelo contrário, a

> convivência dos dois estados e a geração de um pelo outro. Durante uma zona de estabilidade no manuscrito, o escritor satisfeito com uma página ou com uma versão do livro, publica e passa adiante. Mas de repente, durante uma outra releitura, surge uma bifurcação imprevista e perturbadora que transforma o quadro e obriga o escritor a inventar uma nova página ou uma outra versão (Willemart, 2000, p. 411).

No seu artigo *Instabilidade e estabilidade dos processos de criação no manuscrito literário* (1996), Willemart compara as palavras de uma obra literária a moléculas que se reorganizam, dando vida a um produto sempre diferente. O foco não estaria mais no escritor, agente consciente da escrita, mas sim, no *scriptor*, ou seja, o sujeito inconsciente da escrita, aquele que simplesmente grava as combinações que as próprias palavras sugerem; não existiria, então, uma relação de causa-efeito entre autor-obra:

> Mallarmé já questionava a noção de causa na escritura (...). Ele preferia atribuir o produto da escritura ao efeito das palavras dispostas na página branca e minimizava o escritor, sua história e sua vida como causa primordial. Ignorava, em outras palavras, o biografismo e a relação vida-obra (Willemart, 1996, p. 27).

Willemart quer, em outras palavras, reafirmar a autonomia da palavra poética que domina o papel elocutório do poeta. Essa autonomia seguiria, porém, leis precisas e próprias de um sistema aberto e complexo; as palavras teriam, na opinião do geneticista francês, energia e velocidade ao se deslocarem no poema, demonstrando a sua instabilidade. Assim como as partículas colidem no espaço originando novas combinações e novos elementos, da mesma forma, as palavras se encontram e se defrontam no espaço limitado de um verso, desencadeando novos significados e sentidos, por meio até de figuras retóricas, como a metonímia e a metáfora: "São maneiras usadas pela língua para evoluir e inovar, o que ressalta a importância dos poetas numa cultura" (id., p. 29).

O estudo dos manuscritos literários destacaria a importância do *scriptor*, isto é, a instrumentalidade do escritor e a supremacia da escritura. Apesar, então, de se estar lidando com um sistema criativo, que tem suas próprias leis, não se pode excluir a intervenção do acaso nesse processo. Assim, é possível detectar as leis que produzem esses encontros de palavras, mas nunca se poderia prevê-las: "há mil possibilidades na construção de um verso (...) quantidade infinita de variáveis, assim o poema nunca poderia ser programado e determinado" (id., p. 30). Logo, até o próprio autor do poema nunca poderia prever o resultado desses embates de palavras, que acontece no espaço limitado da folha branca.

Willemart prefere, então, falar sobre o processo da escrita como um sistema regulado pelas leis da instabilidade e da estabilidade. De fato, determinismo e movimento aleatório conviveriam, um gerando o outro, ou um elemento que escapa ao previsível gerando bifurcações, possibilidades, enfim, uma desordem que sempre se reorganiza em nova ordem:

> as 24 letras {um sistema a princípio estável}[12], as palavras (...) mergulhadas no ato poético, adquirem ou readquirem uma instabilidade e uma imprevisibilidade exemplar. O processo escritural ou artístico tem a capacidade de eliminar a estabilidade das letras e das palavras (...) permite um retorno à sua própria história e a recuperação de uma instabilidade criadora. As colisões provocadas no verso provocam perturbações que impossibilitam o domínio do processo e tornam imprevisíveis as consequências (id., p. 34).

Em suma, o pensamento sistêmico aplicado ao estudo dos manuscritos literários ou aos manuscritos de quaisquer processos de criação artística, não somente permite localizar, estudar e processar as leis e recorrências que regem tais processos, mas, sobretudo, ajuda a destacar o papel de seus atores; sejam esses, atores ou criadores, artistas, poetas, músicos.

Dentro da perspectiva do pensamento sistêmico, insere-se o estudo dos manuscritos da tradutora italiana Virgillito, que se referem à sua tradução dos poemas de Emily Dickinson, e constituem meu objeto de estudo. Trata-se de um objeto de estudo multifacetado e caracterizado por uma natureza híbrida que atesta um processo de criação singular, propõe uma tradução de textos do inglês para o italiano, gerando, assim, um novo texto literário.

O que é uma obra de arte e como interpretá-la? Em uma perspectiva hermenêutica, a preocupação fundamental da crítica literária sempre foi a de chegar a uma interpretação única do texto considerado como forma acabada, universalmente reconhecida como uma teia de significados e de significantes. Segundo o paradigma moderno, o texto expressava, pelo menos até certo ponto, a presumida mensagem do autor nele contida para mostrá-la àqueles que pudessem enxergá-la.

Como pano de fundo dessa concepção de *Autor* e de *Texto*, tem-se, sem dúvida, o positivismo, o racionalismo e o cartesianismo do século XIX; logo, o assim chamado *paradigma científico moderno* repousava sobre essa tríade. Mas

[12] Utilizo o sinal { } para inserir meus comentários ao texto citado.

com a fragmentação identitária do homem contemporâneo e com o surgimento das teorias linguísticas, bem como das teorias literárias pós-estruturalistas, chega-se a uma nova definição de conceitos como *Autor*, *Obra* e *Leitor*.

De fato, as teorias linguísticas e literárias prescritivas ou logocêntricas partiam do conceito da autoridade do *original* e, consequentemente do autor, da sua presumida perfeição, para então considerá-lo detentor de uma verdade superior e inalcançável. Enquanto isso, ao intérprete ou crítico cabia transmitir o valor estético atribuído a uma determinada obra.

Um questionamento importante desse paradigma foi emitido, por um lado, pelos teóricos da assim chamada *Manipulation School*: incluindo a Teoria dos Polissistemas desenvolvida, em Israel, por Even-Zohar, os Estudos Descritivos da Tradução formulados por Gideon Toury, em Israel, e por José Lambert, nos países baixos; por outro, pela Crítica Genética e, também, pela Semiótica, sobretudo a peirceana.

Capítulo II – Do estudo da obra ao estudo do processo

Com o surgimento dessas teorias, a perspectiva no âmbito dos estudos da tradução mudou consideravelmente. Segundo esses teóricos, o foco deveria se deslocar do original e das instruções prescritivas de *como se fazer tradução* para a descrição da tradução propriamente dita indagando *como ela é feita.*

Essa concepção do sistema linguístico como parte de um conjunto de sistemas maiores em que a obra a ser traduzida e o produto da tradução se encontram, é um conceito desenvolvido pela primeira vez, de modo organizado, por uma nova linha teórica: a Teoria dos Polissistemas, que se originou do trabalho de um grupo de teóricos literários russos. O conceito de *polissistema* recebeu uma atenção considerável a partir dos anos 1980 e ele se norteia nas obras dos últimos formalistas russos[13], como Jurij Tynjanov e Roman Jakobson. A contribuição principal dos formalistas foi ter desenvolvido essa noção de *sistema*[14]. O termo começou a ser usado para denotar uma estrutura multifacetada de elementos que interagem um sobre o outro e, partindo dessa teorização dos formalistas, Even-Zohar desenvolveu a Teoria dos Polissistemas.

A concepção do *polissistema* foi vista como um conglomerado heterogêneo, hierarquizado de sistemas que interagem para dar lugar a um processo

[13] O formalismo russo foi um movimento de crítica literária nascido em Moscou, a partir de 1920, junto ao Círculo Linguístico de Moscou (P. Bogatyrëv, R. Jakobson, B. Tomasevskij) e ao OPOJAZ, ou "Sociedade para o estudo da linguagem poética" (B. Ejchenbaum, V. Sklovskij, O. Brik). Esses autores sustentaram a necessidade do estudo da obra de arte, levando em consideração somente os seus aspectos formais, excluindo toda abordagem psicológica ou sociológica. Os trabalhos mais importantes publicados por esses autores são: sobre a estrutura narrativa (*Teoria da prosa* de Skloviskij, 1925), poética (*A melodia do verso* de Ejchenbaum, 1922; *Sobre o verso* de Tomasevskij, 1929). O grupo, rejeitado pelo realismo socialista dos anos 1930, perdeu prestígio na URSS, mas foi retomado pelo Círculo Cultural de Praga.

[14] Em Linguística, a língua é considerada um *sistema* no sentido de que, em um nível dado (fonema, morfema, sintagma) ou em uma classe dada, existe, entre os termos, um conjunto de relações que liga tais elementos uns aos outros, de modo que, se um dos termos se modificar, o *equilíbrio do sistema* fica afetado.

dinâmico dentro do próprio polissistema como um todo. A fim de ilustrar o conceito, considere-se que o polissistema de uma dada literatura nacional é pensado como um dos elementos de um polissistema sociocultural maior que, por sua vez, inclui outros, além do literário, como o artístico, o religioso ou o político. Nessa perspectiva, o sistema literário passa a ser considerado não somente uma simples coletânea de textos, mas um conjunto de sub-sistemas que governa a produção, a promoção, a crítica e a recepção dos textos.

A ideia de que os fenômenos semióticos pudessem ser mais adequadamente estudados e compreendidos se considerados como sistemas, não como simples conglomerados de elementos diversos, tornou-se uma das crenças básicas da nossa época, no âmbito das ciências humanas. Dessa forma, o método positivista de coletar dados de forma empírica para análise foi substituído por uma abordagem funcional, baseada na análise das relações entre as partes de um sistema. Isso abriu caminho para o que foi considerado pelo novo paradigma científico como o objetivo supremo: a detecção das leis que governam a diversidade e complexidade dos fenômenos.

A noção de polissistema não somente passou a fazer parte da pesquisa semiótica de objetos, propriedades e fenômenos antes ignorados ou até rejeitados, mas se determinou que essa integração fosse um pré-requisito para se chegar a uma compreensão de qualquer campo semiótico. Além disso, é importante destacar que a visão polissistêmica rejeita, também, julgamentos de valor como um critério básico para a seleção *a priori* dos seus objetos de estudo. Uma vez aceita a visão polissistêmica, deve-se também entender que o estudo dos polissistemas literários não pode se limitar à análise de obras-primas, já que nenhum âmbito de estudo que se considere científico pode selecionar os seus objetos de estudo conforme as normas do senso comum.

A noção essencial da Teoria dos Polissistemas é de que os vários extratos e subdivisões que caracterizam um polissistema estão em constante competição uns com os outros para alcançarem uma posição dominante. De acordo com essa teoria e, especificamente no caso do sistema literário, existe um contínuo estado de tensão entre o centro e a periferia, havendo uma disputa entre os diferentes gêneros literários para dominar uma posição central no sistema. O termo *gênero* é usado aqui no sentido mais amplo, não se restringindo às formas *altas* ou *canônicas*, mas incluindo também os chamados gêneros *baixos* ou *não canônicos*[15]. Essa abordagem nova, não prescritiva, teve consequências importantes, que se refletiram no campo dos estudos da tradução.

[15] Consideram-se gêneros *baixos* ou *não canônicos* a literatura infantil, a ficção popular (como as estórias

Não obstante as formas conhecidas como *baixas* tenderem a permanecer na periferia, elas estimulam as formas canônicas a se deslocarem para o centro do sistema, determinando assim, um processo evolutivo dentro do polissistema. Por conseguinte, para Even-Zohar (1990), a evolução literária não é guiada por um objetivo específico, mas trata-se de uma consequência da inevitável competição gerada pelo estado de heterogeneidade existente entre os componentes do sistema.

Grande parte da obra de Even-Zohar é voltada para a discussão do papel que a literatura traduzida ocupa em um polissistema literário específico. É importante, segundo ele, reconhecer as relações que existem entre textos semelhantes traduzidos e que ocupam um espaço em um dado polissistema literário, sendo essas relações impostas pela poética dominante. Vale, como exemplo, o caso do autor brasileiro Paulo Coelho que, após o sucesso de seus livros na França e, em geral, na Europa inteira, passou a fazer parte do cânone literário, no Brasil.

Qual é, então, a posição da literatura traduzida dentro de um polissistema literário? Com certeza, a literatura traduzida parece, à primeira vista, ocupar uma posição periférica. Mas Even-Zohar (1990) identifica três casos em que a literatura traduzida pode ocupar uma posição mais central:

1) O primeiro ocorre quando uma literatura considerada *jovem* ainda não se cristalizou em um polissistema. É o que aconteceu, por exemplo, na cultura tcheca, do século XIX, quando a tradução veio a preencher a necessidade dessa jovem literatura de conhecer diferentes gêneros e diferentes linguagens. Como essa nova literatura não contava com os gêneros literários de que se tem conhecimento, os textos traduzidos lhe serviram, neste sentido, como a referência principal e mais importante, durante muito tempo;

2) O segundo caso acontece quando a literatura do sistema é periférica ou considerada *fraca*, ou melhor, quando a literatura de uma nação menor vê-se obscurecida por outra de uma nação maior. Isso ocorre quando a literatura *fraca* de uma nação pequena, como é o caso dos países baixos, não consegue produzir todos os tipos de textos que uma nação forte. Mas essa sua incapacidade em produzir inovações faz com que essa literatura se torne dependente dos textos traduzidos para introduzir gêneros e formas literárias. Nesse caso, os textos traduzidos não somente servem como um

em quadrinhos e os policiais) e obras traduzidas.

meio pelo qual novas ideias podem ser importadas, mas também como a forma de escrita mais imitada pelos escritores da língua fonte;

3) A terceira circunstância verifica-se em um momento de crise, como em um ponto de virada dentro da evolução de um polissistema. Assim, o vazio deixado por padrões literários rígidos e ultrapassados é preenchido pelo influxo de ideias novas viabilizadas pelas traduções. Isso ocorreu, por exemplo, na América nos anos 1960, quando os padrões literários já estabelecidos não estimulavam mais a nova geração de escritores que acabaram buscando em outros lugares ideias e formas novas. Nessas circunstâncias tanto os escritores já pertencentes ao cânone quanto os da vanguarda, começaram a produzir traduções, introduzindo, dessa forma, novos elementos no sistema literário que, de outra forma, não teriam aparecido.

A literatura traduzida pode, então, segundo o israelense Even-Zohar, assumir uma grande variedade de papéis no polissistema de partida, quer conformando-se a sistemas já existentes, quer introduzindo elementos originais dentro do sistema. Ao mesmo tempo, porém, o modo como a tradução é praticada em uma dada cultura parece também ditada pela posição que a literatura traduzida ocupa dentro do polissistema. Por isso, para Even-Zohar, tradução não é mais um fenômeno facilmente definível quanto às suas características e aos seus objetivos, mas trata-se de uma atividade que depende das relações com um dado sistema cultural.

Dentro de uma abordagem transdisciplinar, a teoria do polissistema contribuiu, ainda, para ampliar a definição de tradução, superando definitivamente as visões prescritivas até então prevalecentes. Segundo Even-Zohar, então, os parâmetros com os quais o processo tradutório é desenvolvido em uma dada cultura são ditados pelos modelos operativos dentro do polissistema literário padrão em um determinado período.

Portanto, essa abordagem não prescritiva levou a três conceitos importantes:

1) Primeiro, é mais proveitoso olhar para a tradução como um aspecto específico de um fenômeno mais geral de transferência intersistêmica;

2) Segundo, não se pensa mais no texto em termos de equivalência entre *target text* e *source text*, mas considera-o como uma entidade existente dentro de um polissistema, e não algo isolado;

3) Terceiro, uma vez estabelecido que o texto de chegada não é apenas fruto de opções linguísticas, mas também culturais e de gênero, podem-se

explicar os fenômenos tradutórios em um contexto mais geral em que ocorrem transferências intersistêmicas. Como mencionado no primeiro capítulo, essa concepção pertence ao novo paradigma do pensamento sistêmico, segundo o qual um texto é o resultado de um macroprocesso complexo, influenciado pelo mundo e que, por sua vez, o influencia. Entendo aqui por *mundo*, a sociedade e a língua que ela utiliza, bem como os padrões poéticos, editorias, políticos que constituem uma parte daquela rede densa de relações, que corresponde a um determinado polissistema.

Os conceitos introduzidos pela Teoria dos Polissistemas foram desenvolvidos a partir da primeira metade dos anos 1980 por vários estudiosos[16]. O desenvolvimento mais significativo desse modelo se encontra em Gideon Toury (1980), que enfatiza a prevalência do texto de chegada. Ele pretende estabelecer, com a sua teoria descritiva da tradução (1995), uma hierarquia de fatores interligados, que determinam o produto da tradução. De fato, segundo ele, o papel da teoria da tradução deve ser alterado, sendo necessário deixar de se julgar o produto, mas, ao contrário, focalizar o desenvolvimento de um modelo que ajude a explicar o processo que determina a versão *final*.

A primeira distinção a ser feita, segundo o modelo de Toury, é aquela que diz respeito aos textos traduzidos, que são realidades diretamente observáveis, enquanto o processo tradutório é apenas observável indiretamente. Essa diferença deveria definir e guiar qualquer tipo de pesquisa no campo da tradução. Parece razoável que se deva sempre partir das entidades reais observáveis, isto é, dos enunciados traduzidos e dos seus vários elementos constitutivos, procedendo dessa forma para se reconstituir as realidades não observáveis diretamente, e excluindo *a priori* qualquer outro tipo de percurso.

O processo tradutório seria influenciado por leis que Toury chama de *translation norms*. Essas normas mediariam sistemas potencialmente equivalentes[17]. Cada sociedade possui múltiplas e conflitantes normas, todas interli-

[16] Vários teóricos desenvolveram e aprofundaram as concepções da Teoria dos Polissistemas: Gentzler (1993), por exemplo, sustentou que a influência do formalismo russo foi muito forte e que a Teoria dos Polissistemas precisava se libertar de algumas concepções rígidas.

[17] Toury faz parte daquela categoria de teóricos que define as traduções em termos de relações de equivalência. Mas ele identifica dois usos possíveis do termo: um uso descritivo, que denotaria objetos concretos – por exemplo, relações existentes entre enunciados reais em duas línguas, reconhecidos como *target texts* e *source texts* – submetidos à observação direta; e um uso teórico, que denotaria uma relação abstrata, ideal, ou categorias de relações, entre *source text* e *target text*, as traduções e seus originais. Toury, ao contrário de outros teóricos, trata, então, a existência da equivalência entre *target text* e *source text* como um dado de fato. Essa postulação de equivalência o leva a declarar que a questão principal dos estudos atuais de tradução – e, sobretudo da análise comparativa entre *target text* e *source text* – não deveria mais ser a

gadas com outros sistemas, mas se algumas situações ocorrem com uma certa regularidade, é possível estabelecer padrões comportamentais. Essas normas atuariam não somente em traduções de qualquer tipo, mas também em cada etapa do processo tradutório e, por consequência, refletiriam-se no produto. Toury estabelece uma primeira e macroscópica distinção entre normas preliminares, operacionais, textuais e linguísticas:

1) As normas preliminares têm a ver com dois tipos de considerações que estão frequentemente interconectadas: aquelas que dizem respeito à existência e à natureza atual de uma política tradutória definida; e a outra, referente à diretriz da tradução. Como *política tradutória,* Toury se refere aos fatores que governam a escolha dos tipos de textos existentes, ou de textos individuais a serem importados em uma específica cultura/linguagem, em um período determinado. Como diretriz de tradução, o autor se refere à permissão dada para traduzir um texto de outras línguas diferentes da derradeira língua de partida: por exemplo, é permitida a tradução indireta, ou seja, de uma língua que não seja a do texto de partida. Afinal, de que línguas, de que culturas é que se permite traduzir?

2) As normas operacionais, por sua vez, podem ser consideradas como as que direcionam as decisões feitas durante o processo de traduzir: como, por exemplo, o fato de se escolher traduzir integral ou parcialmente o texto; de se utilizar o texto em língua original ou uma tradução pivô[18]; de se ler primeiro o texto e somente, em seguida, traduzi-lo, ou se seria melhor traduzi-lo de uma só vez; e ainda, que tipo de suportes utilizar no processo tradutório, como dicionários, internet etc. Elas afetam a matriz do texto, ou seja, as maneiras como são utilizados os elementos linguísticos, assim como a estruturação do texto e a sua formulação verbal. Dessa forma, as normas operacionais influenciam as relações entre o texto de chegada e o de partida, bem como as escolhas relativas ao que deveria permanecer análogo e o que, ao contrário, deveria variar em relação ao texto de partida;

3) As normas textuais e linguísticas governam a seleção do material para se formular o texto de chegada, ou para reformular o material textual e linguístico do texto de partida. As normas linguístico-textuais podem ser

da equivalência entre os dois textos, mas que tipo e que grau de equivalência tradutória eles revelam. A equivalência não denotaria mais uma relação única de variantes recorrentes, mas passaria a se referir a cada relação que caracteriza uma tradução do ponto de vista de um grupo específico de circunstâncias.

[18] Chama-se tradução pivô a tradução feita de um texto anteriormente traduzido de outra língua que não seja a original do texto de partida.

tanto gerais, aplicáveis então à tradução *latu sensu*, quanto específicas, aplicáveis então à tradução *strictu sensu*, ou seja, a um tipo de texto ou de processo tradutório determinados. Muitas dessas normas, por sinal, são idênticas às que regem também a produção de textos não traduzidos, tais como a escolha de uma métrica específica, no caso de uma poesia; ou do léxico e do registro, no caso de um texto em prosa; ou o uso de uma subdivisão em capítulos, sub-capítulos e parágrafos; ou o modo como ocorre a disposição da escrita na folha etc. Por isso, a natureza das normas tradutórias é comparada com aquela que governa os fenômenos não tradutórios, sendo esse um tipo de estudo absolutamente vital para Toury (1995, p. 61), a fim de se contextualizar tanto o processo tradutório quanto a tradução em si.

O problema, porém, é que uma vez identificada a existência de vários tipos de normas, como encontrá-las e classificá-las? Há duas características, segundo Toury, que tornam essa tarefa mais difícil: a especificidade sociocultural das normas e a sua instabilidade. De fato, Toury sustenta uma norma não se aplica da mesma forma aos vários setores de uma sociedade, nem a diferentes culturas: "O significado é somente atribuído a uma norma pelo sistema em que está embutido, e o sistema permanece diferente ainda que os sinais de comportamento externo pareçam os mesmos"[19] (id., p. 62).

Além de sua especificidade inerente às normas, são também instáveis, entidades mutantes, por causa de sua verdadeira natureza enquanto normas. Em alguns casos, as normas mudam rapidamente, em outros, a mudança ocorre mais demoradamente. Em qualquer caso, o tradutor é também parte ativa nessa mudança. De fato, muitos tradutores, ao longo de seu trabalho, podem utilizar a própria experiência para contribuir à implementação de uma crítica tradutória que resulte da reflexão, não somente quanto à teoria e à ideologia tradutória, mas, também, quanto às várias atividades normativas práticas aprendidas nas academias em que fizeram a sua formação.

Segundo Toury, assim como acontece nos polissitemas literários, também no tradutório existe uma competição entre os tipos de diferentes normas, cada uma tendo uma posição específica no polissistema cultural maior. Elas são as que dominam o centro do sistema e que direcionam o comportamento tradutório da assim chamada *tendência atual*, e aquelas anteriores que estão suspensas na periferia do sistema.

[19] "After all, significance is only attributed to a norm by the system in which it is embedded, and the systems remain different even if instances of external behaviour appear the same".

Essa multiplicidade e variedade, segundo Toury, não deve indicar que não há normas ativas na tradução, mas sim destacar que existe também no âmbito tradutório, assim como em qualquer fenômeno artístico, científico ou cultural, uma complexidade que deve ser levada em conta e não ignorada. Para melhor atribuir para cada uma dessas normas, sua posição e seu valor, é necessário contextualizar cada fenômeno, cada item, cada texto, cada ato ao se estudar uma tradução. A questão da contextualização do fenômeno tradutório e de suas normas dentro do polissistema espaço-temporal a que pertence é o ponto fundamental de todos as teorias desenvolvidas pelos teóricos dos Estudos Descritivos da tradução que, para melhor alcançarem tal objetivo, foram mais além, idealizando um método prático para descrever as traduções[20].

Nos anos 1980, os Estudos da Tradução focalizaram, de forma mais precisa, o aspecto prático dessa atividade, por meio de uma abordagem descritiva. A maioria dos debates se concentrou sobre os métodos mais proveitosos para descrever a tradução literária e determinar comportamentos normativos no âmbito tradutório, detendo-se apenas, em uma segunda fase, ao aspecto teórico.

Theo Hermans teve o mérito de coletar os estudos dos principais teóricos dessa fase no seu livro *The Manipulation of Literature* (1985). Hermans define a filosofia do grupo da seguinte forma:

> uma visão da literatura como um sistema complexo e dinâmico; a convicção de que deveria haver uma contínua interação entre modelos teóricos e casos práticos de estudo; uma abordagem da tradução literária que é descritiva, *target oriented*, funcional, e sistêmica; e um interesse nas normas e nas constrições que governam a produção e a recepção da tradução[21] (Hermans, 1985, p. 10-11).

Um dos principais teóricos do grupo, José Lambert (1985), sugere que todos os aspectos funcionalmente relevantes da atividade tradutória devem ser observados no seu contexto histórico. Assim, o autor, o texto, as normas literárias e editoriais, em um dado sistema literário, são justapostos a um autor, um leitor e outras normas literárias ou editoriais de outro sistema. Dever-se-ão procurar, segundo Lambert, as regularidades nos fenômenos tradutórios

[20] Para melhores e mais aprofundadas informações acerca do método em questão, consultar Romanelli (2003).

[21] "view of literature as a complex and dynamic system; a conviction that there should be a continual interplay between theoretical models and practical case studies; an approach to literary translation that is descriptive, target oriented, functional, and systemic; and an interest in the norms and constraints that govern the production and reception of translation".

em uma situação cultural real o que leva a uma evolução da teoria da tradução, bem como a uma redefinição de algumas concepções e do próprio conceito do que é um texto traduzido.

Partindo desses posicionamentos da Teoria dos Polissistemas, Lambert e Van Gorp (1985) desenvolvem uma metodologia simples para descrever traduções: focalizam mais a observação dos dados, sem considerá-los à luz de pressuposições *a priori* e sem esquecer que uma abordagem meramente linguística se revelou, até hoje, pouco útil para a teoria da tradução. Outros teóricos dos Estudos da Tradução, na Inglaterra e na América, como Lefevere (1992) e Maria Tymoczko (2000), também contribuíram para a Teoria dos Polissistemas, que consideraram formalista e restritiva. Fundamentando-se mais nos estudos culturais, consideraram como elementos básicos da análise descritiva a influência das instituições mais conceituadas e potentes em uma dada cultura, tais como grandes editoras, emissoras públicas e particulares, assim como entidades governamentais. Lefevere (1992) adicionou, ainda, o conceito de *patronage*, ligado à ideologia do polissistema em que ocorre a tradução de um determinado texto e à ideologia da instituição que encomenda essa tradução.

Esse posicionamento dos teóricos dos Estudos Descritivos, visa a demonstrar que a teoria da tradução não se deve limitar a ser um ramo da linguística, mas pode até complementá-la, em muitos aspectos. Não pretende, então, superar a abordagem linguística, mas inseri-la em uma visão mais ampla, que leve em conta, também, aspectos extratextuais e extralinguísticos, reconhecendo o aspecto linguístico somente como um dos vários e diferentes fatores envolvidos no processo tradutório.

Nas últimas duas décadas – lembra Lambert (1985, p. 42) – a tradução começou a ser vista gradualmente como um objeto legítimo da pesquisa científica. As maiores contribuições aos estudos da tradução aconteceram, especificamente, no âmbito da teoria. Gideon Toury (1995), por exemplo, chamou repetidamente a atenção dos estudiosos para a fragilidade que possui toda a teoria da tradução que negligencia os achados dos estudos descritivos sistemáticos. Segundo ele, as disciplinas empíricas, ao contrário das não empíricas, devem dar conta, de forma sistemática e controlada, de segmentos específicos da *vida real*. Por conseguinte, nenhuma disciplina que pretenda ser empírica e autônoma pode deixar de ter um próprio ramo descritivo. Ainda Toury destaca a importância de uma relação recíproca entre ramos teóricos e descritivos:

> Sendo recíprocas por natureza, as relações entre as áreas teóricas e descritivas de uma disciplina tornam também possível produzir estudos mais refinados e também mais significativos, facilitando dessa forma uma sempre melhor compreensão daquela seção da realidade a que aquela ciência se refere. Elas também tornam possível a elaboração de aplicações da disciplina, de uma forma que é mais próxima ao que é inerente ao próprio objeto[22] (Toury, 1995, p. 1).

O que deveria constituir o tema principal dos Estudos da Tradução são – segundo Toury – fatos da vida real e não entidades meramente especulativas, resultantes de hipóteses pré-constituídas e teorias. No seu texto (id., p. 7), ele lembra como foi Holmes um indiscutível ponto de referência para o desenvolvimento da sua teoria, e quem primeiro introduziu a noção de *Translation Studies,* em 1972. O mérito principal de Holmes foi o de ter sustentado e defendido uma teoria, segundo a qual os estudos da tradução deveriam emergir como uma verdadeira ciência empírica. Os Estudos Descritivos da Tradução seriam, pois, uma parte importante e definida dessa nova ciência empírica.

Uma ciência empírica, lembra ainda Toury, baseia-se em uma teoria formulada especificamente para essa finalidade; de fato, um estudo descritivo, além de fornecer uma descrição do que se chama de *nível-objeto* é, ao mesmo tempo, a melhor forma para se testar, recusar ou modificar a teoria que fundamenta toda a pesquisa. O *nível-objeto* dessa teoria da tradução deve ser, portanto, constituído por dados da vida real, incluindo relações intertextuais ou padrões e normas de comportamento. Nesse tipo de abordagem, busca-se recusar deduções meramente especulativas decorrentes de hipóteses ou de padrões preconcebidos.

Não obstante, porém, os grandes esforços dos últimos anos para que a teoria da tradução assuma o papel de uma verdadeira disciplina empírica, ainda se pode considerá-la uma ciência em formação. Lambert e Van Gorp juntam-se a Toury para constatar que a importância dos Estudos Descritivos para a teoria da tradução não foi ainda suficientemente reconhecida. Uma consequência dessa atitude é, segundo os autores, o isolamento que os estudos das traduções e do comportamento tradutório, em um preciso contexto sociocultural, sofreram em relação às pesquisas teóricas atuais. Essas razões justificam uma lacuna que ainda existe entre a abordagem teórica e a descritiva.

[22] "Being reciprocal in nature, the relations between the theoretical and descriptive branches of a discipline also make it possible to produce more refined and hence more significant studies, thus facilitating an ever better understanding of that section of reality to which that science refers. They also make possible the elaboration of applications of the discipline, in a way which is closer to what is inherent to the object itself".

É necessário, segundo Lambert, perguntar-se como devem ser analisadas as traduções "para fazer com que a nossa pesquisa seja relevante, tanto do ponto de vista histórico quanto teórico. Porém, a nossa metodologia, no que diz respeito a isso, frequentemente fica puramente intuitiva"[23] (Lambert; Gorp, 1985, p. 42). É muito sintomático, continua Lambert, que muitas pesquisas, até mesmo recentes, destaquem a urgência de estudos descritivos, mas não forneçam nenhuma indicação de como isso deve ser feito. Daí Lambert e Van Gorp terem desenvolvido o modelo mencionado anteriormente. O modelo de Lambert, como o de Toury, visa a superar os limites da análise contrastiva, assim como elaborar um modelo prático para um tipo de análise textual na qual se tenta descrever e verificar as estratégias tradutórias.

Nesse modelo, o primeiro passo a ser feito é o de recolher informações preliminares sobre a tradução: título, presença ou ausência da indicação de gênero, nome do autor, nome do tradutor etc.; metatexto (na página inicial, no prefácio, nas notas de rodapé, no próprio texto); estratégias gerais (tradução integral ou parcial?). Essa primeira indagação já deveria viabilizar a localização de uma possível estratégia geral de tradução subjacente ao texto. Deve-se assumir, como hipótese central – visto que a tradução é determinada por mecanismos tradutórios em vários níveis textuais –, que um texto traduzido, que seja mais ou menos adequado no nível da macroestrutura, será geralmente adequado também no nível da microestrutura. Por isso, faz-se necessário utilizar vários textos ou diferentes fragmentos de textos no macronível e no micronível.

A segunda etapa prevê a análise da macroestrutura: divisão do texto (em capítulos, atos ou cenas etc.); relações entre os tipos de narração, diálogo, descrição, entre diálogo e monólogo; estrutura interna da narração (prólogo, clímax, epílogo etc.); estrutura poética (por exemplo, relação entre tercetos e quartetos em um soneto); comentários do autor. Todos os fragmentos escolhidos deverão ser analisados, segundo Lambert, do ponto de vista de específicas regras textuais: o tradutor traduziu palavras, metáforas, sequências narrativas, parágrafos etc.?

> Uma análise tão microscópica, que em alguns casos poderia estar baseada em dados estatísticos, possibilita-nos a observar a consistência e a estrutura hierárquica da estratégia tradutória. Ela pode também facilitar a formulação de hipóteses que dizem respeito à origem e à posição dessa

[23] "in order to make our research relevant both from an historical and from a theoretical point of view. Indeed, our methodology in this respect too often remains purely intuitive".

> estratégia (*Source text? Target text? Target System?*). E será fácil traçar conclusões provisórias acerca de fragmentos individuais[24] (Lambert, 1985, p. 49).

A etapa sucessiva focaliza a atenção na microestrutura, isto é: deslocamentos nos níveis fônico, gráfico, microssintático, léxico-semântico, estilístico, locutório etc. Analisa-se, então, a seleção das palavras, os padrões gramaticais dominantes e as estruturas literárias formais (metro, rima), formas de reprodução do discurso (direta, indireta etc.), registro da língua etc. Esses dados das estratégias microestruturais levarão a uma nova comparação com as estratégias macroestruturais e a uma suposição da concepção geral de tradução que permeia o texto.

A última etapa prevê a análise das oposições entre micro e macroníveis ; entre texto e teoria (normas e padrões); entre relações intertextuais (com outras traduções ou com escritos criativos); entre relações intersistêmicas (estruturas de gênero, códigos estilísticos etc.). O objetivo desse esquema é, então, o de superar uma abordagem atomística na análise de textos traduzidos, optando por uma abordagem sistemática que permita distinguir entre normas individuais e coletivas de tradução. É um absurdo, segundo Lambert, que em uma pesquisa não se considere que uma tradução possua ligações (positivas ou negativas) com outras traduções ou tradutores. A visão do pesquisador e da pesquisa no âmbito da tradução deve ser, pois, mais ampla; assim, deve-se considerar todas as questões levantadas pelos Estudos Descritivos e seus teóricos, e não se pode mais continuar falando – afirma Lambert – simplesmente de análise de textos traduzidos, pois, como diz

> O nosso objeto é a literatura traduzida, ou seja, normas, modelos, comportamentos e sistemas tradutórios. Logo, a análise especifica entre T1 e T2 deveria ser parte de um projeto de pesquisa maior, que tem como foco todos os aspectos da tradução[25] (id., p. 51).

O alvo principal, porém, dos Estudos Descritivos sempre foi, e é ainda, o de estudar as normas que governam o fenômeno tradutório, principalmente por meio do estudo dos recursos textuais dos próprios textos traduzidos, ou

[24] "Such a microscopic analysis, which could in some instances be supported with statistical data, enables us to observe the consistency and the hierarquical structure of the translational strategy. It may also allow us to formulate hypothesis concerning the origin and position of this strategy (Source text? Target text? Target system?). And it will be easy to draw provisional conclusions about individual fragments".

[25] "Our object is translated literature, that is to say, translational norms, models, behaviour and systems. The specific T1 and T2 analysis should be part of a larger research program focusing on all aspects of translation".

por recursos extratextuais, de formulações críticas, de depoimentos de tradutores, editores e outras pessoas envolvidas na atividade tradutória, por meio de metatextos. Mas até hoje, só foi possível, ou se pensou ser possível, observar e estudar essas normas a partir do produto da tradução, ou seja, do texto publicado entregue ao público. Portanto, a partir dos textos traduzidos, considerados à guisa dos textos da língua de partida, remontaria-se, uma vez contextualizados e colocados em relação a outros textos traduzidos em outros polissistemas literários, a recorrências de vários tipos que contribuiriam no estabelecimento da existência de determinadas normas do processo tradutório.

A superação dessa presumida limitação dos estudos tradutórios pode ocorrer, a nosso ver, com a utilização do suporte metodológico da Crítica Genética colocado a serviço dos Estudos da Tradução. Pela primeira vez, nesta pesquisa, foi feita a aproximação das duas disciplinas para se observar o processo de criação tradutória, ou seja, o estudo dos manuscritos deixados pelo tradutor nos permitiu ter acesso ao seu trabalho criativo. Tentou-se redimensionar a própria noção da tradução, mostrando como o trabalho do tradutor inclui não somente o texto de partida e o de chegada, mas sim toda uma rede complexa de inter-relações entre seus textos e os outros textos do polissistema em que se encontram. Traduzir, então, significa também utilizar suportes diferentes que influenciam o resultado final. Faz-se referência a metatextos, como a outras traduções com que o autor dialoga constantemente, em sua biblioteca pessoal, lidando com textos críticos dele próprio e de outros autores etc. Tento, então, com o aporte da Crítica Genética, redefinir a noção de tradução não apenas mostrando todas as etapas de um processo tradutório, mas dando plena dignidade a cada uma dessas etapas tanto às que envolvem os manuscritos quanto os metatextos, além de se considerar o papel desenvolvido pelo tradutor.

A Crítica Genética nasceu na França, em 1968, quando por iniciativa de Louis Hay, formou-se um pequeno grupo, datando de 1965 a 1975, de pesquisadores encarregados de organizar os manuscritos do poeta alemão Heinrich Heine. Os problemas metodológicos que esses autores encontraram ao lidar com os manuscritos, desencadearam um profundo interesse pelos estudos dos manuscritos, que acabaram envolvendo outros estudiosos e levando à criação de um laboratório, o ITEM, o que ocorreu da década de 1970 até meados da década de 1980. Nessa época, os pesquisadores teriam se dedicado exclusivamente ao estudo do manuscrito literário. Finalmente, a Crítica Genética se espalhou pelo mundo e foi introduzida no Brasil por Philippe Willemart, em 1985, começando-se a refletir sobre os princípios fundamentais, bem como sobre a legitimidade da disciplina, ao se abrir espaço para a transdisciplinaridade da Crítica Genética. A constatação básica em que ela se fundamenta, como sustenta Cecília Salles, é que:

> o texto definitivo de uma obra, publicado ou publicável, é, com raras exceções, resultado de um trabalho que se caracteriza por uma transformação progressiva. A obra surge a partir de um investimento de tempo, dedicação, e disciplina por parte do escritor (...) A obra entregue ao público é precedida por um complexo processo (Salles, 1992, p. 17).

O objetivo da Crítica Genética é mostrar o avesso do texto publicado, ou seja, aquele processo complexo e interminável de correções, pesquisas, planos, esboços, a que o público, em geral, não tem acesso e que leva à crença, ainda muito comum, da obra que nasce já pronta como resultado espontâneo de pura inspiração. Ao contrário, essa nova orientação metodológica concebe a obra de arte não como um mero produto considerado acabado pelo artista, mas como uma cadeia infinita de agregação de ideias. Valoriza-se, de fato, o processo, e este é privilegiado em relação ao produto considerado *final*. Acompanhando esse processo de criação, a Crítica Genética se propõe a tirar a criação artística do âmbito do inexplicável no qual parecia estar.

Enquanto a Crítica Textual (Filologia, Ecdótica, Paleografia, Diplomática etc.) teria como objeto principal analisar e restituir a forma e as mensagens tidas como *originais* de um texto ou de qualquer documento analisado que, por problemas evidentes de conservação, reprodução e transmissão, corriam o risco de não serem preservados na sua integridade, a Crítica Genética quer, sobretudo, acompanhar o percurso da escritura desses documentos; considera, ainda, suas variantes, rasuras, emendas e todas as modificações que compõem a gênese do texto, visando desvelar a dinâmica do processo criativo.

A Crítica Genética surgiu, portanto, com o objetivo de compreender o processo de criação artística, a partir dos registros deixados pelos criadores durante o seu percurso. Pretende, dessa forma, abordar as obras de arte e observá-las a partir de seus percursos de fabricação para conhecer os seus mecanismos construtores. Ademais, esse processo passa a ser visto dentro de um contexto cultural específico, ao qual se integra e, o qual, de certo modo, reflete.

Se o manuscrito constitui o objeto físico principal do estudo da Crítica Genética, enquanto testemunho privilegiado do percurso perceptivo seguido pelo autor ao longo de seu processo de criação, as leis, as recorrências e as normas desse processo, assim como acontece nos Estudos Descritivos da Tradução, constituem a preocupação da abordagem genética. Cada autor, de fato, segue um próprio mecanismo de produção em que intervêm vários fatores endógenos e exógenos (ou polissistemas) de natureza diversa e que influenciam de forma significativa o seu desenvolvimento:

> O geneticista (...) pretende tornar a gênese legível, (...) o texto (re)estabelecido em sua gênese, revela fases da escritura, mostra o autor em seu fazer literário, na medida em que reconstitui os paradigmas visitados durante a aventura da criação poética (id., p. 19).

O geneticista procura, então, pelos princípios que regem o ato de qualquer criação artística, seja literária, pictórica, arquitetônica, performática ou, utilizando signos provenientes das mais diversas linguagens, penetrar e ver tal caminho misterioso por dentro, seguindo o único testemunho empírico desse processo mental, constituído pelo conjunto de manuscritos estudados. Todo o conjunto de critérios, recorrências de vários tipos, leis, normas, hesitações, substituições, encontrado ao longo da análise genética, revelam o que Salles chama de *ideal estético* do autor em questão. Todos esses critérios revelam ao geneticista, um pesquisador privilegiado, a estética da criação própria daquele autor, mas não somente isso, revelam-lhe também as constrições internas e externas que contribuíram à criação de tal estética. O autor, de fato, se encontraria no meio de uma rede complexa e instável de influências, a que Evez-Zohar chama de *polissistema*.

Assim, o pesquisador busca, conforme constatou Almuth Gresillon (2007), uma participação apaixonante e completa da experiência sensível e intelectual, que é uma obra de arte literária. Essa busca aproxima o pesquisador do desenrolar dessa aventura estética e, de fato, é por meio do estudo de tais documentos, que os critérios que regem as opções do artista vão se revelando. Logo, a Crítica Genética realiza o sonho do homem de tentar remontar às origens da criação, da vida, da gênese de uma obra, buscando os índices do que se passa na própria mente do artista, ao criar. No estudo da gênese, o pesquisador participa do desenvolvimento da obra de arte e surge, assim, uma nova perspectiva para considerá-la. Desse desejo de violar segredos, nasce o propósito peculiar à Crítica Genética, que é o de ver a criação artística por dentro:

> Este tipo de estudo não nos proporciona somente uma informação complementar àquela do texto: fornece, na verdade, um saber diferente. A Crítica Genética nos faz penetrar na terceira dimensão da arte, aquela do vir-a-ser – a gênese do texto, a linguagem *in statu nascendi* (id., p. 25).

O objeto de estudo do geneticista é um objeto móvel constituído por anotações, rascunhos, diários, fragmentos vários que caracterizam um objeto em criação. A fundamentação principal desse paradigma de pesquisa é a concepção de que, para os críticos genéticos, tanto a obra publicada quanto o seu rascunho são um único objeto:

> o significado de todo material brota na relação que opera com a obra considerada final. Esse posicionamento diante do manuscrito enfatiza, portanto, a relação de cada rascunho, cada nota, cada rasura funcionando como parte de um sistema que vai se organizando em direção à obra publicada ou em estado de publicação. Todo sistema é dependente de uma mesma lei: nenhuma parte pode ser modificada sem comprometer a totalidade (id., p. 28).

Segundo Louis Hay (2007), dois elementos caracterizam qualquer registro de criação ou documento: as ideias de armazenamento e de experimentação. O artista, de fato, encontra vários modos de armazenar as informações que servem como princípios para realizar a obra e para testá-la. Todas as operações feitas pelo autor deixam marcas que podem ser encontradas nos diferentes materiais por ele trabalhados, constituindo verdadeiros metatextos, como: roteiros, mapas, planos, índices, sumários, esboços, primeiras redações, rascunhos, dactiloscritos, provas de impressão, até mesmo a sua correspondência particular. Essa materialidade de documentos tem uma característica fundamental e marcante, que é a heterogeneidade:

> A heterogeneidade deve ser levada em conta porque os manuscritos são, por natureza, diversos tanto em sua forma de apresentação como no tipo de informação (...) a escritura excede os limites da linearidade do código e se projeta em espaços múltiplos. A organização do texto na folha, anotações marginais, acréscimos, intertextos, grafismos diversos, desenhos e símbolos entrelaçam os discursos, desdobram os sistemas de significação e multiplicam as possibilidades de leitura (id., p. 42).

A essa heterogeneidade de materiais corresponde, também, uma diversidade de linguagens nas quais os documentos são redigidos. De fato, nem todo texto será escrito no mesmo código da obra entregue ao público, já que várias linguagens, vários códigos entram em confluência para operacionalizar tal processo. O geneticista tem a possibilidade de acessar todos esses diferentes suportes materiais, que constituem testemunhos indispensáveis do processo de criação do artista. Conforme a classificação de Louis Hay (2007), podem se distribuir esses suportes da seguinte forma:

1) Suportes que testemunham os primeiros impulsos do que será propriamente a gênese da obra, como cadernos de anotações, diários e correspondência;

2) Suportes com a marca das operações preliminares, como roteiros, mapas e planos;

3) Instrumentos de redação, como esboços e rascunhos;

4) Suportes de publicação que têm a aparência de originais, como manuscritos datilografados e provas de impressão.

Retomando o título de um famoso artigo de Jean Bellemin-Noël (1993), poderia se dizer que o papel do geneticista consiste em reproduzir o manuscrito, apresentar os rascunhos e estabelecer um prototexto. Logo, cabe-lhe, uma vez identificados os suportes, analisá-los, organizá-los, classificá-los e transcrevê-los.

Pode-se definir o *manuscrito* como aquele "conjunto de suportes materiais portadores de textos que são fixados-reproduzidos pelo conservador responsável, a fim de garantir a autenticidade de um escrito e convertê-lo em um objeto de culto" (Bellamin-Noël, 1993, p. 130). Assim, devem-se considerar os rascunhos como o "conjunto dos documentos que serviram à redação de uma obra, transcritos/apresentados por um historiador da literatura, com o propósito de reconstituir a pré-história dessa realização; tanto sob o aspecto formal quanto sob o aspecto dos conteúdos" (id., p. 131).

De fato, enquanto o primeiro possui um valor testamental, os outros possuem um valor mais testemunhal. Os rascunhos põem em relevo o aspecto inacabado da criação, testemunhando um labor singular.

Quanto ao terceiro elemento da pesquisa genética que, por alguns aspectos, inclui os dois primeiros, é o *prototexto*. Segundo Bellamin-Noël, primeiro definidor desse termo, o prototexto

> é uma certa reconstrução dos antecedentes de um texto, estabelecida pelo crítico com o auxílio de um método específico, destinada a ser objeto de uma leitura em continuidade com o dado definitivo. À delimitação empírica daquilo que, em um dado momento, julgou-se ser o texto, acrescenta-se um recorte metodológico. É importante ressaltar que quando se fala de prototexto deveria ficar evidente o seu valor de conceito operatório; o prototexto propriamente dito não existe em nenhum lugar fora do discurso crítico que o produz, extraindo-o dos rascunhos, e o recorta à proporção que o analisa. Não basta dizer que o prototexto consiste nos rascunhos menos o autor, deve-se acrescentar que ele implica a intervenção do crítico. Trata-se

> de uma seleção, de uma deformação do material deixado pelo *scriptor* (id., p. 141).

O termo prototexto foi cunhado por Noël, em 1972, para dar um estatuto definido ao conjunto tão diversificado de documentos que, até aquele momento, não tinham sido adequadamente qualificados; hoje se fala também de dossiê genético, referindo-se ao conjunto de documentos do processo de criação de um autor. É importante destacar que não se pode formular uma definição única do que é um prototexto, constituindo ele um recorte pessoal do pesquisador, mas se podem organizar prototextos completamente diferentes de um autor, ainda que relativos ao estudo da mesma obra, conforme os diversos interesses dos pesquisadores:

> Fica claro, deste modo, que o prototexto não é o conjunto de manuscritos, mas esse novo texto formado pelo conjunto de documentos que coloca em evidência os sistemas lógicos que o organizam (...) nasce, portanto, da competência do geneticista-crítico que se encarrega de o estabelecer e, principalmente, o explorar em um processo analítico e interpretativo (Salles, 1992, p. 53).

De modo que, uma vez estabelecido o dossiê genético de um determinado autor, o pesquisador, a fim de torná-lo legível, deve organizá-lo, empenhando-se na descrição e transcrição dos documentos.

As principais etapas de um estudo genético e, por consequência, desta pesquisa, são as seguintes:

1) Foto-copiar ou microfilmar os manuscritos. Nem sempre, de fato, os documentos são accessíveis ao pesquisador, por causa de seu estado precário de conservação ou por uma série de limitações de vários tipos, estabelecidas pelas diferentes instituições possuidoras dos suportes manuscritos autógrafos, sobretudo, quando o autor já morreu. No caso desta pesquisa, por exemplo, o acesso aos documentos só foi possível graças à intercessão da herdeira universal de Virgillito, Sonia Giorgi, que concedeu os fac-símiles dos manuscritos de Virgillito por ela possuídos e que facilitou a consulta dos originais guardados no Arquivo Histórico de Florença, na Itália;

2) Numerar os fólios para tornar sua ordem menos caótica ou dar uma ordem cronológica aos fólios, buscando reconstituir o provável encadeamento das fases da redação; a numeração em ordem crescente é feita na frente de cada fólio, na margem direita, ao alto;

3) Fixar os rascunhos, ou seja, fixar unidades redacionais, os agrupamentos de frases, mais raramente de palavras, que ocupam um espaço definido nos fólios dos manuscritos. Trata-se, em outras palavras, da transcrição da parte redigida, sobretudo, quando é pouco legível em sua distribuição na folha. Claramente, a transcrição implica em uma intervenção por parte do pesquisador, pois, de fato "toda transcrição de manuscritos é modelada por um olhar, o qual, por sua vez, deve ser também modelado pela realidade de seu objeto, se deseja produzir dele uma representação adequada" (id., p. 56). Para efetivar a transcrição, o geneticista recorrerá a um código de transcrição, que deve dar conta de todas as ocorrências encontradas no texto, como acréscimos, supressões, deslocamentos e substituições.

Existem vários tipos de transcrições:

1) Diplomática, que consiste na reprodução datilográfica de um manuscrito que respeita fielmente a topografia dos significantes gráficos no espaço, no qual cada unidade é transcrita no mesmo lugar da página que ocorrera no original;

2) Semidiplomática, que consiste na reprodução datilográfica do manuscrito, assim como está no original, mas desenvolvendo, por exemplo, abreviações e rasuras;

3) Linear, a que foi adotada nesta pesquisa, que consiste na reprodução datilográfica de um manuscrito, que transcreve todos os elementos do original, mas sem respeitar a topografia da página. Por não existir ainda um consenso acerca do código a ser utilizado, ou uma padronização, no caso deste livro foram adotados os seguintes operadores:

Tabela 1 - Operadores utilizados na transcrição

#	versão
/ /?	leitura duvidosa
(/ /?)	leitura duvidosa de parte ou palavra riscada
/?/	palavra ou parte de palavra ilegível
(/?/)	palavra ou parte de palavra riscada ilegível
< >	acréscimo
>>	acréscimo à direita
<<	acréscimo à esquerda
*	para comentários do pesquisador
( )	apagado
( )	substituem o circulado do manuscrito.
↓	substitui deslocamento para baixo.
↑	substitui deslocamento para cima.
→	substitui deslocamento para a direita.
←	substitui deslocamento para a esquerda.

Segue, a título de ilustração, a transcrição linear de um dos fólios do dossiê de Virgillito:

757 caffè dell'Alberto

10/10/95

Le montagne - di nascosto crescono -
le loro forme di viola ←··· (si levano)
senza sforzo ↓ – stanchezza –
battimani – o soccorso – >> . >>

Nei loro volti eterni
con giusta gioia – il sole –

< (guardava) >
↓ *a lungo – d'oro – cerca*

< finalmente >
compagnia ↓ – nella notte

*< (al venir notte) >**

(FV, caixa 210, terceiro caderno, fol. 11).

* *Os colchetes são da autora.*

Após a fase de organização do material a ser estudado, o geneticista passa à leitura dos rascunhos transcritos de que decorrem quatro tipos de informações referentes ao processo criativo do autor:

1) Informações extratextuais: elementos que não têm nenhuma relação com a produção de enunciados literários. Por exemplo, comentários particulares, um desenho sem relação com a atividade poética;

2) Indicações de inscrição: indícios da maneira de redigir circunstanciada. O conjunto das condições de redação (com qual estado de espírito foram feitas correções, rasuras, substituições.);

3) Comentários relativos ao texto: registros sobre a própria maneira de escrever;

4) Notas de regência: juízo do *scriptor* sobre o que ele está escrevendo, um ato de reflexão sobre si mesmo destinado ao próprio sujeito e tendo em vista a organização futura de sua obra. Tem valor de opção e são verdadeiras prescrições que o *scriptor* dirige a si mesmo ou a um metatexto.

Evidentemente, a análise do geneticista não se pode fundamentar somente no prototexto e nas informações de vários tipos que ele colhe, mas sim deve procurar "em outras ciências, (...) instrumental teórico que o habilite a analisar e interpretar o material e, assim, poder falar em explicações ou leis" (Salles, 1992, p. 59). Precisa, de fato, lembrar que o objetivo principal de qualquer estudo genético, e também descritivo da tradução, é exatamente encontrar as explicações e leis que direcionam todo processo de criação artística; para isso, porém, é necessário que as observações decorrentes da análise do prototexto sejam inseridas em um sistema interpretativo fundamentado em alguma teoria.

O semioticista americano Charles S. Peirce (1931-1958) afirma ser necessário recorrer à *Metafísica evolutiva* para poder entender um pouco sobre qualquer processo perceptivo. Cabe lembrar, de fato, que o manuscrito constitui a forma física do fenômeno mental, da percepção, ou melhor, "o manuscrito é um meio pelo qual temos acesso ao fenômeno mental da criação" (id., p. 66). O estudo dos manuscritos pode revelar, então, esse percurso evolutivo da mente criadora do artista a partir, quem sabe, do primeiro sintoma do despertar artístico, da primeira imagem geradora, até o produto assim chamado de *final*. Esse processo com tendência é chamado de *processo télico*, que é nada mais que o desejo do artista de chegar àquela exata ideia de obra que ele tem em mente, e com aquelas determinadas características que idealizou. A teoria desenvolvida por Peirce visa exatamente a facilitar a compreensão desse processo evolutivo que, segundo ele, aconteceria conforme três modos de evolução do pensamento: o *tichismo*, o *ananquismo* e o *agapismo*.

O *tichismo* é a evolução sem propósito por causa de circunstâncias externas ou por força da lógica; não existe uma causa específica para que se tome uma determinada direção, é uma evolução incontrolável. O *ananquismo* é a evolução determinada por uma força bruta que leva à adoção de novas ideias sem prever para onde elas irão. Por causa disso, um habito até certo ponto adquirido pode ser substituído por outro completamente oposto, devido a causas externas como uma doença, uma guerra; ou por causas internas que não se conhece o rumo. A última, o *agapismo* ou amor criativo é a única evolução com propósito:

> é a adoção de certas tendências mentais, não totalmente sem propósito, como no "tichismo", nem cegamente, isto é, por força da lógica ou das circunstâncias, como no "ananquismo", mas por uma atração imediata pelas ideias cuja natureza é admirada antes da mente possuí-las (id., p. 69-70).

No decorrer da gênese de uma obra pode haver, ao mesmo tempo, a passagem por essas três fases ou somente por algumas delas.

Neste livro, a análise do prototexto será fundamentada não somente na metafísica evolutiva de Peirce, mas também na Teoria Descritiva da Tradução, já que o objeto de estudo são manuscritos de traduções. Pelo suposto até o presente, pode-se observar que a Crítica Genética e os Estudos Descritivos possuem o mesmo paradigma, ou seja, uma metodologia similar e, sobretudo, princípios teóricos que funcionam em perfeita sintonia. Ambas se servem de uma metodologia de investigação de caráter indutivo. A primeira, ao estudar o manuscrito, visa chegar a

> possíveis conclusões relativas a uma teoria da criação. Conclusões essas não mais baseadas em hipóteses desenvolvidas de forma dedutiva, a partir da obra acabada ou a partir de depoimentos de artistas. A crítica genética faz uso de inferências partindo de fatos concretos que funcionam como índices de suporte para uma teoria. Registra os dados de fato, da experiência viva, para corroborar dados teóricos, ou seja, é um processo de investigação experimental de suposições teóricas (id., p. 33-34).

Da mesma forma, os Estudos Descritivos da Tradução não partem de pressupostos *a priori*, mas de dados empíricos das traduções para remontar, por meio da análise dos textos editados, às leis e constrições sofridas pelo tradutor, ao longo de seu processo tradutório. Devido, então, à natureza dessas duas metodologias, pareceu lógico aproximá-las, pela primeira vez, aplicando-as ao estudo de manuscritos tradutórios. Segundo Serge Bourjea, a Crítica Genética

> possibilita, de fato, duas coisas importantes no campo da Tradução: 1) ela pode constituir uma nova tarefa, (impossível), **quanto à tradução dos manuscritos literários** (...); 2) a Genética deve permitir, por meio de um melhor conhecimento do processo da inventividade literária, **um trabalho de leitura/reescritura mais fino ou mais adequado** para o tradutor da poesia. (Bourjea, 1998, p. 48, negrito do autor).

De fato, aqui quer se mostrar que um estudo genético pode, então, não somente desvelar, até certo ponto, o processo de criação do artista, mas também, o processo de tradução de uma obra. Quanto ao trabalho do tradutor, este é um trabalho consciente, pois pelas escolhas que faz na tradução, deixa como rastro aquilo que a Crítica Genética procura, que é mostrar um pensamento em evolução, presente também no caso de um processo tradutório.

Quais são, de fato, as etapas que levam um tradutor a escolher ou considerar como aceitável determinada versão de um texto? Quais as justificativas dessas escolhas e qual o material de referência que o tradutor usa? Estas são perguntas às quais a Crítica Genética pode responder com sua metodologia. Neste caso, também, o objeto de estudo da Crítica Genética é o caminho percorrido pelo tradutor para chegar à obra entregue ao público. Estuda-se o processo criativo a partir das marcas deixadas pelo tradutor.

O objeto desta pesquisa poderia ser comparado a um prisma com três faces: um lado estaria ocupado por um manuscrito, o segundo por uma tradução e o terceiro por um processo de criação. Trata-se dos manuscritos de 114 poemas de Emily Dickinson traduzidos pela poeta e tradutora italiana Rina Sara Virgillito. Os cinco cadernos manuscritos foram encontrados em agosto de 1996, após a morte da poeta, na sua casa em Bergamo, na Itália, pela amiga e herdeira universal, Sonia Giorgi.

A tradução dos poemas de Dickinson foi o último empreendimento literário da poeta que, por causa da morte, ficara inacabado. Os cinco cadernos foram estudados durante cinco anos, período em que se realizou também a análise filológica e a transcrição dos cadernos, em vista de uma possível publicação, o que finalmente ocorreu em 2002, em Milão, pela editora Garzanti.

Os poemas em questão já foram objeto de estudo da pesquisa de Mestrado *De poeta a poeta: a única tradução possível? O caso Dickinson/Virgillito.* Naquela ocasião, fundamentando-se na Teoria Descritiva da Tradução, buscou-se analisar as traduções das poesias da americana Emily Dickinson feitas por Rina

Sara Virgillito, uma poeta reconhecida pelo cânone, bem como, por outros sete tradutores não reconhecidos pelo cânone. Por poeta *potencial* ou poeta não reconhecido pelo cânone se entende um tradutor que lida com poesia, mas pode não ter publicado coletâneas de versos na língua materna ou tê-las publicado, sem, contudo, ser reconhecido socialmente como poeta.

Portanto, utilizando a metodologia dos Estudos Descritivos, procurei retornar das traduções às estratégias e às normas não somente linguísticas que condicionaram os vários tradutores. No caso em questão, analisei textos poéticos, visando a ilustrar se realmente existe uma diferença significativa entre as estratégias adotadas por poetas reconhecidos pelo cânone e as daqueles não reconhecidos e, se possível, se poderia remontar às razões que originaram esses diferentes comportamentos.

Levantei as hipóteses de que o poeta e os tradutores costumam optar por diferentes procedimentos. O primeiro não seria influenciado no ato tradutório somente pelo sistema de chegada, que inclui, como disse Lefevere (1992), editoras, padrões poéticos etc.; mas, como sustenta Benjamin (1992), estaria mais preocupado com a realização de uma certa poeticidade do texto de chegada (e por isso estaria mais influenciado pela própria poética, que resultaria no texto a ser traduzido). Mediante a análise dos textos e das suas ocorrências, queria mostrar como os tradutores não reconhecidos pelo cânone sofrem as restrições dos polissistemas de chegada (sobretudo das editoras) e das normas poéticas, ou como estão direta e forçosamente preocupados, pelas devidas razões, em tornar o texto o mais comunicável possível – sobretudo, em se tratando de textos de um poeta, como no caso de Emily Dickinson. Esses textos tanto se afastam dos padrões linguísticos e culturais, quer do próprio sistema de partida, quer do sistema de chegada.

Um outro fator considerado foi a questão da motivação. De fato, o poeta reconhecido pelo cânone, geralmente escolhe traduzir um outro por razões de mera afinidade, enquanto os poetas não reconhecidos pelo cânone, por sua vez, raramente têm esse privilégio, já que devem sujeitar-se aos ditames do mercado. A tradução de textos e, consequentemente, o tradutor, estariam, assim, no meio de dois processos opostos: um originário (a motivação) e um de chegada (as normas do sistema receptor), que dariam origem a diferentes produtos conflitantes entre si, como o próprio sistema de chegada e, enfim, os textos de partida.

Na dissertação de Mestrado, as versões de Virgillito foram comparadas com as de sete tradutores. Considerei as traduções mais recentes, editadas de 1990 até hoje, sendo também um período representativo do crescente interesse pela poeta americana por parte do ambiente literário e acadêmico italiano, o que registra um maior número de edições. Escolhi, além das traduções dos mais conceituados especialistas e estudiosos de Emily Dickinson e da literatura americana, também as de tradutores que já publicaram prosa ou poesia e lidam, de alguma forma, com a tradução poética. Foram estudadas todas as sete coletâneas contendo as poesias em apreço, seguindo os princípios do método utilizado pelos teóricos dos Estudos Descritivos. Utilizei, especificamente, o esquema hipotético idealizado por Gideon Toury e aperfeiçoado por José Lambert e Van Gorp.

O primeiro passo foi o de colher informações sobre as traduções, ou melhor, colher indícios graças aos quais se poderia estabelecer que aquelas eram traduções do ponto de vista do sistema de chegada. Inicialmente, analisei as sete coletâneas que contêm as 125 poesias escolhidas como o *corpus* a ser estudado, nos seus níveis preliminar e macroestrutural; em seguida, analisei as 125 poesias no nível microestrutural. Segundo a Teoria Descritiva, uma análise preliminar dos vários níveis, macro e microestrutural, deveria revelar uma certa homogeneidade nas estratégias adotadas pelo(s) tradutor(es).

Em suma, o objetivo da pesquisa foi o de abordar, de forma não prescritiva, a questão da traduzibilidade de textos poéticos. Parti do pressuposto de que, à luz da evolução, por um certo ângulo até revolucionária, dos estudos sobre tradução, não se justificaria mais uma concepção da análise do processo tradutório somente do ponto de vista linguístico. De fato, um texto não se constitui somente de signos linguísticos, por sinal, nem facilmente transferíveis de um código para o outro, mas também de signos literários, ou com valor literário, cultural, social. Seria, pois, impossível não considerar esses aspectos na análise de qualquer texto, sobretudo de um texto traduzido. Além disso, compartilhei a exigência questionada pelos teóricos dos Estudos Descritivos, de dar uma fundamentação empírica e não somente ideológica aos estudos sobre tradução. Isso levou a considerar como ponto de partida da pesquisa o *corpus* e os dados obtidos, e não as teses e os postulados estabelecidos *a priori*.

Busquei, sobretudo, demonstrar a falácia da crença de que só um poeta poderia traduzir outro poeta, afirmando-se que, ao contrário, um poeta pode até traduzir outro poeta melhor do que qualquer outro tradutor, mas que esta presumível *melhor* qualidade, quando existe, não depende só de um dom e de uma competência implícita. Contudo, depende das várias influências que o processo e as escolhas do tradutor-poeta sofreriam por parte dos padrões literários e sociopolíticos do polissistema de chegada, inclusive considerando ou não o seu espaço de cânone nesse polissistema.

De fato, tentei mostrar, mediante a análise do *corpus* escolhido, que existe uma diferença grande entre as traduções de poetas reconhecidos pelo cânone e as dos não reconhecidos. Essa diferença, porém, não seria só resultante da competência *poética* de cada um dos autores, mas também, e, sobretudo, consequente das constrições de tipo literário, estilístico, econômico e temporal que os tradutores, por várias razões, sofreriam por parte das editoras, dentre as quais o escasso prestígio literário e social.

Espero, dessa forma, ter dado com essa pesquisa uma contribuição para uma maior clareza acerca dos processos tradutórios e uma maior visibilidade ao papel do tradutor, que mais uma vez se revelou *limitado*, não no que diz respeito à sua competência, mas no que diz respeito à sua liberdade de ser um profissional reconhecido e livre para assumir as escolhas necessárias ao trabalho que, ele só, melhor conhece.

O dossiê genético desta pesquisa constitui-se dos seguintes documentos:

1) Os fac-símiles de cinco cadernos com traduções manuscritas de poemas de Emily Dickinson feitas por Rina Sara Virgillito e guardados junto ao Arquivo Histórico de Florença;

2) O catálogo da Biblioteca Rina Sara Virgillito;

3) Os fac-símiles de algumas folhas manuscritas da agenda particular da autora de 1996 cedida por Sonia Giorgi;

4) Onze folhas avulsas em fac-símile com traduções de poemas de Dickinson trazendo a data do dia 17/10/ 1995, guardadas pela herdeira universal, Sonia Giorgi, em Bergamo, na Itália;

5) Dois livros originais que pertenceram à autora: um de poesias e um de cartas de Emily Dickinson, editados pela editora Bompiani, em 1995, e organizados por Margherita Guidacci, contendo anotações manuscritas de Virgillito, cedidos pela Profa. Giorgi;

6) Fac-símiles das introduções e das notas biobibliográficas de cinco livros do Fundo Virgillito: todos são edições de poemas de Dickinson traduzidos para o italiano e que contêm anotações manuscritas de Virgillito: Emily Dickinson. *Poesie*. Editado por Guido Errante. Milão, Mondadori, 1964; Emily Dickinson. *Le stanze d'alabastro*. Editado por Nadia Campana. Milão, UEF, 1983; Emily Dickinson. *Poesie*. Editado por Massimo Bagicalupo. Milão, Oscar Mondadori, 1995; Emily Dickinson. *Silenzi*. Editado por Barbara Lanati. Milão, Feltrinelli, 1986; Emily Dickinson. *Poesie*, traduzidas por Margherita Guidacci, Milão, Rizzoli, 1979.

Segue descrição dos elementos que constituem o dossiê:

A) Cinco agendas das traduções de Dickinson, que constituem o nº 210 do Inventário do Fundo. Elas trazem os seguintes cabeçalhos:

1) Primeiro caderno: *prime stesure – Testi di E. D. , dal 9/10/1995 al 9/11/1995, per Emily Dickinson* (cc. 52). O caderno, com capa plastificada preta e detalhes amarelos, vermelhos, azul e verde, do tipo encadernado horizontalmente com espirais, conta com 56 folhas em papel comum quadriculado. As folhas medem 100 milímetros de largura e 145 de comprimento. No verso da capa, consta a anotação da autora em caneta preta:

prime stesure – testi di E. D,
- *dal 9.10.1995*
al 9.11.1995
per EMILY
DICKINSON
(FV, Caixa 210).

A autora numerou as folhas a partir da primeira, a lápis, e somente na frente, no canto direito em baixo, de um até 52. O verso da folha sete e da folha oito, o verso da folha 16, da folha 32, 35 e 38 estão em branco. A primeira folha, frente e verso, e a segunda, somente frente, são escritas com caneta de cor azul – a primeira com caneta do tipo comum e a segunda com caneta do tipo *tratto-pen*, as demais em caneta preta do tipo *tratto-pen*. A autora marca as poesias a serem revistas com caneta vermelha;

2) Segundo caderno: *Dickinson prime stesure, dal 10/11/1995 al 15/1/1996* (cc. 50 + 2 cc. avulsas). O segundo caderno, do mesmo tipo do primeiro, tem capa plastificada azul com detalhes amarelos, vermelhos e verdes, é do tipo encadernado horizontalmente com espirais contando com 56 folhas de papel comum quadriculado. As folhas medem 100 milímetros de largura e 145 de comprimento. No verso da capa, há a anotação da autora em caneta preta tipo *tratto-pen*:

Dickinson
Prime stesure
dal 10/11/95

al 15/1/96
(FV, Caixa 210).

Esta última data está anotada com caneta preta de tipo diferente da outra (caneta comum). A autora numerou as folhas a partir da primeira, sempre na frente, até o número 50. Há duas folhas avulsas no final do caderno, em papel branco muito fino, medindo 150 milímetros de comprimento e 105 de largura, com poesias traduzidas na frente e no verso da primeira e somente na frente da segunda, a qual traz, no verso, um brasão impresso com a seguinte frase: *Ateneo di Scienze Lettere ed Arti già Accademia degli 'Eccitati'. Bergamo 1642*, tudo em marrom. No caderno, os versos das folhas oito, 12 e 50 não estão anotados. Todas as folhas estão escritas com caneta preta do tipo *tratto-pen* e somente as revisões estão, em alguns casos, em caneta vermelha e, em outros, em caneta azul;

3) Terceiro caderno: *Dickinson – traduzioni provvisorie . 1995.* O terceiro é um caderno de notas, com capa de papel que a autora cobriu com um papel grosso de cor marrom e com um postal representando uma divindade budista. Encadernado horizontalmente com cola e medindo 210 milímetros de comprimento x 148 de largura, o papel é do tipo comum e quadriculado. Na capa, sob o cartão postal, a autora colocou o seguinte título, em *pilot pen* vermelho:

Dickinson – . 1995 .
traduzioni provvisorie
(FV, Caixa 210).

Virgillito recobriu também o verso da capa com um postal representando uma árvore em branco e preto; debaixo do canto direito do postal, há a anotação em caneta vermelha, de uma data: *23.9.1994* com *1995* sobreposto. A autora colocou em cima da primeira folha, o seguinte cabeçalho, em caneta vermelha: *Trascrizioni 1-63 Emily Dickinson 31.10.1995.*

As folhas estão numeradas na frente, do lado direito, em baixo. A numeração a lápis vai da primeira folha até a 37, sendo que os versos das folhas sete, oito, 10, 11, 12, 13, 15, 16, 18 não estão anotados. As demais estão escritas com caneta preta e vermelha, no caso de revisões e correções. Há uma mancha marrom na folha dois, do lado direito, que não impede a leitura do manuscrito. No final do caderno, há três folhas avulsas, sendo duas de papel amarelo duro dobradas e outra de papel comum branco quadriculado. Todas estão escritas com caneta preta, em ambos os lados, e com correções em caneta vermelha;

4) Quarto caderno: 2 Dickinson. O quarto caderno tem capa plastificada azul quadriculada, na qual a autora sobrepôs um cartão postal colado com durex, que representa rostos e corpos de um homem e uma mulher, de origem indiana. Debaixo do postal colocou, em *pilot pen* vermelho, o título *2 Dickinson*. No verso da capa, também, a autora colou um cartão postal mostrando a foto de dois pássaros e com o seguinte titulo: *Kittiwakes nesting on a cliff face on the rugged western coast – George Gmelch.* O caderno mede 150 milímetros de largura x 210 de comprimento. A primeira folha traz, em caneta vermelha, o seguinte cabeçalho: *Secondo quaderno di trascrizioni provvisorie poesie di Emily Dickinson.*

As folhas estão numeradas a partir da primeira, sempre na frente, a lápis até a 21. As folhas estão escritas com caneta preta do tipo *tratto-pen* até o verso da folha 14 e, a partir daí e até o verso da folha 16, há textos em caneta comum azul. As últimas cinco folhas estão novamente em caneta preta tipo *tratto-pen*, exceto o verso da folha 17, ainda em caneta azul. Em caneta vermelha estão as correções da autora e, eventualmente, em caneta azul;

5) **Quinto caderno: *Poesie di Emily Dickinson (1995) – Revisioni 1996* (cc. 2).** O quinto é um caderno de notas com capa plastificada, mostrando um desenho de Wassili Kandinsky, com encadernação horizontal colada. Mede 175 milímetros de comprimento x 150 de largura. No verso da capa, a autora colou um papel branco com uma epígrafe latina escrita por ela mesma, com um *pilot pen* vermelho escuro: *Regem um coelorum vim patitur, et violenti rapiunt illud (matt. XI, 12).* Ao lado direito da folha no canto direito, há a seguinte data anotada em caneta preta tipo *tratto-pen*: *26.8.1995.* As folhas são numeradas somente na frente do lado direito, em baixo, a lápis, de um até dois, sendo que o verso da folha um não está anotado. As folhas estão escritas em caneta preta tipo *tratto-pen* com correções em caneta vermelha do mesmo tipo.

B) O fac-símile do Catálogo da Biblioteca Rina Sara Virgillito, 179 páginas, organizado por Beatrice Biagioli e publicado em novembro de 1998. O catálogo apresenta os 2697 volumes do Fundo Virgillito e está dividido em duas partes: na primeira seção, os volumes estão em ordem numérica progressiva, assim como aparecem nas prateleiras do Arquivo Histórico de Florença; na segunda seção, aparecem em ordem alfabética por autor e por título.

C) Fac-símiles de dezesseis folhas manuscritas da agenda pessoal de Virgillito de 1996. As folhas se referem aos dias primeiro, dois, cinco, seis, oito, nove, 12, 13, 15, 16, 22, 23 de janeiro; dois, três de fevereiro; e 28 e 29 de junho, e contêm referências ao seu trabalho de revisão das traduções de Dickinson.

D) Fac-símiles de 11 folhas avulsas não contempladas pelo Fundo Virgillito e cedidas pela herdeira Sonia Giorgi. A primeira folha tem o seguinte cabeçalho, *Piazza Navona 17/10/95 h. 15 I stesura*. Trata-se de suas versões da poesia n. 640.

E) Dois livros originais pertencidos a Virgillito e doados por Sonia Giorgi, um de poesias e um de cartas de Emily Dickinson traduzidos para o italiano e contendo anotações autógrafas de Virgillito. O primeiro, *Emily Dickinson. Poesie* editado por Margherita Guidacci, publicado em 1995 pela editora Bompiani, 443 páginas, traz na folha de rosto a seguinte data em caneta vermelha feita por Virgillito, *8.12.1995*; a data aparece acompanhada por um símbolo que a autora sempre colocava em seus livros, um /S/ maiúsculo e uma cruz sobrepostos. A introdução está toda anotada, sublinhada por Virgillito, contendo comentários em caneta verde e preta. A nota bibliográfica também traz anotações e sublinhados de Virgillito, em caneta verde, assim como a cronologia. As poesias n. 211, 249, 256, 362, 453, 461, 472, 491, 498, 511, 568, 615, 623, 625, 644, 650, 695, 705, 729, 739, 764, 775, 781, 850, 875, 1067, 1194, 1203, 1725, 1728, 1732, 1755, 1760 estão marcadas por um pontinho de caneta vermelha, enquanto as 1247 e 1651 estão marcadas por um pontinho de caneta azul. No livro, há cinco cartões postais usados como marcadores nas folhas 50-1, 158-9, 202-3, 268-9, 270-1, 413; outras são marcadas por papéis verdes, a saber, 178-9, 216-7; e outra, de 182-3, acompanhada por uma nota fiscal com a data de 07/01/96. O segundo livro, *Emily Dickinson. Lettere* editado por Margherita Guidacci, 411 páginas, sempre publicado pela Bompiani em 1996, traz a seguinte data a lápis na folha de rosto, *15/1/1996* com o símbolo já mencionado. Neste caso, também a autora usou cartões postais como marcadores nas folhas n. 146-7, 156-7, 256-7. A introdução apresenta anotações de caneta preta e lápis.

F) Os fac-símiles das introduções dos seguintes livros de Dickinson de posse de Virgillito: Emily Dickinson. *Poesie*. Editado por Guido Errante. Milão, Mondadori, 1964, traz três datas, *21 de janeiro*, em caneta azul, *agosto de 1957*, e o ano, *83*. Há, também, escassas anotações de Virgillito; Emily Dickinson. *Le stanze d'alabastro*. Editado por Nadia Campana. Milão, UEF, 1983, traz duas datas na folha de rosto, *estate 1984* e *autunno 1995*, com várias anotações de caneta; Emily Dickinson. *Poesie*. Editado por Massimo Bagicalupo. Milão, Oscar Mondadori, 1995, com a data de *9.9.1995*, está anotada e sublinhada, trazendo também a cronologia e a nota biobibliográfica; Emily Dickinson. *Silenzi*. Editado por Barbara Lanati. Milão, Feltrinelli, 1986, traz duas datas, *8/9/87* e *9.10.95*, a introdução está anotada, sublinhada, e há alguns trechos de poesias traduzidas por Virgillito e anotados a lápis; Emily Dickinson. *Poesie*, traduzidas por Margherita Guidacci, Milão, Rizzoli, 1979, com a data de *1979* anotada por Virgillito, tem uma dedicatória e o livro apresenta várias anotações feitas por Virgillito. Todos esses documentos manuscritos, ou anotados, testemunham o processo de criação de Virgillito e constituem o dossiê desta pesquisa.

O *Dossiê Virgillito* foi estudado, tendo como embasamento metodológico e teórico o da Crítica Genética, sobretudo no que diz respeito à sua organização, ordenação, numeração, transcrição e análise. Em relação a esse último ponto, a análise e interpretação dos dados, à Crítica Genética acrescentar-se-á o respaldo teórico da Teoria Descritiva da Tradução, por se tratar o meu *corpus* de manuscritos de traduções. Também a semiótica peirceana servirá como referência da análise que visa a detectar e entender as leis do processo criativo estudado.

Parece relevante destacar a novidade da proposta desta pesquisa, que pretende aplicar, pela primeira vez, a Crítica Genética ao estudo de manuscritos de traduções. Após uma investigação bibliográfica, sabe-se que somente duas pesquisadoras, Cristiane Grando e Marie-Hélène Paret Passos (2011), tenham trabalhado, a primeira em São Paulo e a segunda em Porto Alegre, com Crítica Genética e Tradução, não para reconstituir o processo criativo do tradutor, mas sim, mostrando como a análise dos manuscritos do texto de partida poderia ajudar na sua interpretação e na sua tradução[26]. Pela primeira vez, também, faz-se isso com manuscritos em língua italiana, já que até agora, os grupos de pesquisas principais deste país trabalham com dossiê de autores brasileiros ou de língua portuguesa, com autores de língua francesa e inglesa.

O primeiro objetivo, como se acenou, é o de tentar o que se tem timidamente buscado fazer no âmbito da teoria da tradução, ou seja, reconstituir, de uma forma empírica, com base nos dados colhidos e no *corpus* delimitado, o processo criativo do tradutor. Tem-se em vista detectar as leis e as normas

[26] Para um maior aprofundamento, consultar os seguintes artigos publicados (Grando, 1998, 1999 e 2001).

seguidas, bem como as razões e as influências de vários tipos que o levaram à escolha de um determinado procedimento.

As marcas deixadas pelo autor/tradutor em seus manuscritos são testemunhos de um processo inserido em um contexto específico, ou melhor, em vários contextos espaciais e temporais, que moldam, de diversas formas, o seu trabalho, tendo responsabilidade direta do que será o assim chamado produto *final*. Pretende-se questionar, pela análise de dados concretos, e não de postulados teóricos estabelecidos *a priori*, preconceitos e mitos ainda existentes e persistentes no âmbito dos estudos da tradução (como o da pretensa superioridade do texto *original*, o da dependência do texto traduzido em relação ao texto de partida, a simplória concepção do papel do tradutor e de sua presumida competência, ou o conceito da fidelidade etc.) buscando mostrar como, na verdade, o trabalho do tradutor é tão digno quanto o do autor, que escreveu o texto de partida.

Capítulo III – A pré-gênese: o autor traduzido

Muito já foi escrito sobre Emily Dickinson, *o Mito*, como era chamada ainda durante sua vida. Mabel, a amante do irmão, assim a descreve em uma carta de 1881:

> Amherst possui uma personagem da qual devo falar-lhes. É uma senhora que as pessoas chamam de o Mito. É a irmã do senhor Dickinson e parece trazer em si a quintessência da excentricidade da família. Há quinze anos não sai de casa (...) Veste roupa branca e o seu intelecto é prodigioso. Escreve com grande elegância, mas ninguém a vê nunca[27] (Bulgheroni, 2001, p. 260-261).

Emily Dickinson nasceu em Amherst, uma cidade de Massachussets, nos Estados Unidos, em 1830. Viveu na casa paterna onde, aliás, e quase sempre no mesmo quarto, passou a vida toda, com a única exceção de uma viagem a Washington e de duas breves idas a outras duas cidades. Em uma solidão quase total, começou a escrever versos, sobretudo, a partir de 1860, intensificando, desde então, a sua produção. Faleceu em Amherst, em 1866[28].

Faz-se necessário refletir sobre a história do sucesso singular de Emily Dickinson, desde a recusa que sua obra sofreu por parte do sistema literário e social da América Vitoriana até a consagração póstuma.

[27] "Amherst ha un suo personaggio di cui vi devo raccontare. È una signora che la gente chiama il Mito. È sorella del Signor Dickinson e sembra racchiudere in sé la quintessenza dell'eccentricità di famiglia. Da quindici anni non esce di casa (...) Veste tutta di bianco e il suo intelleto è prodigioso. Scrive con grande finezza, ma nessuno la vede, mai".

[28] Para um aprofundamento maior da parte biográfica, ver em inglês Mitchell (2000); e em italiano Bulgheroni (2001).

Quem era, afinal, Emily Dickinson? Existiu uma Emily Dickinson ou existiram várias? Talvez uma diferente para cada cultura, cada tradição, cada época e cada tradutor? Será possível encontrar respostas para essas perguntas nos seus textos, em seus vestígios mais pessoais, tais como os vários manuscritos e as cartas que deixou? Seus documentos pessoais, quem sabe, pudessem revelar um pouco sobre Dickinson, mas o problema é que sofreram um processo turbulento de manipulações e revisões, às vezes, injustificadas, por parte dos vários editores que se interessaram em publicar seus poemas.

Cabe lembrar que, durante a sua vida, Emily Dickinson sofreu a recusa, a censura e a incompreensão dos contemporâneos no que diz respeito à sua atividade poética. Lembra-se, então, como, em 15 de abril de 1862, ao enviar uma carta acompanhada por quatro poemas ao crítico literário Thomas W. Higginson – que no *Atlantic Monthly* estava procurando novos talentos –, ao pedir uma avaliação de sua produção, Emily recebe uma resposta negativa, convencendo-a a nunca mais propor ou publicar nada:

> Me dá vontade de rir, quando o senhor me aconselha a adiar a "publicação" – estando essa ideia tão distante do meu pensamento como o firmamento de um peixe. Se a fama me pertencesse, não poderia escapar-lhe, e se não me pertencesse, os dias mais longos se consumariam inutilmente para mim, nesta busca – a aprovação do meu cachorro, para mim, que sou humilde, é mais importante[29] (Dickinson, 1996, p. 161, tradução minha).

O que, na verdade, constrangia Higginson era sua total incapacidade de classificar aqueles poemas que estava lendo; ou seja, não saberia como encontrar um lugar adequado para eles na literatura, desde que eram, sem dúvida, notáveis, mas ao mesmo tempo, escapavam a qualquer definição crítica por causa de suas *anomalias* sintáticas, linguísticas e estilísticas, que tanto a afastavam do cânone vitoriano (basta citar o tão famoso travessão que Dickinson utilizava como único signo de pontuação).

Emily Dickinson resolveu, então, não publicar, de forma alguma, os seus poemas, e preferiu se lançar a uma ininterrupta, solitária experimentação poética, e escolher, quem sabe, uma fama póstuma e incerta, à certeza da mutilação que, como se poderá ver mais adiante, a sua palavra teria sofrido. Isso, de fato, aconteceu com as poucas poesias (sete)[30] anônimas editadas graças

[29] "Mi viene da ridere quando lei mi consiglia a differire la "pubblicazione" – essendo questa estranea al mio pensiero come il firmamento a un pesce – Se la fama mi spettasse, non potrei sfuggirle – e se non mi spettasse, le giornate più lunghe si consumerebbero inultilmente per me nella caccia – e mi verebbe meno, allora, l'approvazione del mio cane – meglio il mio umile rango".

[30] Listando os sete poemas referidos, lê-se: O valentino *Sic transit gloria mundi*, que ela tinha enviado para

ao interesse de amigos, as quais foram corrigidas por críticos conservadores, justamente no que concerne às *irregularidades* que caracterizariam o seu estilo: o famoso travessão substituído por vírgulas, as inusitadas iterações fônicas das palavras consideradas como pouco harmoniosas.

Apesar de considerar as poesias de Emily *felizmente não publicáveis*, o estilo e a personalidade dessa jovem poeta atraíram a atenção de Higginson, que se tornaria um interlocutor privilegiado, quase um preceptor de Emily Dickinson, garantindo à autora americana, após a morte, a publicação de sua obra. De fato, a partir do momento em que, após a morte de Emily Dickinson, foram encontrados, em um baú, os manuscritos que a poeta pacientemente transcrevera e recolhera em fascículos, inicia-se um processo de leves, mas inexoráveis alterações por parte dos parentes que copiaram os poemas.

Emily Dickinson morreu em 15 de maio de 1886, levando consigo possíveis respostas para uma vida tão enigmática; deixou, porém, um testemunho que poucos suspeitavam. A irmã Lavinia Dickinson, de fato, ao arrumar as coisas de Emily, encontrou toda a sua *produção* espalhada, sua correspondência, os rascunhos das cartas para os amigos e sua "carta ao mundo", como diz Marisa Bulgheroni (2001, p. 295): quase 1800 poesias encadernadas em fascículos ou anotadas em envelopes; velhos convites; folhas publicitárias, dentre outros documentos. Lavinia, conforme a vontade da irmã, queimou toda a correspondência, mas ficou deslumbrada ao descobrir uma caixa de madeira contendo cerca de 700 poesias cuidadosamente transcritas.

Coube à cunhada, Mabel Todd, transcrever todos aqueles manuscritos para uma possível publicação que Higginson não aconselhava, considerando as poesias de Emily *imperfeitas*; segundo ele, somente uma revisão editorial minuciosa e severa poderia facilitar a sua publicação (Bulgheroni, 2001, p. 298-299). Após um trabalho de três anos, Mabel Todd voltou com seus manuscritos à casa de Higginson, o qual, ainda desconfiado, mandou catalogar as poesias em três grupos – A, B, C – conforme o *valor*, e sugerindo uma revisão, sempre que fosse necessário.

William Howland, um assistente do Amherst College. Foi impresso no *Springfield Daily Republican*, em 20 de fevereiro de 1852; *I taste a liquor never brewed*, no *Springfield Daily Republican*, em quatro de março de 1861, na coluna intitulada *Original poetry*; *Safe in their alabaster chambers*, primeira versão. *Springfield Daily Republican*, em primeiro de março de 1862; *Some keep the sabbath going to church*. Publicado no *The Round Table* (um semanário de Nova York), em 12 de março de 1864; *Blazing in gold and quenching in purple*. Publicado com o título de *Sunset*, no *Springfield Daily Republican*, em 30 de março de 1864, na coluna *Wit and Wisdom*; *A narrow fellow in the grass*. Publicado no *Springfield Daily Republican*, em 14 de fevereiro de 1866; *Success*. Publicado no volume *A masque of poets*, editado em 1878 pelos Roberts Brothers de Boston, organizado por Thomas Niles.

O crítico Higginson escolheu, em seguida, 200 poesias, dentre 600, dividindo-as por temas: vida, amor, natureza, tempo e eternidade, atribuindo títulos a algumas e submetendo-as ao editor, Huoghton Mifflin, que as recusou. Ainda em maio de 1890, Mabel Todd tentou, em Boston, uma aproximação com a editora Roberts Brothers, que a recebeu, porém, com uma certa distância. Arno Bates, consultor da editora, leu as poesias e afirmou que a autora tinha talento, mas não possuía técnica; sugeriu, ainda, que seria necessária uma escolha severa de quais poemas serviriam para publicação, assegurando a necessidade de se fazer algumas modificações.

Passaram-se, assim, muitos anos em que os manuscritos foram folheados, lidos, relidos e recusados, quando, então, o interesse pelo *Mito* de Amherst pareceu enfraquecer-se. Lavinia Dickinson resolveu, com a ajuda de Higginson, financiar a primeira publicação das poesias de Emily. Os organizadores, porém, como Emily tinha previsto, fizeram cortes e revisões para tornar mais regulares os seus ritmos e rimas, ou para *normalizar* a pontuação; ou para dividir as poesias por temas e aplicar-lhes títulos explicativos (que não existiam), como é o caso da poesia *Success*. Não obstante essas *alterações*, as poesias pareciam, ainda, pouco convencionais e, por isso, Higginson sentiu necessidade de acrescentar à publicação do volume um artigo (que saiu no *Christian Union*, em 25 de setembro de 1890) para evitar um choque por parte do público leitor. Contudo, em 12 de novembro de 1890, foi publicado um refinado volume, com 116 poesias. O livro – como Higginson esperava – recebeu críticas, mas teve, também, surpreendentemente, um inexplicável sucesso, tanto que os editores começaram a receber pedidos de novas tiragens.

Em março de 1891, saiu, assim, a sexta edição. A propósito desse sucesso, menciona-se uma carta que Samuel G. Ward, um dos primeiros transcendentalistas[31], enviou a T. W. Higginson, logo após a publicação da edição de 1891, em que se percebe como os contemporâneos de Dickinson, sobretudo os da Nova Inglaterra, reconheciam na poesia de Emily Dickinson o espírito daquela comunidade, assim decretando seu sucesso extraordinário:

> Querido Sr. Higginson,
>
> Como todos, estou imensamente interessado em Emily Dickinson. Não é, então, surpreendente que seis edições tenham esgotado, cada cópia – suponho – adquirida por pessoas da Nova Inglaterra. Ela é a quintessência daquele elemento presente em todos nós que temos uma ascendência puritana

[31] O transcendentalismo foi um movimento filosófico e literário que se afirmara nos Estados Unidos entre 1830 e 1860. Seu centro geográfico e cultural foi Concord, em Massachussets.

autêntica. Viemos para esse país com a finalidade de viver sem a interferência de ninguém[32] (apud Johnson, 1995, p. 368).

Em 1894, foi editada a primeira coletânea das cartas de Dickinson. A fama se consolidou em dois anos, com a coletânea *Poems by E. D.*, que teve 11 edições e deu início a um número ininterrupto de reedições, comprovando, assim, o seu sucesso. Uma segunda coletânea, *Poems: Second Series,* saiu, respectivamente, em 1891 e 1896, tendo Mabel Todd organizado um terceiro volume, com 450 poesias; nesses dois últimos volumes, os organizadores respeitaram o que continha no texto fonte. Em seguida, devido a vinganças familiares e processos, o trabalho começado por Mabel Todd se interrompeu, abruptamente e, após as edições por ela organizadas, seguiram, em 1914 e em 1924, outras editadas por Martha Dickinson Bianchi, a última herdeira da família Dickinson. Coube-lhe se opor à publicação dos volumes organizados por Todd e Higginson.

Apesar desse inesperado sucesso, somente em 1955, saiu a primeira edição completa de todos os poemas de Emily Dickinson, publicada pela *The Belknap of Harvard University Press*. A edição, em três volumes, foi organizada por Thomas H. Johnson que, pela primeira vez, publicou o *corpus* inteiro dos poemas, cerca de 1775. Mas Johnson teve logo que enfrentar um grande problema: como Emily Dickinson não pensara em publicar seus poemas, os primeiros editores tiveram dificuldade em ler os manuscritos da autora e, em algumas ocasiões, interpretaram mal as palavras e frases dos rascunhos, alterando-lhes a ortografia, a pontuação, as rimas, até a ordem das linhas, para adequar os versos aos padrões vigentes daquela época. Muitos leitores dessas primeiras edições, sustenta A. Brown (1985), publicadas de 1890 em diante, se sentiram enganados e, após o aparecimento da edição Harvard, em três volumes, o problema se tornou mais evidente, quando puderam constatar as diferenças entre os poemas dessas primeiras edições e os da última.

Como o próprio Johnson explica, ele precisou tomar várias decisões ao preparar a edição crítica de um texto que o autor não tinha pensado em imprimir. Primeiro teve, em muitos casos, que escolher entre diferentes variantes não consideradas como versões publicáveis, como é o caso da poesia 228:

[32] "Caro Sig. Higginson, come tutto il mondo sono fortemente interessato ad Emily Dickinson. Non c'è da meravigliarsi se sono andate esaurite sei edizioni, ogni copia - immagino - acquistata da gente della Nuova Inghilterra. Ella è la quintessenza di quell'elemento presente in tutti noi che siamo di ascendenza puritana pursangue. Siamo venuti in questo Paese per condurre i nostri pensieri senza l'interferenza di nessuno".

> Existem raros casos, sobretudo na poesia *Blazing in gold* (228), em que nenhum texto pode ser chamado de "final". Esse poema descreve o pôr-do-sol que em uma versão para tão baixo quanto *the kitchen window*; em outra é tão baixo quanto a *oriel window*; na terceira versão, tanto baixo quanto *the Otter's Window*. Essas versões foram feitas durante um período de cinco anos, de 1861 a 1866, e cada texto é aparentemente tanto "final" quanto os outros[33] (Dickinson, 1960, p. X).

Johnson, ao continuar explicando os critérios que usou para resolver a questão, reconhece que teria de fazer uma seleção para publicar aqueles esboços incompletos. De fato, ainda que grande parte dos poemas transcritos e encadernados por Dickinson apresentasse a aparência de uma versão publicável, muitos permaneceram em uma forma chamada de *semifinal*: são aqueles em que, à margem, a poeta anotou uma leitura alternativa para algumas palavras, e Johnson resolveu optar pelas sugestões da autora somente quando estivessem sublinhadas.

Devido à natureza do objeto desta pesquisa e às implicações que a questão das versões dos manuscritos dickinsonianos terá no trabalho tradutório de Virgillito, faz-se oportuno se deter um pouco mais no assunto. Donald E. Thackrey (1954) em seu brilhante ensaio sobre a relação que Dickinson estabelecera com o poder da palavra, destaca o costume que a autora americana tinha de deixar nos manuscritos listas de escolhas lexicais para cada linha de seus poemas. Se, por um lado, isso complicou a tarefa dos editores críticos, por outro, é uma indicação de que as palavras, para Dickinson, constituíam uma verdadeira teia de associações. De modo que os manuscritos dickinsonianos apresentam uma infinidade de alternativas que, na maioria das vezes, não foram descartadas, mas também não apontam para uma escolha definitiva, deixando aos editores, a difícil tarefa de resolver qual, afinal, ela teria preferido, em caso de publicação. Essa questão foi muito importante, não somente para os editores e primeiros filólogos dos manuscritos dickinsonianos, mas principalmente, para a própria autora que, em uma de suas poesias, teria comentado a gênese de sua composição poética, ou os mecanismos daquela criação, que os geneticistas tanto procuram desvendar:

---

[33] "Rare instances exist, notably in the poem 'Blazing in gold' (228), where no text can be called 'final'. That poem describes a sunset which in one version stoops as low as 'the kitchen window'; in another, as low as an 'oriel window'; in a third, as low as 'the Otter's Window' These copies were made over a period of five years, from 1861 to 1866, and one text is apparently as 'final' as another".

Shall I take thee, the Poet said
To the propounded word?
Be stationed with the Candidates
Till I have finer tried -

The Poet searched Philology
And when about to ring
For the suspended Candidate,
There came unsummoned in -

That portion of the Vision
The Word applied to fill.
Not unto nomination
The Cherubim reveal - (Dickinson, 1997, p. 1162).

Nessa poesia, Dickinson destaca a relação entre o trabalho racional e a inspiração, uma questão fundamental e polêmica dos estudos de processo. O poeta, em sua escolha pela palavra certa, estaria cercado por várias opções, todas válidas e, ao mesmo tempo, possivelmente inadequadas. Enquanto isso, segundo Emily Dickinson, o anjo da inspiração artística revelaria ao poeta qual a palavra mais conveniente para completar a sua *visão*; uma tal constatação não deveria levar, porém, à conclusão de que a inspiração fosse capaz de solucionar o problema da composição. Muito pelo contrário, a inspiração, como afirma Thackery, só seria possível após o trabalho racional e filológico do poeta que, às vezes, vê-se agraciado pela revelação:

> E também uma insinuação do poema é o fato de que a revelação da Palavra deve ser precedida por um esforço filológico comprovativo, preparatório, consciente e racional. Talvez possamos supor que a longa série de "indicações" sem uma escolha explícita que se encontra em alguns dos manuscritos de seus poemas representa ocasiões em que a visão não foi agraciada com a revelação do querubim[34] (Thackrey, 1963, p. 52).

[34] "And yet implication of the poem is that revealing of the Word must be preceded by the preparatory, conscious, rational effort of probing philology. Perhaps we can assume that the long series of 'nominations' with no indicated choice which occur in some of her manuscript poems represent occasions when a portion of the vision was not filled by the revelation of the cherubim".

Johnson teve ainda que resolver uma outra questão, a da pontuação. Dickinson utilizava o travessão quase que como o único signo de pontuação, além de usar maiúsculas, recurso que o crítico resolveu preservar, não obstante, segundo ele, a sua função permanecesse problemática. O fato é que seu estilo parecia distante dos padrões estilísticos da época: "Dickinson usa travessões como se fosse um artifício musical, (...) qualquer 'correção' seria sem fundamento. O uso da maiúscula, ainda que frequentemente seja considerado excêntrico, também se resolveu mantê-lo inalterado"[35] (Johnson, 1960, p. XI). Outros críticos (Sewall, 1963), ao contrário, teriam expressado a opinião de que a poeta teria sido, provavelmente, mais convencional, no que diz respeito a recursos poéticos, se tivesse pensado em publicar seus versos.

Cabe lembrar, ainda, que apesar de todas as dificuldades, a edição de 1955, de Johnson, provocou grande interesse pela poeta americana, pela sua vida e obra, pois somente por ocasião de sua publicação, só nos Estados Unidos, circularam cerca de trezentos estudos críticos e resenhas sobre a poeta de Amherst. Dentre os mais significativos, estariam os que dizem respeito aos dados biográficos; ou às reminiscências de Martha Dickinson Bianchi, sobrinha da poeta, em *The Life and Letters of Emily Dickinson,* de 1924; ou os trabalhos de Millicent Todd Bingham, filha de Martha Todd, a primeira organizadora dos manuscritos dickinsonianos, *Emily Dickinson: a Revelation,* de 1954, e *Emily Dickinson's Home,* de 1955.

Após a publicação de *The Manuscript Books of Emily Dickinson* (1981), que reproduz, em fac-símile, as poesias de Dickinson, uma parte da crítica dickinsoniana deslocou sua análise da palavra editada ao grafema, em busca de signos que pudessem revelar novas possíveis interpretações ou datações. Intensificou-se, também, o estudo dos manuscritos, conforme Franklin (apud Bulgheroni, 1997), classificáveis em: quarenta *fascículos* encadernados, de modo artesanal (814 poesias); 15 *sets* ou sequências de folhas acopladas, mas não encadernadas (333 poesias); e uma profusão de *scraps,* que incluem escrita em envelope, cartas, receitas de cozinha, às vezes, acompanhadas de imagens ou colagens. Conforme sustenta Bulgheroni (1997, p. LIX), tentou-se, então, a leitura dos fascículos como se fossem ciclos poéticos acabados e visando-se uma avaliação das variantes; considerou-se esse procedimento de Dickinson não somente uma escritura alternativa em relação a textos propositadamente abertos ou inacabados, mas tido como um método possível de arquivamento e controle do próprio repertório poético.

[35] "Dickinson uses dashes as a musical device, (...) any 'correction' would be gratuitous. Capitalization, though often capricious, is likewise untouched".

Ainda hoje, porém, a edição de 1955 é referência principal para todos os tradutores e estudiosos, ainda que em 1960, Johnson tivesse publicado uma outra edição dos poemas, em um único volume. Cabe lembrar, porém, que muitos tradutores, apesar de escolherem a versão de Johnson, optam, às vezes, por variantes anteriores, não justificando a sua escolha na introdução crítica dos livros editados.

Não obstante essas tentativas de *domesticação* da poética da autora americana, o sucesso póstumo de sua obra decorreu, justamente, de tal desvio do gosto literário contemporâneo. A poesia de Dickinson assustou e inquietou, preocupou e fascinou os seus contemporâneos, que perceberam a sua dissonância em relação aos outros poetas, ainda presos à laceração romântica entre o eu e o outro. Essa dissonância era tão radical que levou Higginson a suplicar à organizadora da segunda edição de suas poesias que ela retirasse o poema n. 249 *Wild Nights – Wild Nights*! porque teria obscurecido a imagem da silenciosa *virgem* vestida de branco, que os leitores bem conheciam. Além disso, a sua poesia era tão singular, devido ao conteúdo e ao estilo, que levou Emerson a declarar, publicamente, que aqueles versos pareciam ter sido escritos sob o efeito de alguma febre. Dentre os que perceberam a complexidade da dicção poética de Emily Dickinson, foi Allen Tate[36] (1932) quem sustentou que a intensidade e a rebeldia contidas em sua obra eram tais que, se houvesse vivido no século XVII, teria sido considerada uma bruxa e, por isso, enforcada.

Segundo Barbara Lanati (2002), teria sido o seu rigor e a sua precisão no uso da linguagem, especialmente o seu gosto pela metaescritura assimilada da poesia metafísica, que lhe custou a incompreensão de seus contemporâneos. O fato é que a cultura americana até o século XX teria sustentado e reivindicado a necessidade de manter, estreitamente atados, signo e significado, palavra e objeto, frase e sentido. Emily Dickinson, ao contrário, teria questionado aquele tipo de associação estreita entre esses elementos, desafiando a ordem do discurso, o que somente no final do século XX constituiu a razão principal de seu sucesso tão súbito.

De certa forma, como lembra Brown (1985), coube aos próprios poetas, tais como Conrad Aiken[37], Allen Tate, dentre outros, defender a reputação de

[36] Allen John Orley Tate (Winchester, Kentucky, 1899 – Nashville, Tennessee, 1979) crítico e poeta norte-americano. Autor de, dentre os outros, *Mr. Pope and other poems* (1928); *The Mediterranean and other poems* (1936) e; *Winter sea* (1945).

[37] Conrad Potter Aiken (Savannah, Georgia, 1889-1973) poeta e contador norte-americano. Autor, dentre as outras obras, de *Time in the rock* (1936); *Blue Voyage* (1927); *Ushant* (1952).

Emily Dickinson. Em 1925, Hart Crane[38] comparou-a a Baudelaire, Rimbaud e Valery. Enquanto isso, muitos críticos literários americanos viram-na como uma poeta metafísica, na linha de Emerson[39], ou em consonância com a tradição do misticismo protestante, em que se situam George Herbert[40] e John Donne[41]. A poesia de Emily Dickinson estaria, de fato, a meio caminho entre o Puritanismo e o Transcendentalismo. Lembre-se que a herança cultural que mais profundamente e por mais tempo influenciou aquela parte da região da Nova Inglaterra, na qual residiu Dickinson, durante muitas gerações (Amherst está situada no vale do Connecticut), é aquela do Puritanismo, cujo maior expoente teria sido Jonhatan Edwards[42]. Por outro lado, a influência do passado recente teria sido marcada pelo influxo do Transcendentalismo proposto por Ralph Waldo Emerson e Henry David Thoureau[43], conhecido como uma variante e, em parte, uma propagação do espírito romântico europeu.

Emily Dickinson, ainda que recusando as pretensões, as crenças e as práticas da religião local, não desconhecia suas origens puritanas, que constituíam, aliás, a base do seu pensamento. As crenças puritanas eram severas e rígidas, enfatizando o sentido de dever do homem, a consciência de estar entre os escolhidos, o conceito de redenção, devendo esses preceitos serem aplicados ao dia-a-dia. Em Emily Dickinson, segundo A. L. Johnson (1995), a necessidade puritana de se justificar se deslocou do plano religioso para o artístico-literário, mas mantendo a experiência constante da introspecção.

O Transcendentalismo – cujo surgimento coincidiu com a juventude de Dickinson – representava uma fusão do idealismo místico com a adoração ilimitada da criação do mundo. Essa corrente filosófica transferia o impulso dos dogmas religiosos para um outro objetivo, para que o ser humano tudo aprendesse da natureza, superando as suas limitações, por meio de um processo de identificação com o mundo e com os outros. Emerson, que residia

---

[38] Hart Crane (Garretsville, Ohio, 1899 – Golfo do México, 1932) poeta norte-americano, autor de, dentre os outros, *White buildings* (1926); *The bridge* (1926).

[39] Ralph Waldo Emerson (Boston 1803 – Concord, Massachussets, 1882) filósofo e poeta norte-americano. Autor, dentre as outras, das seguintes obras: *Nature* (1836); *Essays* (1841-1843); *Poems* (1847).

[40] George Herbert (Montgomery Castle, Galles, 1593 – Bemerton, Wiltshire, 1633) poeta inglês, autor dentre os outros de: *The temple* (1633).

[41] John Donne (Londres 1572-1631) poeta inglês. Autor de *Poems* (1633), *Songs and Sonetts* (1590-98).

[42] Jonathan Edwards (Northampton, Massachussets, 1703 – Schenectady, New York, 1758) teólogo norte-americano. Seu tratado *A creful and strict inquiry ... Freedom of Will* (1754) é considerado o texto mais relevante do calvinismo americano.

[43] Henry David Thoreau (Concord, Massachussets, 1817-1862) escritor norte-americano, intérprete radical do pensamento trascendentalista de R. Emerson. Autor de várias obras, dentre as quais: *The Maine woods* (1864) e *Cape Code* (1865).

próximo a Amherst, em Cambridge, Massachusetts, foi ensaísta e poeta – os seus dois *Ensaios* datam de 1841 e 1844 –, enquanto seu discípulo Thoreau publicou o livro que se tornou famoso, *Walden*, em 1854. Emily demonstrou entusiasmo por ambos os autores, mas, ao contrário de Walt Whitman[44], poeta que sempre permaneceu fiel ao programa e aos pressupostos transcendentalistas de Emerson e Thoreau, a obra de Dickinson tentou reverter a ideia otimista de que a Natureza exercia um papel salvador e fosse capaz de resolver cada problema humano. Textos dos autores transcendentalistas citados acima, juntamente com os de William Shakespeare, ou com os textos de Blake, Keats, Emily Brönte e dos Browning, além da Bíblia, constituem as referências básicas de Dickinson, considerando-se a sua biblioteca pessoal.

Quanto ao estilo de Emily Dickinson, este se caracteriza por um misto de erudito e coloquial, de familiar e exótico, de palavras de origem latina e anglo-saxão e, ainda, pela reinvenção da sintaxe e da pontuação. O seu ritmo quebrado revela uma afinidade artesanal entre o modo de compor e – como afirma a crítica Marisa Bulgheroni – "a cultura popular feminina da América Vitoriana, sublinhando dessa forma a forte raiz local da sua língua"[45] (Bulgheroni, 1997, p. XIII).

Os poemas de Emily Dickinson impõem, também, uma nova musicalidade à métrica da hinologia protestante, que ela usa quase exclusivamente, nas suas poesias, sendo a sua métrica desviante porque se fundamenta na subversão da norma. Os seus quartetos se moldam, inicialmente, nos metros da hinologia protestante e nos ritmos da balada, mas esses dois modelos são elaborados e alterados por meio de efeitos prosódicos inesperados, quebrados por inversões sintáticas, complicados por rimas imperfeitas, por dissonâncias, por pausas forçadas impostas pelo uso singular do travessão. Quase todas as poesias são de estrofes de quatro versos com rimas no segundo e quarto verso de cada quarteto. O metro é quase sempre o jâmbico, isto é, um padrão de pés de duas sílabas, dos quais a segunda é sempre acentuada[46].

Quanto aos principais metros usados por Dickinson, esses são o jâmbico *Common Meter, Long Meter, Short Meter*, algumas vezes o trocaico, raramente o datílico[47]. No que diz respeito às rimas, sempre conforme o modelo do hino

[44] Walt Whitman (Long Island, New York, 1819 – Camden, New Jersey, 1892) poeta norte-americano. Dentre as suas obras lembramos *Children of Alam* (1860) e *Calamus* (1860).

[45] "E si sono anche individuate le affinità artigianali trai l suo poetare franto e stratificato (...) e la cultura popolare femminile dell'America vittoriana, quasi a sottolineare la forte radice locale della sua lingua".

[46] *I wàs/ the slìght/ est ìn/ the HoUse* = x – x – x – x = quatro jâmbicos ou tetrâmetros jâmbicos.

[47] Os tipos de estrofes jâmbicos e trocaicos usados por Emily Dickinson são os seguintes: *Common Meter*

protestante, Emily Dickinson utiliza quatro tipos fundamentais: as idênticas, as vocálicas, as imperfeitas e as suspensas[48]. Ao longo dos seus poemas, Emily Dickinson usa esses vários tipos de métrica livremente, em busca de uma musicalidade que aplacasse o vigor linguístico, pois a sua sintaxe desviante acabava inventando uma nova métrica.

Nas 1775 poesias que escreveu, Emily Dickinson se caracteriza, de fato, por metáforas que possuem um único denominador comum, o desvio. Todas as *máscaras* ou os papéis que a autora escolhe para inserir em sua poesia expressam a recusa dos papéis sociais que cabiam à mulher de sua época; dentre eles, destacariam-se a bruxa, a freira rebelde, a rainha, a cigana e a mulher de branco – esta última, que habitualmente celebrava, com um vestido cândido, a escolha de uma solidão consagrada à poesia e ao poder da palavra:

> Tanto os nomes-face que a situam no âmbito semântico do poder secular (rainha que veste diademas e jóias), quanto os que a colocam no âmbito semântico dos poderes heréticos (bruxa capaz de transformar a matéria bruta do dicionário em "jóias" e "flores" poéticas, freira rebelde), quanto, ainda, os nomes que a colocam em uma posição nômade e carente (cigana, mendiga), todas dizem respeito a uma distância do papel social que a época impunha às mulheres da sua classe social (...) *Bruxa* alude às capacidades de transformação, traz em si a ideia de um saber alternativo ao oficial, de um conhecimento misterioso, partilhado com outras mulheres "excêntricas" em relação ao saber-poder vigente[49] (Zaccaria, 2002, p. XII).

(quartetos de tetrâmetros jâmbicos alternados com tetrapodes jâmbicos rimados – esquema silábico oito, seis, oito, seis); *Common Particular Meter* (sextetos de tetrapodes jâmbicos alternados com trímetros jâmbicos – oito, oito, seis, oito, oito, seis); *Eights and Fives* (quartetos de tetrâmetros trocaicos alternados com trímetros cataléticos, isto é, privados da última silaba não acentuada – oito, cinco, oito, cinco); *Eight and Sevens* (quartetos de tetrâmetros trocaicos com conclusão feminina alternados com tetrâmetros cataléticos – oito, sete, oito, sete); *Long Meter* (quartetos de tetrâmetros jâmbicos – oito, oito, oito, oito, oito); Sixes and Fives (quartetos de trímetros trocaicos alternados com trímetros trocaicos cataléticos – seis, cinco, seis, cinco); *Seven and Sixies* (trímetros jâmbicos com conclusão plana alternados com trímetros jâmbicos truncados – sete, seis, sete, seis); *Short Meter* (quartetos de trímetros jâmbicos, com um tetrâmetro no terceiro verso – seis, seis, oito, seis).

[48] 1) Mesma vogal procedida da mesma consoante: *anew – renew, mine – mine, ground – ground.* 2) Rimas de vogais diferentes: *so – lie.* 3) Mesma vogal seguida por diferente consoante: *recollect – west.* 4) Vogais diferentes, seguidas pela mesma consoante: *meet – nut.*

[49] "Sia i nomi-volti che la situano nell'ambito semantico del potere secolare (regina che veste diademi e gioielli), sia quelli che la collocano nell'ambito semantico dei poteri eretici (strega in grado di trasformare la materia grezza del dizionario in 'gioielli' e 'fiori' poetici, monaca ribelle), sia infine i nomi che la collocano in una posizione erratica e questuante (zingara, mendicante), tutti dicono di uno scarto rispetto al ruolo sociale che i tempi imponevano alle donne del suo ceto (...) Strega allude a capacità trasformative, porta in sé l'idea di un sapere alternativo a quello ufficiale, di una conoscenza misterica, condivisa con altre donne 'eccentriche' rispetto al sapere-potere vigente".

Logo, todos esses *alter-egos* se entregam à força da poesia, nela explodem e se despedaçam em uma multiplicidade de vozes. Assim, todas as *máscaras* se revelam, porém, como instrumentos de destruição linguística, mais do que como sinais biográficos; cada uma delas traz consigo um diferente universo lexical. Foi justamente com esse multifacetado mundo semântico e simbólico, que muitos intérpretes e a maioria dos tradutores de Emily Dickinson se depararam.

Mas o estudioso que quiser buscar, nos escassos dados biográficos de Emily Dickinson, o fio da sua labiríntica poética, escolhe, entretanto, um caminho sem saída. O fato é que a poesia de Emily Dickinson se concentra na palavra e é essa palavra a única concretização da sua escuta privilegiada. Essa poética, como Emily Dickinson expressa em uma das suas poesias, não deve possuir verdade nenhuma que lhe seja externa, senão apontar para o privilégio de trazer, em si mesma, o eco daquela verdade estética: "Circunferência esposa do terror/ possuindo será possuída/ por cada cavalheiro consagrado/ que ouse desejá-la[50] (Dickinson, 1997, p. 1526).

Com o intuito de aperfeiçoar essa sua escuta é que Dickinson optou pela solidão, por viver na clausura de um quarto e respeitando a sabedoria do referido adágio. Atrás dessa atitude intransigente de Dickinson, escondia-se uma grande consideração pela palavra escrita e uma consequente, incansável busca pela perfeição estética, pela palavra certa, pela frase memorável: "No caso de Emily Dickinson, o autor alcança, pela primeira vez, uma transposição completa de si mesmo para a escritura"[51] (Zaccaria, 2002, p. XV).

Percebe-se, ainda, que o poder subversivo que Dickinson associa à linguagem é representado por um *tópos* muito presente nos seus poemas, o vulcão. Ela cita, nas suas poesias, o Vesúvio, o Etna, o Popocatepetl[52], como elementos distantes do seu horizonte físico, mas familiares à sua geografia emocional. Como Emily Dickinson escreve em uma maravilhosa poesia, a número 1750, ela tem um Vesúvio em casa e subir degraus de lava faz parte de suas tarefas cotidianas[53]. Um oxímoro – *A still – volcano – Life*[54] – para ilustrar a vida de

[50] "Circumference thou Bride of Awe/ Possessing thou salt be/ Possesed by every hallowed Knight/ That dares to covet thee/".

[51] "Mai come in questa autrice si è raggiunta quella trasposizione completa del sé nella scittura".

[52] Vulcão do México central.

[53] "Volcanoes be in Sicily/ And South America/ I judge from my Geography/ Volcanoes nearer here/ A Lava step at any time/ Am I inclined to climb/ A Crater I may contemplate/ Vesuvius at Home" (Dickinson, 1997, p. 1586).

[54] "A still – Volcano – Life -/ That flickered in the night -/ When it was dark enough to shaw/ Without erasing sight -/ A quiet – Earthquake Style -/ Too smouldering to suspect/ By natures this side Naples -/ The

Dickinson, tranquila, mas, ao mesmo tempo, vulcânica e, assim será, também o estilo de sua poesia.

A propósito, como ninguém poderia imaginar os problemas emocionais de uma vida aparentemente tão pobre de acontecimentos, da mesma forma, ninguém esperaria que os versos monossilábicos de sua poesia tivessem tamanha concentração de força linguística e tamanho fluxo ininterrupto de lavas polissêmicas[55]. Por outro lado, a falta de subordinação dos seus versos, a condensação em poucas palavras e o travessão sugerem o ambiente tranquilo que antecede a erupção de um vulcão.

O vulcão torna-se, para Dickinson – como afirma Marisa Bulgheroni (1997, p. XXI) –, não só uma metáfora de agressividade reprimida, mas, sobretudo, um padrão estético, considerando que a linguagem poética possui o mesmo poder de transformação violento e, como todo grande fenômeno sísmico, desafia a rigidez de qualquer possível ponto de referência[56]. Assim, o leitor é projetado em um lugar não perceptível à consciência, sem espaço nem tempo – que Dickinson define como *Illocality*[57] – em que o único testemunho de uma existência passa a ser a palavra; e o tradutor, por sua vez, deverá lidar com as significâncias, isto é, com a relação entre significado e significantes estabelecida por essa nova visão de mundo da autora americana. A sílaba constituirá, para Dickinson, o eixo principal dessa nova (des)ordem do mundo: é nela – medida métrica da língua – que está, de fato, guardada a energia originária da criação com o seu potencial explosivo. O travessão dickinsoniano é a concretização dessa pausa, que antecede a erupção da linguagem; uma pausa que obriga o leitor a fazer uma parada, como quem contempla, sem fôlego, a *verdade* à beira de um abismo. É, ao mesmo tempo, o superar da pontuação normativa e o anúncio do encurtamento do texto poético, que se verificará na poesia moderna: "O vulcão reticente esconde/ o seu projeto insone; / as

---

North cannot detect/ The Solemn – Torrid – Symbol -/ The lips that never lie -/ Whose hissing Corals part – and shut -/ And Cities – ooze away –" (id., p. 678-679).

[55] Mas há uma poesia, na qual Dickinson acena para o segredo da sua vida interior (o seu vulcão) e a impossibilidade de revelá-lo aos outros, já que apavora a si mesma: "On my volcano grows the Grass/ A meditative spot -/ An acre for a Bird to choose/ Would be the General thought -/ How red the Fire rocks below/ How insecure the sod/ Did I disclose/ Would populate with awe my solitude". (id., p. 1568-9).

[56] Paola Zaccaria, na sua introdução ao livro de Dickinson (2002), sugere a hipótese de que a presença na sua biblioteca do livro *Os últimos dias de Pompéia* possa tê-la influenciado a ponto de se haver referindo a tantos vulcões, em sua poesia. Segundo Zaccaria, a imagem do vulcão serve para Dickinson expressar uma força destrutiva, mas também para simbolizar a potência erótica feminina, *The lips that never lie – (601).*

[57] "A nearness to Tremendousness -/ An Agony procures -/ Affliction ranges Boundlessness -/ Vicinity to Laws/ Contentment's quiet Suburb -/ Affliction cannot stay/ In Acres – It's Location/ Is Illocality –" (id., p. 1034).

suas intenções vermelhas não são confiadas/ a nenhum homem efêmero./"[58] (Dickinson, 1997, p. 1620).

Conforme se mencionou, anteriormente, neste trabalho, a fortuna crítica sobre Emily Dickinson teve início com o prefácio de T. W. Higginson ao primeiro volume de poemas da autora em 1890, no qual sugeriu-se que os versos da autora americana se aproximariam da ideia de R. W. Emerson do que seria uma poesia nativa; esta teria nascido não para ser publicada, mas para expressar o pensamento do autor. Em seguida, William Dean Howells, em 1891, no *Harper's,* identificou, com precisão, o caráter regional da obra de Emily Dickinson, reivindicando, ao mesmo tampo para ela, também um papel relevante na literatura universal. Como afirma Bagicalupo (1995), Howells percebeu o caráter profundamente americano da poeta, que estaria na liberdade que professa e na aspereza de seus versos, bem como no tom coloquial de seu léxico e na rebeldia de sua atitude intelectual anteconformista. Por meio dela, segundo Howells, a América e a Nova Inglaterra teriam se destacado dentro da história literária universal.

Começou, dessa forma, a haver uma apropriação da figura de Emily Dickinson, não somente no plano sentimental, mas, sobretudo, intelectual e político, por parte dos expoentes do polissistema americano, isto é, por parte das editoras, dos grupos religiosos e culturais. Essa imagem teria assumido, desde o início da fama de Dickinson, contornos variáveis, conforme os interesses das editoras, da família e dos intelectuais da Nova Inglaterra. Retomando a terminologia da Teoria dos Polissistemas, poder-se-ia dizer que sua poética foi moldada conforme os objetivos ou escopos de seus usuários, conforme sua cultura e expectativas, assim facilitando a multiplicação das interpretações de uma personalidade já por si só multifacetada. Lentamente, a literatura de Dickinson começou, então, a se deslocar da *periferia* obscura em que, de início, se encontrava para o *centro* do sistema literário americano e, em seguida, para o sistema universal.

Com o novo século, Emily Dickinson passou a ser considerada uma precursora dos autores modernos. O crítico e poeta Conrad Aiken, em 1924, definiu a poeta americana como um gênio: "E finalmente se suspira perante a perversidade peculiar de Miss Dickinson, os seus lapsos e as tiranias, e se aceita como parte inevitável o gênio estranho e original que ela era"[59] (Aiken, 1924,

---

[58] "The reticent volcano keeps / His never slumbering plan; / Confided are his projects pink / To no precarious man. /".

[59] "And ultimately one simply sighs at Miss Dickinson's singular perversity, her lapses and tyrannies, and accepts them as an inevitable part of the strange and original genius she was".

p. 15). Já Allan Tate, quase uma década depois, a reconheceu como a única que conseguiu, em sua poesia, fundir sensibilidade e pensamento:

> Senhorita Dickinson é provavelmente a única poeta anglo-americana do seu século, cujo trabalho revela um exemplo literário perfeito – em que é possível a fusão de sensibilidade e pensamento. Diversamente dos seus contemporâneos, ela nunca sucumbia às suas ideias, optando por soluções fáceis, ou por seus próprios desejos[60] (Tate, 1932, p. 23).

Posteriormente, essa apoteose crítica se amplia, alcançando o apogeu com estudiosos como Winters que, em seu artigo, descreve Dickinson como a maior poeta de todos os tempos: "nenhum dos escritores deste país a supera; ela é uma das maiores poetas de todos os tempos"[61] (Winters, 1938, p. 40).

Após a publicação da edição completa de seus poemas organizada por Johnson, em 1955, a crítica voltou a se interessar por Emily Dickinson, agora com um novo olhar. Os críticos do período leram a autora americana, conforme os preconceitos da época, e Emily Dickinson era vista, então, como uma calvinista libertária, uma feminista ou até uma psicótica, segundo as necessidades do público-alvo que, desse modo, identificava a sua vida e a sua poética.

Sewall (1963), ao organizar uma coletânea de ensaios sobre Emily Dickinson, destacou, justamente, como a maioria dos textos críticos escritos sobre ela foi publicada após a edição de 1955 e contribuindo, dessa forma, para o seu sucesso: "Agrada-me pensar que esse fato não é tanto uma questão de gosto editorial, mas sim uma indicação objetiva de quanto recente tenha sido a 'restauração'"[62] (Sewall, 1963, p. 1). Não obstante tanta pesquisa realizada, continuou Sewall, ninguém conseguiu, ainda, definir a imagem da poeta americana: "Tudo leva a uma única conclusão: que ainda não sabemos nada ao certo sobre ela. Mas continuamos nos perguntando. A imagem de quase todos os outros maiores líricos, em comparação, parece mais fixa e certa"[63] (id., p. 7).

[60] "Miss Dickinson is probably the only Anglo-American poet of her century whose work exhibits the perfect literary situation – in which is possible the fusion of sensibility and thought. Unlike her contemporaries, she never succumbed to her ideas, to easy solutions, to her private desires".

[61] "she is surpassed by no writer that this country has produced; she is one of the greatest lyric poet of all time".

[62] "I like to think that this fact is not so much a matter of editorial taste as an objective indication of how recent the 'restoration' has been".

[63] "It all points to one large conclusion: that we still are not quite sure of her. We ask and ask. The image of almost every other major lyric poet is by comparison fixed and certain".

A partir da segunda metade dos anos 1980, os estudos realizados sobre Emily Dickinson visaram contextualizar a poética dentro da perspectiva cultural do espírito vitoriano americano, como o fez o crítico Barton Levi St. Armard em seu livro *Emily Dickinson and Her culture*, em 1984. Foram publicados, sobretudo a partir do final da década de 1980, vários estudos sob uma perspectiva feminista, que focalizavam a relação eu/tu, fêmea e macho em sua poesia, e estudos sob a perspectiva de gênero, destacando-se Vivian R. Pollack, D.: *The Anxiety of Gender*, publicado em 1984. Segundo esse estudo, ao escolher a paixão (ainda que não retribuída) e a poesia (ainda que inédita), em vez do casamento e da maternidade, Emily Dickinson levava uma vida considerada como *não natural* e seu isolamento, sua poesia elíptica, seriam, segundo a autora, uma resposta a esse conflito.

Apesar das várias edições de suas coletâneas, da profusão de estudos bio-bibliográficos, da realização de peças sobre sua vida e das numerosas traduções de sua obra para inúmeros idiomas, é somente em 1994 que, tardiamente, Harold Bloom decreta o ingresso de Emily Dickinson no *cânone ocidental*. Mas quais são os requisitos para entrar no cânone e por que Emily Dickinson merecia ingressar nele? Diz Harold Bloom:

> O estranhamento, como fui descobrindo, é um dos primeiros requisitos para entrar no cânone. Dickinson é tanto estranha quanto Dante ou Milton, que nos impuseram as suas visões idiossincráticas de modo que os nossos estudiosos os consideram muito mais ortodoxos do que realmente são[64] (Bloom, 1994, p. 273).

O estranhamento, no caso de Dickinson, é múltiplo: primeiro, dentro de sua poética, como se viu anteriormente, em relação aos padrões do polissistema americano contemporâneo; segundo, para o leitor, até o contemporâneo, não somente por causa da peculiaridade formal de seus poemas, mas especialmente, no que concerne aos paradigmas de pensamento. Finalmente, o estranhamento dos críticos, desde Higginson e até Bloom, que buscaram definir o raciocínio poético da autora americana, assim se expressa:

> também nós ficamos surpresos, não pela sua extraordinária eminência, mas pelo poder de sua mente. Eu acredito que nenhum crítico respondeu ade-

[64] "Strangeness, as I keep discovering, is one of the prime requirements for entrance into the Canon. Dickinson is as strange as Dante or Milton, who imposed their idiosyncratic visions upon us so that our scholars find them more orthodox than they are".

> quadamente às suas solicitações intelectuais, e eu também não espero ser diferente[65] (id., p. 272).

Bloom destaca a influência poética que Shakespeare e Blake tiveram na produção de Dickinson, apesar dela ter sido contemporânea de Emerson e Whitman. Ainda segundo o crítico americano, Dickinson foi a *precursora* de Rilke[66] e Celan[67], mostrando afinidade com Nietzsche[68] e com Kafka[69], no tom de desespero da sua poética. Nenhum dos seus sucessores, continua Bloom, alcançou a potência de sua palavra poética, nem Wallace Stevens[70], nem Hart Crane[71], nem Elizabeth Bishop[72]:

> Sua canonicidade resulta do estranhamento que alcançou, da sua estrambótica relação com a tradição. Ainda mais, ela decorre da força cognitiva de Dickinson e da sua agilidade retórica, mais do que de seu gênero e de alguma ideologia de gênero[73] (id., p. 288).

Apesar da poesia de Emily Dickinson ter sido consagrada desde 1890, na Itália foi ignorada até 1933, ano em que Giacomo Prampolini traduziu cinco de seus poemas, que apareceram na revista *Circoli*. Também houve outras traduções, em revistas, como é o caso de outros cinco poemas, vertidos para o italiano por Luigi Berti, em 1937, e publicados no *Il Meridiano di Roma*. O trabalho de Emilio Cecchi[74], publicado em 1937, apresentava não somente tra-

---

[65] "we too are baffled, not by her extraordinary eminence but by the power of her mind. I do not believe that any critic has been adequate to her intellectual demands, and I do not expect to be either".

[66] Rainer Maria Rilke (Praga 1875 – Montreux 1926) poeta austríaco. Dentre as suas obras, *O livro de horas* (1903), *Os sonetos a Orfeu* (1923).

[67] Paul Celan pseudônimo de Paul Antschel (Czernowitz 1920 – Paris 1970) poeta alemão de origem judia. Dentre as suas obras, *A rosa de ninguém* (1963).

[68] Friedrich Wilhelm Nietzsche (Lutzen 1844 – Weimar 1900), filósofo e escritor alemão. Dentre as suas obras, *Assim falou Zarathustra* (1883-1885), *Além do bem e do mal* (1886).

[69] Franz Kafka (Praga 1883-1924), escritor boêmio de língua alemã. Dentre as suas obras, *A metamorfose* (1916), *O castelo* (1926).

[70] Wallace Stevens (Pennsylvania 1879 – Connecticut 1955), poeta norte-americano. Dentre as suas obras, *Harmonium* (1923), *Fragmentos do mundo* (1942).

[71] Hart Crane (Ohio 1899 – Golfo do México 1932), poeta norte-americano. Dentre as suas obras *Construções brancas* (1926), *A ponte* (1926).

[72] Elizabeth Bishop (Worcester 1911 – Boston 1979), poeta norte-americana. Dentre os seus livros, *Norte e Sul* (1946), *Geografia III* (1976).

[73] "Her canonicity results from her achieved strangeness, her uncanny relation to the tradition. Even more, it ensues from her cognitive strength and rhetorical agility, not from her gender or from any gender-derived ideology".

[74] Emilio Cecchi (Florença 1884 - Roma 1966) escritor e ensaísta italiano, especialista de literatura italiana e inglesa. Autor, dentre as outras obras, de *Scrittori inglesi e americani* (1935), *Storia della letteratura italiana* (1965-1969).

duções de poemas de Emily Dickinson, mas também, uma análise da poética da autora americana.

Cabe lembrar que os poemas traduzidos de Emily Dickinson aparecem pela primeira vez na Itália, e talvez não casualmente, em uma época de transição do cânone pós-romântico e hermético, assim chamado de *novecentista*, e das neovanguardas. Segundo o crítico Stefano Giovanardi (2004), geralmente, é em meados de cada século que se acentua a discriminação entre um cânone literário e outro; e é exatamente o que aconteceu na Itália, no século XX: "quando se fala, conforme um estereótipo de nossa historiografia literária, do 'novecentismo', e se supõe ao mesmo tempo, uma vertente 'anti-novecentista', (...) é o modelo que culmina na 'poesia pura' e no hermetismo dos últimos anos da década de 1930[75]" (Giovanardi, 2004, p. VIII).

Inspirado e influenciado pelas poéticas simbolistas francesas e pelo *obscurismo* mallarmeano, o cânone *novecentista* destaca a alteridade da língua poética em relação ao real, produzindo, dessa forma, um sistema retórico que visava uniformizar os materiais linguísticos. Propunha-se um analogismo culto, *alto* e estetizante, daí a definição de hermetismo, cujos maiores expoentes seriam Giuseppe Ungaretti[76], Eugenio Montale[77] e Umberto Saba[78].

Porém, a partir da metade dos anos 1950, a poesia italiana parece tomar um caminho oposto: se antes a tendência dominante tinha sido reduzir a *realidade* até torná-la uma linguagem organizada segundo as regras ditadas pela subjetividade desvinculada de qualquer preocupação referencial, agora se visa a conferir à linguagem um fundamento objetivo, ou de qualquer forma, diferente da pura dimensão do sujeito: "à *reductio ad unum* operada na primeira metade do século XX, se responde então com uma disseminação e fragmentação das linguagens" (id., p. XII).

O uso dentro do mesmo poema de linguagens diferentes, frequentemente distantes e contrapostas, praticadas pelas neovanguardas da época, marca, conforme Giovanardi, o fim de um cânone literário hegemônico e, também, o início de uma busca linguística pluri-direcional. A chegada da poesia de

[75] "quando si parla, secondo un luogo comune della nostra storiografia letteraria, di 'novecentismo', e si ipotizza nel contempo una dorsale 'antinovecentesca' (...) è il modello che culmina nella 'poesia pura' e nell' ermetismo dei tardi anni Trenta".

[76] Giuseppe Ungaretti (Alexandria do Egito 1888 – Milão 1970) poeta italiano. As principais coletâneas de poemas são: *Il porto sepolto* (1917); *Sentimento del tempo* (1933); *Il dolore* (1947).

[77] Eugenio Montale (Genova 1896 - Milão 1981) poeta italiano premio Nobel pela literatura em 1975. As obras principais são: *Ossi di seppia* (1925), *Occasioni* (1939), *La bufera e altro* (1956).

[78] Umbero Saba (Trieste 1883 – Gorizia 1957) poeta italiano. Obras principais: *Canzoniere* (1921); *Preludio e Canzonette* (1923); *Preludio e fughe* (1928).

Emily Dickinson na Itália acontece exatamente nesse momento de passagem entre um cânone e outro e, de fato, sua poesia possui, por um lado, aquela exacerbação do sujeito e de sua interpretação da realidade, típica do cânone *novecentista;* e, por outro, a proliferação e complementaridade de linguagens diferentes no mesmo texto, o que caracteriza o cânone pós-guerra.

Após a Segunda Guerra Mundial, de fato, as traduções de Emily Dickinson feitas por uma jovem poeta, a quem um soldado americano tinha doado uma pequena coletânea de poemas da autora norte-americana, atraiu a atenção de um público maior, na Itália. A jovem poeta se chamava Margherita Guidacci[79] e, em 1947, publicou uma primeira coletânea contendo uma versão monolingual dos versos de Emily Dickinson, sob o título de *Poesie*. Contudo, apenas uma pequena quantidade de poesias foi, então, traduzida e, só a partir da publicação da edição completa de Johnson, em 1955, é que, na Itália, se passou a fazer uma tradução sistemática da obra da autora americana.

As duas primeiras antologias foram, respectivamente, a de Guido Errante (1956) e as de Margherita Guidacci (1961). Então, ao aumentarem as publicações de seus versos, a produção de textos críticos sobre a poética da autora americana e a sua enigmática biografia se intensificou, aparecendo prefácios, ensaios e biografias, que consolidaram a imagem daquela *sacerdotisa da palavra* e do papel subversivo que desenvolveu, como vimos anteriormente, na América puritana. A crítica dos anos 1960, sobretudo, de Tedeschini Lalli (1963) sublinhou, especificamente, a novidade da poética de Dickinson em relação aos padrões da literatura americana contemporânea: o uso de neologismos e arcaísmos, a diversidade das fontes das quais deriva as suas escolhas lexicais, o uso metafórico e abstrato de um vocabulário feito de palavras que expressam elementos concretos.

A partir dos anos 1970, as edições multiplicaram-se, com grande número de ensaios críticos e biografias sobre Emily Dickinson. Os maiores especialistas em literatura americana, como Marisa Bulgheroni, Margherita Guidacci, Guido Errante, Barbara Lanati tentaram interpretar a poesia de Dickinson à luz de temas semiológicos, psicanalíticos e autobiográficos. Guidacci (1979) se deteve em indagações biográficas, especialmente nos contatos entre Dickinson e o reverendo Wadsworth, mas também relações eróticas de Dickinson com mulheres que tiveram uma grande importância afetiva em sua vida, como Sue Gilbert e Kate Scott. Guidacci destacou, também, a sublimação da dor na vida

[79] Margherita Guidacci (Florença 1921 – Roma 1992) poeta italiana e tradutora. Dentre as suas numerosas coletaneas, *La sabbia e l'angelo* (1946), *Inno alla gioia* (1983), *Anelli del tempo* (1993).

de Emily Dickinson, por meio de um sentimento de êxtase, que tinha ao sentir uma grande empatia com a natureza.

O interesse pela autora americana se intensificou, na Itália, mais nos anos 1980 e 1990, quando se registra um maior número de publicações e um maior interesse pela poesia feminina, quer por parte do público, quer da crítica. As obras mais importantes dessa época são as de Alda Merini[80], Maria Luisa Spaziani[81], Patrizia Cavalli[82], Vivian Lamarque[83], Patrizia Valduga[84].

Finalmente, em 1997, publicou-se uma primeira edição completa de todas as poesias de Emily Dickinson, organizada pela maior estudiosa da autora na Itália, Marisa Bulgheroni. Nessa edição, estão contidas também traduções dos poemas de Emily Dickinson feitas por grandes poetas italianos, dentre os quais, Eugenio Montale, Mario Luzi[85] e Amelia Rosselli[86]. A última edição foi justamente a da poeta italiana Rina Sara Virgillito, editada por Garzanti, em 2002, e objeto de análise neste livro.

Dizia Dickinson em um dos seus poemas mais emblemático: "Eu não sou ninguém! Quem é você/ Você é ninguém também?/(...) como é monótono ser alguém!"[87] (Dickinson, 1997, p. 304). Esses são alguns dos versos da poesia n. 288 e certamente as palavras da própria autora valem mais do que qualquer análise crítica que busque expressar o desinteresse da autora americana em ser definida por algum crítico literário. Como vimos no decorrer deste capítulo, desde cedo, Emily Dickinson teria escapado de ser rotulada dentro de qualquer padrão, fosse como a perfeita mocinha da américa vitoriana, ou como a filha devota e submissa, ou a virgem solitária.

---

[80] Alda Merini (Milão 1931) poeta italiana. Em 1953 publicou sua primeira obra *La presenza di Orfeo*. Após a experiência no hospital psiquiátrico publica outras coletâneas, entre as quais: *L'altra verità* e *Diario di una diversa* (1986); *Ballate non pagate* (1995).

[81] Maria Luisa Spaziani (Torino 1924) poeta italiana. Professora de Literatura Francesa na Universidade de Messina, na Itália, e tradutora. As principais coletâneas publicadas são: *Le acque del Sabato* (1954); *L'occhio del ciclone* (1970); *Giovanna d'Arco* (1990).

[82] Patrizia Cavalli (Todi 1947) poeta italiana. As obras principais são: *Le mie poesie non cambieranno il mondo* (1974); *Il cielo* (1981).

[83] Vivian Lamarque (Tesero 1946) poeta italiana. Obras principais: *L'amore mio é buonissimo* (1978); *Una quieta polvere* (1996).

[84] Patrizia Valduga (Castelfranco Veneto, 1953) poeta italiana. Obras principais: *Medicamenta* (1982); *Requiem* (1994); *Corsia degli incurabili* (1996).

[85] Mario Luzi (Florença 1914-2005) poeta italiano várias vezes indicado ao prêmio Nobel pela literatura. Obras principais: *La barca* (1935), *Avvento notturno* (1940), *Al fuoco della controversia* (1978).

[86] Amelia Rosselli (Parigi 1930 – Roma 1996) poeta italiana. Obras principais: *Variazioni belliche* (1964), *Serie ospedaliera* (1969), *La libellula* (1985).

[87] "I'm Nobody! Who are you?/ Are you – Nobody – too?/ (...) How dreary – to be – Somebody!".

O fato é que Dickinson fugiu sistematicamente da fama, recusando a padronização de seus poemas e de seu pensamento aos modelos literários da época. Se ela mesma quis fugir a qualquer classificação, é uma tarefa inútil a dos críticos que tentaram e tentam ainda, catalogar sua gramática desviante, sua pontuação rebelde, sua poética desafiante, e que, acabaram moldando sua personalidade e poética para que pudessem servir, em cada época, a fins diferentes. Assim, na Nova Inglaterra, Dickinson tornou-se um baluarte do espírito da comunidade puritana. Por outro lado, críticos literários de diferentes países, em diferentes polissistemas literários, definiram a sua poesia, às vezes, como metafísica; outras como pré-feminista, tendo sido, primeiramente, considerada como uma obra periférica em relação ao cânone literário; para, afinal, ser inserida dentro do círculo dos maiores poetas de todos os tempos. Essas múltiplas interpretações da *autora* Emily Dickinson levam à inexistência de *uma* Emily Dickinson e confirmam o que sustenta Michel Foucault, ao falar da questão delicada da autoria, pontuando que a função do autor comporta uma pluralidade de *egos*:

> a função autor (...) ela não se exerce uniformemente e da mesma maneira sobre todos os discursos, em todas as épocas e em todas as formas de civilização; ela não é definida pela atribuição espontânea de um discurso ao seu produtor, mas por uma série de operações específicas e complexas; ela não remete a um indivíduo real, ela pode dar lugar simultaneamente a vários egos (Foucault, 1969, p. 278-279).

Enfim, todas essas definições não conseguiram evitar o que tanto preocupara Emily Dickinson e que pertence, como ela disse, à fama: a monotonia. De fato, não lhe interessava ser um *autor*, fazer *literatura*, pertencer a uma escola, estar engessada dentro de um paradigma, mas sim transcrever a palavra poética da forma mais fiel possível. Vivia num espaço geográfico limitado, o do seu quarto; e num espaço intelectual todo seu, o do seu pensamento, cujo ponto central era a palavra, sendo a poesia o seu diâmetro. Ela mesma se anulara, de certa forma, apagara o seu aspecto físico, a aparência de sua pessoa para que só o seu poema se sobressaísse. Da mesma forma, ela não estava interessada em publicar os seus poemas, mas deixou vestígios de sua poética, de sua criação, do seu percurso intelectual, especialmente nos manuscritos que organizou para que testemunhassem para si mesma e, talvez, para os outros, aquela comunicação privilegiada que constituía a sua arte.

A atitude de Dickinson e as diferentes, múltiplas e discordantes teorias sobre a autora americana somente confirmam, ainda uma vez, que não existe autor que se possa definir a partir somente de sua obra editada. Sobretudo, nos casos em que, como no de Dickinson, o autor não teve parte nenhuma nas opções que levaram à obra assim chamada de *definitiva* que, por sinal, sofreu alterações e manipulações de editores e copistas, ao longo dos anos.

Se for possível encontrar um caminho para conseguirmos aproximações de sua obra e de sua poética, só poderá ser feito por meio de seus manuscritos, os únicos vestígios que deixou de seu pensamento, de seu processo criativo, de suas dúvidas. Lá e somente lá, naquele espaço fisicamente limitado, mas intelectualmente ilimitado da folha branca, é que ficaram registradas hesitações lexicais marcadas na marginália; só lá é que se pode chegar a aproximações para desvelar um pouco da poética de Dickinson. Ou, então, na interseção entre biografia, poesia, criatividade, filologia, mistério e competência, é que, talvez, se possa tentar alcançar uma definição aproximada do que seria um Autor.

Mas não seria mais interessante questionarmos acerca do processo de criação em si? Não seria, talvez, melhor falar do processo criativo de Emily Dickinson, mais do que da *autora* Emily Dickinson? Se a imagem do autor e a apropriação que delas fazem os vários críticos é algo absolutamente variável, não seria mais conveniente se concentrar no percurso intelectual revelado pelos manuscritos, ou nos caminhos de uma criação artística que perpassa correntes literárias de varias épocas? Será que, na verdade, não existe um Autor, mas o aspecto tangível de uma criação, cujos índices se pode perceber no processo empírico revelado pelos manuscritos poéticos?

Da mesma forma, acredito que se possa estender essa proposta de aproximação ao trabalho poético do tradutor, por meio do estudo dos seus manuscritos. O fato é que será possível compreender um pouco das estratégias, normas, influências, constrições, escolhas, dúvidas que caracterizam cada processo tradutório.

Tendo em mente que, se não existe *autor*, também não existe *obra*, porque, como dizia Benjamin, não há um leitor específico; e partindo da premissa de que nenhuma obra de arte foi concebida para um leitor e para um receptor específico, mas pressupõe "somente a existência e a essência de um homem em geral" (Benjamin, 1992, p. 8); então, nenhuma obra de arte nasce para um receptor. Por que deveria, então, a tradução servir a um leitor? Se não existe *obra*, também não existe *tradução*, mas sim o processo tradutório específico de um tradutor.

O que desejo, portanto, neste livro, é desvendar o processo criativo de Rina Sara Virgillito ao traduzir o processo criativo de Emily Dickinson. E reconheço que existe uma publicação de Virgillito, que é foco de análise desta pesquisa; que não é o resultado *final* de um processo estético, mas somente uma etapa considerada *final* de um percurso sempre inacabado. Logo, existe a Emily Dickinson lida, escolhida, traduzida por Virgillito; existem leis e normas que nortearam esse processo e que podem revelar algo acerca do fenômeno da criação. Aliás, um fenômeno que vai além de qualquer autor particular.

Capítulo IV – Fase pré-redacional explanatória: as aproximações entre tradutor e texto(s) de partida

O interesse de Virgillito pelos poemas de Emily Dickinson começou após uma série de leituras, sendo que em 1995, deu início à tradução sistemática de 114 poesias da autora americana. Ao analisar esse processo tradutório de Virgillito, a metodologia da Crítica Genética me auxilia para reconstruir, por aproximações, a ideia que Rina Sara Virgillito tinha, antes como leitora e, em seguida, como tradutora, da autora americana Emily Dickinson. De fato, o *dossiê Virgillito* foi constituído não só pelos manuscritos da tradutora, mas, também, pelos livros de poemas de Dickinson, que Virgillito leu e anotou às margens dos versos, registrando as datas das sucessivas leituras; ou pelo catálogo da biblioteca pessoal da autora italiana, incluindo a agenda do seu último ano de vida.

Todos esses elementos que representam o dossiê de Virgillito a ser analisados neste livro serão essenciais para se reconstituir os passos que levaram a poeta italiana a traduzir a autora americana. A intenção desta obra é, de fato, entender o interesse despertado em Virgillito pelas poesias de Dickinson, esclarecendo se essa motivação da leitora aconteceu contemporaneamente ao da tradutora, além de se observar quais elementos externos teriam motivado esse interesse e como teriam influenciado a tradução dos poemas. Enfim, deseja-se indagar que imagem de Emily Dickinson a poeta italiana tinha quando se aproximou de sua obra? Que leituras e crenças teriam interferido nessas traduções? Que marcas, finalmente, tal trajetória teria deixado em seus manuscritos e, sobretudo, em seu processo tradutório?

Conforme mencionado no capítulo anterior, a chegada dos poemas de Emily Dickinson no sistema literário italiano aconteceu logo depois da Segunda Guerra Mundial, por meio da publicação de uma coletânea traduzida por uma jovem poeta italiana, Margherita Guidacci (1947). Trata-se de uma poeta que Virgillito conhecia e lia, conforme testemunham as quatro coletâneas de poemas de Guidacci que Virgillito possuía em sua biblioteca (Archivio Rina Sara Virgillito, 1998, p. 125-126).

Naquela época, Rina Sara Virgillito era uma jovem professora do Ginásio Superior em Lovere e tinha publicado o seu primeiro livro de traduções, *La vita della Vergine e altre poesie* de Rainer Maria Rilke. Estimulada pelo poeta e prêmio Nobel, Eugenio Montale, começava, então, a sua atividade poética. A poeta italiana estabeleceu, naqueles anos, contatos com os mais importantes intelectuais italianos, tais como Montale, Sciascia[88], Bo[89], Vittorini[90], contribuindo, com seus artigos e publicações[91], para debates acerca da poesia italiana e também estrangeira. Um desses intelectuais, o crítico literário Carlo Bo, a definiria, na sua introdução a *Nel grembo dell'a, ttimo*, como "um dos poucos verdadeiros poetas dos últimos trinta anos"[92] (Bo, 1984, p. 7).

A carreira da escritora Virgillito começou com alguns artigos de crítica literária, mas ela sempre se considerou mais poeta do que crítica, e as suas leituras, assim como as traduções, foram, sobretudo, de poeta para poeta. Apesar de ter começado escrevendo ensaios, Virgillito, desde então, já se dedicava, cada vez com mais paixão, à poesia. Nos anos 1950, mandou uma coletânea de seus versos a Montale, que lhe respondeu:

> Querida Senhorita, não sei ainda, hoje, o que poderei fazer, mas posso dizer-lhe que o que li nas suas prosas e versos, de fato, apesar de serem apenas poucas páginas, surpreendeu-me e me agradou, como raramente acontece. Nunca escrevo para ninguém, por isso a Senhora pode, então, acreditar na sinceridade das minhas palavras. Por que não vem, um desses dias, me encontrar, no meu escritório?[93] (apud Pellegrini, 2001, p. 11).

---

[88] Leonardo Sciascia (Agrigento 1921 – Palermo 1989), escritor italiano. Os seus mais famosos romances têm como tema a máfia e os seus delitos, *Il giorno della civetta* (1961) e *A ciascuno il suo* (1966).

[89] Carlo Bo (Genova, 1911-2001), crítico italiano. Professor de literatura francesa na Universidade de Urbino, publicou muitos estudos críticos.

[90] Elio Vittorini (Siracusa, 1908 – Milão 1966), escritor italiano. As obras mais importante são: *Conversazioni in Sicilia*, de 1941 e *Uomini e no*, de 1945.

[91] Lembram-se alguns artigos de Virgillito publicados logo após a Segunda Guerra: (Virgillito, 1945-1946, p. 7); (id., 1947).

[92] "uno dei pochi veri poeti di quest'ultimo trentennio".

[93] "Gentile Signorina, non so ancora, oggi, che cosa mi sarà possibile di fare ma posso dirle che tutto quello che ho letto di Lei in prosa o in verso (poche pagine in tutto) mi ha scosso e convinto come raramente mi accade. Non scrivo mai a nessuno e Lei può quindi credere alla sincerità delle mie parole. Perché non viene un giorno a trovarmi in redazione?".

Com o aval do grande poeta, começou a atividade poética de Rina Sara Virgillito e, por seu intermédio, na verdade, entrou em contato com o crítico literário Carlo Bo, que assinou a sua primeira coletânea, *I giorni del sole* (1954), descrevendo-a como uma poeta difícil, quase cerebral.

Foi justamente por volta da segunda metade dos anos 1950, que se registraram os primeiros sinais do interesse de Virgillito por Emily Dickinson. Um dos cinco livros de poemas de Dickinson, parte da biblioteca pessoal da autora guardada hoje no Arquivo Histórico de Florença é, justamente, uma coletânea de poemas da escritora americana traduzida por Guido Errante e intitulada *Poesie*. O livro foi publicado pela editora Mondadori, em 1956, e constituiu a primeira coletânea consistente dos poemas da autora americana publicada na Itália.

Guido Errante, além de ser tradutor, foi também o organizador do referido livro e autor de sua introdução. A introdução, de 199 folhas, está dividida em quatro capítulos: I) *Il Villaggio Puritano La Crisi Religiosa di Emily Dickinson*, no qual Errante mostra a influência do Puritanismo sobre os habitantes da Nova Inglaterra, considerando, sobretudo, as possíveis causas da *diversidade* da personalidade de Emily Dickinson e de sua obra poética; II) *La famiglia – gli amici*, no qual analisa, mais detalhadamente, as relações de Dickinson com os membros de sua família, especialmente com o pai e a cunhada, Sue; III) *Emily*, uma biografia, em que trata dos acontecimentos mais relevantes da vida e, sobretudo, do que se passava na alma de Emily Dickinson; finalmente, IV) *L'arte*, no qual Errante tenta penetrar na gênese e na estrutura de sua poética. É interessante, então, analisar as introduções dos cinco livros de poemas dickinsonianos possuídos e lidos por Rina Sara Virgillito, já que não existem evidências, em sua biblioteca, de ensaios críticos sobre a autora americana. É, então, provável que essas introduções constituam a única referência crítica com a qual a poeta italiana teria se deparado para formar uma ideia da poética e da biografia de Dickinson. Todas essas introduções estão sublinhadas, apresentando anotações, comentários e marcas, evidenciando várias leituras.

No texto de Errante, na folha de rosto, pode-se ler três datas escritas, supostamente, pela autora, como Virgillito costumava fazer com todos os livros que lia e comprava. A primeira data de 21 de janeiro, em caneta azul; a segunda data de agosto, de 1957; e, abaixo, há uma outra, em caneta verde, da qual só se consegue ler o ano 1983. Provavelmente, Virgillito teria adquirido esse livro em 1957 e, como acontece com outros textos, voltou a consultá-lo, sucessivamente, marcando a data dessa nova leitura.

Virgillito, na página 29, marcou com três pontos de interrogação, a lápis, uma frase na qual Errante comenta a relação entre Dickinson e Wadsworth: "estranha paixão que se nutriu de ar durante decênios"[94]. Quanto ao resto do texto introdutório de Errante, ele é limpo, não apresentando nem comentários, nem marcas de nenhum tipo por parte da autora. Esse fato, não usual, já que as outras introduções, como se pode constatar, apresentam evidentes anotações de Virgillito, levaria a supor ou a pouca afinidade entre a análise de Errante e a concepção que Virgillito tinha da obra dickinsoniana, ou o pouco interesse, naquela época, por parte da autora, pela poesia da americana; ou ainda, um interesse que não justificava um aprofundamento crítico na sua vida e obra. A análise de Errante parece, de fato, bastante conservadora, consoante à época na qual foi escrita, especialmente se for lembrado, por exemplo, que o autor descarta a possibilidade, muito explorada pela crítica, de que as amizades femininas de Dickinson escondessem uma homossexualidade acentuada. Segundo Errante, tratava-se de amizades comuns na Nova Inglaterra, no período romântico, uma consequência natural das rígidas restrições dos costumes sexuais da época.

O resto do texto de Errante apresenta, porém, importantes testemunhos de um tímido diálogo crítico da tradutora com as poesias traduzidas. De fato, além de ter sublinhado a lápis e em caneta verde, as páginas 294, 298 e 300, o que chama mais a atenção é que na página 301, pela primeira e última vez, marca a lápis um *No* (Não) na versão italiana de Errante da poesia *Wild Nights* de Dickinson. E ainda, na página 314, sublinha e anota a palavra *rearrange* (reajustar), assinalando com um ponto de interrogação a tradução de Errante. Esses são indícios importantes de uma leitura cuidadosa dos poemas, por parte de Virgillito, lembrando-se aqui que todo tradutor é, sobretudo, um bom leitor.

Passariam-se doze anos antes que houvesse um segundo contato de Virgillito com as poesias de Emily Dickinson. De fato, o livro de Margherita Guidacci data de 1979 e traz, na folha de rosto, uma dedicatória e uma anotação relativa à data do seu recebimento. O livro de Guidacci é, na verdade, uma nova edição da primeira coletânea de 1947, com 149 poesias (63 aparecem pela primeira vez). O livro apresenta anotações de vários tipos, feitas por Virgillito, sinalizando leituras sucessivas. Marcas dessas leituras seriam diversos vestígios que a autora deixaria nas páginas do livro, com incisões

[94] "strano innamoramento nutritosi d'aria per decenni".

feitas com a unha, em um primeiro momento, e pequenos círculos, em cor vermelha, em um segundo, dentre os muitos listados na seguinte tabela:

Tabela 2 – Símbolos utilizados por Virgillito

Símbolo utilizado	**Significado**
Marcas com a unha	Seleção de poemas ou parte de poemas
Páginas dobradas	Seleção de poemas
Círculo azul	Seleção de poemas
Círculo preto	Seleção de poemas
Círculo vermelho	Seleção de poemas na época da tradução 09.1995-01.1996
Círculo verde	Seleção de poemas
Hífen preto	Seleção de poemas
Ponto dentro de um círculo	Poemas e trechos que tinham particular relevância para Virgillito

Mas a introdução, neste caso, não apresenta anotações de Virgillito, supondo-se que ainda não tivesse sido despertado o seu interesse como tradutora ou que ela não estivesse interessada, naquela época, em aprofundar uma leitura crítica da poética dickinsoniana. Então, durante esses doze anos, Virgillito teria continuado, paralelamente, sua atividade como tradutora e poeta. Em 1957, publica a sua tradução do grego antigo, *Epigrammi Greci*, uma escolha da *Antologia Palatina;* em 1962, com a ajuda do escritor Leonardo Sciascia, que selecionara pessoalmente as poesias, publica a segunda coletânea, *La Conchiglia,* em que "a paisagem é o cenário e, ao mesmo tempo, a personagem única dessa breve estação de 39 poesias"[95] escreve Pellegrini (2001, p. 17). Em 1976, ainda uma outra tradução, a de François Villon, *Il Testamento e la Ballata degli Impiccati,* é publicada pela Editora Rusconi, com uma introdução de Ezra Pound. Enquanto poeta e tradutora, Virgillito já desfrutava, portanto, de certo prestígio, pois era apoiada por outros escritores e críticos. Esse prestígio, no caso do trabalho tradutório, concedia-lhe certa liberdade nas escolhas a serem feitas, a começar pelo autor e texto a serem traduzidos, que ela própria selecionava.

[95] "Il paesaggio è lo scenario e nello stesso tempo il personaggio unico di questa breve stagione di 39 poesie".

Posteriormente, em 1984, ocorre o terceiro contato de Virgillito com Dickinson, e as aproximações, a partir de agora, tornam-se mais frequentes, já que havia passado somente cinco anos do último contato registrado. Consultando a sua biblioteca particular, percebe-se que Virgillito lera, também, *Le stanze d'alabastro,* de Nadia Campana, publicado em 1983. Trata-se de uma coletânea com 140 poesias traduzidas por Campana que é organizadora e autora da introdução. O livro leva, na folha de rosto, a anotação de uma primeira data, provavelmente a da aquisição do livro, *estate 1984* (verão 1984) e, logo abaixo, uma segunda data, talvez, a de uma segunda leitura, *autunno 1995* (outono 1995).

A partir da folha número seis, começam as marcas de anotações sublinhadas e vários acréscimos feitos por Virgillito. Quanto à introdução, de 17 folhas, divide-se em três capítulos: 1) *Vita di Emily Dickinson*; 2) *Le edizioni delle poesie di Emily Dickinson: primi giudizi critici e problemi testuali*; 3) *Emily Dickinson e la critica attuale*. O livro apresenta anotações não só na introdução, como no corpo do texto: incisões feitas com a unha marcam o texto de algumas poesias em inglês e aí já aparecem as primeiras tentativas de tradução, que datam de 29/09/90. Virgillito anota, sobretudo, partes referentes ao poder da palavra poética de Dickinson, ao seu estilo peculiar e à sua relação com Wadsworth.

No que concerne à cronologia, o ano de 1984 é uma data crucial na produção de Virgillito. Nesse mesmo ano foi, de fato, publicada, em edição parcial pela *Newton Compton*, a sua tradução dos *Sonetos*, de Shakespeare, que sairão, em versão integral, em 1988. Após um silêncio de 12 anos, é editada uma nova coletânea de poesias *Nel grembo dell'attimo*, publicada pela Nuove Edizioni Enrico Vallecchi, com uma introdução do crítico literário Carlo Bo.

Em 1986, a *Libreria delle donne* publica a tradução feita por Virgillito dos sonetos de Elizabeth Barret Browning, *I sonetti dal portoghese*. Ao que parece, Shakespeare e Browning teriam constituído, a julgar pelo interesse de Emily Dickinson por suas obras, duas referências importantes para a formação poética e intelectual da autora americana, que os indicava como seus modelos. As aproximações de Virgillito ao mundo dickinsoniano se intensificam, então, tornando-se cada vez mais frequentes e, em 1987, acontece o quarto encontro de Virgillito com a poesia da americana.

Em novembro de 1986, Barbara Lanati[96] publica a sua tradução de algumas poesias de Dickinson, *Silenzi*. Um exemplar desse livro, presente na

[96] Barbara Lanati ensina literatura americana na Universidade de Turim, na Itália, sendo autora de numero-

biblioteca pessoal de Virgillito, apresenta, na folha de rosto, a anotação de duas datas: a primeira, *8/9/87*, e a segunda, *9.10.95*. Na última página do livro, Virgillito anota *Da Silvana Natale 1986* (De Silvana Natal 1986). Evidentemente, Virgillito teria recebido o livro de presente, no Natal de 1986. Quanto às duas datas sucessivas, elas se referiam, provavelmente, a leituras em datas diferentes.

O livro contém anotações, em todas as suas partes, inclusive na introdução, na parte da biografia e na margem das poesias. Da introdução de Lanati, Virgillito destaca, com um símbolo peculiar, e sublinha, sobretudo, os trechos nos quais se fala da relação da autora com o *Outro*, com aquele interlocutor ausente e distante, mas sempre desejado: "Confirma, ainda uma vez, em outras palavras, a centralidade, na vida de Dickinson, da figura do Outro e, ao mesmo tempo, a sua solidão e seu silencioso distanciamento"[97] (Lanati, 1986, p. XXI). Além disso, Virgillito destaca, também, quando Lanati chama a atenção do leitor para as influências e referências poéticas da autora americana, influências essas que também marcaram a carreira da própria Virgillito, como Santa Tereza de Ávila e o livro da Apocalipse:

> Dessa forma à "plenitude" da palavra do Outro (...) a "virgem" de Amherst possuída pelo desejo, exatamente como Santa Tereza de Ávila no *Livro das Relações e das Graças*, responde de modo assertivo e blasfemo (...) *Sede, aridez, seca* são assim, nos anos centrais da produção de Emily Dickinson, as figuras mais frequentes, os nós pelos quais se articula a única, provocativa resposta que a sua poesia oferece à Palavra do Apocalipse[98] (Lanati, 1986, p. XX).

Um fato muito importante é que, se nos exemplares das traduções de poemas de Emily Dickinson que Virgillito lera e anotara, a poeta italiana tinha, às vezes, traduzido apenas alguns versos ou palavras de Dickinson, agora resolve tomar coragem e traduzir parte de três poesias para o italiano, a saber:

---

sos livros de crítica e tendo publicado vários artigos em revistas e jornais; publica uma biografia de Emily Dickinson, *L'alfabeto dell'estasi*, em 1998, além de uma coletânea de poesias da autora americana *Silenzi* (2002). Publica, também, um estudo sobre literatura americana, denominado de *Frammenti di un sogno: Hawthorne, Melville e il romanzo americano*, em 1987.

[97] "Ribadisce, in altre parole, la centralità, nella vita di Emily Dickinson, della figura dell'Altro e insieme la sua separatezza e silenziosa lontananza".

98 "Cosi alla 'pienezza' della parola dell'Altro (...) la 'vergine' di Amherst invasata del desiderio, esattamente come Santa Teresa d'Avila nel Libro delle Relazioni e delle Grazie, risponde assertiva e blasfema (...) Sete, arsura, siccità sono così, negli anni centrali della produzione di Emily Dickinson, le figure più frequenti, i nodi attraverso cui si articola l'unica, provocatoria risposta che la sua poesia offre alla Parola dell'Apocalisse".

as de n. 276, n. 511 e n. 751. A primeira, a lápis, está abaixo do original inglês, na p. 38:

Sassone – dilla ancora –
piano – solo a me
zitto
non per la pena che mi hai dato
ma per lo scatto di gioia –
sassone dilla ancora –
piano – soltanto a me

A segunda, na página 82, poesia n. 511, traduzida abaixo do texto original em inglês, com caneta verde, indicando o lugar e a data da tradução, *by train to Florence h. 14 dell'* 11.10.95. A tradução foi feita, então, por ocasião da segunda leitura do livro e não da época de sua aquisição, isto é, quando Virgillito resolvera realmente enfrentar a tradução de Dickinson; por sinal, a de n. 511 é uma das poesias mais trabalhadas e trabalhosas, como atestam os manuscritos (há de fato cinco versões). O texto da tradução aparece riscado por uma linha preta:

(Se venissi d'autunno tu
l'estate la scaccerei: d'un colpo
mezzo ridendo mezzo . scherno
come la massaia con la mosca
Se fra un anno potessi rivederti
raggomitolerei le montagne –
poi, via, in separati cassetti
per paura che si fondano:
che non possono fondersi i numeri –
↓ *per paura che* ⇢
fondono i numeri
che non fondano i numeri, mai sia

Curiosamente, na folha 103 do livro, Virgillito anotou, a lápis, uma data: *11.4.1994*, complicando, ainda mais, a reconstrução da cronologia do processo tradutório, já que é difícil imaginar se a data se referia ao momento de uma simples leitura, ou ao início das suas traduções.

Enfim, a terceira poesia traduzida se encontra na página 116, a de número 751, sempre a lápis:

751

Quel che io valgo – è tutto il mio dubbio
il valore di lui – la mia paura –
al confronto – il meglio di me.
Più spento – appare
(del mio valore) – dubito
di quel che valgo
del valore di lui – ho paura
il mio meglio – al confronto –
appare

Não obstante a incerteza acerca da cronologia dessas versões das poesias traduzidas por Virgillito, pode-se observar que a *ideia* de traduzir os poemas de Dickinson, timidamente, torna-se um projeto a ser desenvolvido.

Finalmente, passarão oito anos até que Virgillito enfrente e, desta vez, mais sistematicamente, os poemas de Emily Dickinson. De fato, a quinta coletânea de sua biblioteca é a de Bagicalupo, publicada pela Mondadori, em 1995. O exemplar de Virgillito traz uma data única, na folha de rosto, a de *9.9.1995*. Então, o projeto poético, lentamente, após 38 anos do primeiro contato de Virgillito com os poemas da americana, começa a tomar corpo, já que, no mês de setembro de 1995, conforme atestam seus manuscritos, Virgillito inicia, sistematicamente, a tradução dos poemas de Dickinson.

A detalhada introdução de 36 páginas, de Bagicalupo, apresenta muitas anotações sublinhadas por Virgillito; também aparecem datas cronologicamente registradas da vida de Dickinson, bem como outras notas, quer de natureza bibliográfica quer de natureza linguística, que testemunham um interesse mais profundo da poeta italiana pelo universo da autora americana. Ao longo de suas anotações na introdução, Virgillito marca, novamente, com aquele símbolo que lhe é peculiar e já fora encontrado em outros textos seus, um ponto dentro de um círculo, trechos que dizem respeito à poética da autora, assim como a eventos importantes de sua vida particular, que parecem ter alguma relação com a produção poética da autora. Na folha IX, por exemplo, Bagicalupo compara a poesia da americana à energia vital e destruidora de um vulcão, e Virgillito sublinha o seguinte:

> É uma outra imagem de uma energia ao estado puro – o fuzil carregado esquecido em um canto – que aguarda para ser utilizado com a precisão de um atirador esperto. Juntamos as duas coisas, violência e precisão, e temos as características da poesia de Dickinson e não somente dela[99] (Bagicalupo, 1995, p. IX).

Violência e precisão, então, segundo o crítico italiano, são as duas características principais da poética da americana, e não somente dela; será que nesse presumido grupo *oculto* de poetas marcados pela violência e pela precisão, Virgillito teria se incluído, implicitamente, por causa do estilo de sua poesia? Será que teria, por isso, também sublinhado esse trecho? Será que essa metáfora do fuzil é uma referência para se entender a poesia de Dickinson e de outros? Talvez esta hipótese possa ser confirmada pelo fato de que, mais adiante, na folha XII, Virgillito destaca, com o famoso símbolo, a seguinte observação de Bagicalupo: "Mas no seu mundo há mais majestade e paixão (violência, visão) do que ternura. Ela não chora: vê, recorda, medita, dispara e alcança o alvo, como aquele fuzil que conhecemos"[100] (id., p. XII). E ainda, na folha XIV, Virgillito marca com o seu símbolo uma afirmação de Ezra Pound, relatada por Bagicalupo, sobre a poesia moderna e sua natureza: "Objetividade e ainda objetividade, e expressão: nenhuma inversão, nenhum adjetivo deslocado (...) nada, nada que não se poderia, em alguma circunstância, e estimulado por alguma emoção, efetivamente falar"[101] (id., p. XIV). Enfim, para completar esse possível percurso em busca da poética da obra de Dickinson, Virgillito sublinha e marca ainda com o seu símbolo, a afirmação de que a poesia da americana tem como objeto tanto a religião quanto o amor: "De qualquer forma, Dickinson pode ser definida como uma poeta religiosa, assim como uma

---

[99] "È un'altra immagine di un'energia allo stato puro – il fucile carico dimenticato nell'angolo – che attende di essere impiegata con la precisione Del tiratore scelto. Mettiamo insieme le due cose, violenza e precisione, e abbiamo la poesia, non solo della Dickinson".

[100] "Ma nel suo mondo c'è più maestà e passione (violenza, visione), che tenerezza. Essa non piange: vede, ricorda, medita: spara e colpisce il segno, come quel fucile che sappiamo".

[101] "Oggettività e ancora oggettività, ed espressione: nessuna inversione, nessun aggettivo spostato (...) nulla, nulla che non si potrebbe, in qualche circostanza, sotto la spinta di qualche emozione, effettivamente dire".

poeta amorosa, e entre as maiores: sem que por causa disso se possa dizer que a religião seja mais importante que o amor"[102] (id., p. XIX).

Esse percurso genético que se está perseguindo, ao delinear o discurso sugerido por Virgillito por meio do uso do símbolo com que marcava trechos importantes dessas introduções, estende-se até à cronologia da vida de Dickinson, apontada por Bagicalupo, em que se encontram outras anotações de Virgillito. De fato, Virgillito destaca, nas folhas XXIV e XXV, dois acontecimentos importantes da biografia da americana: o encontro com o reverendo Charles Wadsworth (acontecimento que já tinha enfatizado no texto de Errante e Lanati) e o fato de que o ano de 1862, quando o reverendo havia sido transferido para Filadélfia, fora o ápice da sua produção poética.

O fato de que esse último texto seja tão anotado e marcado por Virgillito, muito mais que os anteriores, em todas as suas partes, inclusive nas notas biobibliográficas, leva a supor um interesse concreto em publicar as suas traduções em um futuro ainda não definido. Chegou-se a essa suposição, após se ter encontrado as mesmas recorrências – anotações em caneta verde nas introduções e ensaios críticos relativos aos autores traduzidos, incluindo o símbolo do círculo etc. – também nos manuscritos encontrados no Arquivo Histórico de Florença e que dizem respeito ao seu trabalho preparatório para a edição crítica das traduções de Elizabeth Barret Browning e de Rainer Maria Rilke.

De fato, a caixa n. 203, *Materiale relativo ai Sonetti dal portoghese di E. Barret Browning*, (*Material referente aos Sonetos do português de E. Barret Browning)*[103] do FV, contém nove documentos guardados em uma pasta de papelão azul. Na capa, Virgillito colocara uma imagem retratando quatro mulheres dançando, provavelmente, a reprodução de uma pintura do século XV. É interessante destacar que as anotações e observações feitas nos ensaios contidos nesta pasta foram necessárias, provavelmente, para a introdução crítica. A pesquisa parece ser mais *a posteriori*, após ter Virgillito traduzido os referidos sonetos. No caso de E. Barret Browning, assim como no de Dickinson, a consulta do FV revelou que Virgillito possuía outras traduções dos poemas de Barret Browning, a que fazia referência, confirmando, então, um padrão de comportamento encontrado também no caso dos poemas de Dickinson.

A saber, nas fotocópias do texto de Hayter (caixa 219, n. 5), Virgillito destacou, em caneta vermelha (p. 218) e com o seu famoso símbolo, sobretudo, as

[102] "Comunque la Dickinson può essere definita poeta religioso come poeta amoroso, e fra i maggiori: senza che per questo si possa stabilire l'oggetto della religione più di quello dell'amore".

[103] Para maiores detalhes acerca desse material, consultar o inventário do Fundo Virgillito contido em Pellegrini; Biagioli, 2001, p. 118-121.

partes que dizem respeito à experiência mística, dentro do processo de criação poética de E. Barret Browning, especialmente as partes em que o autor fala da conscientização transcendental; essa conscientização leva ao reconhecimento da presença de Deus, tema que se reencontra também em Dickinson e em sua própria poética, o que pode ser útil para reconstituir o caminho que, de Shakespeare até Browning, a teria levado a Dickinson.

Mas as recorrências encontradas acerca do trabalho crítico feito a partir dos textos traduzidos não se referem somente às traduções de Browning, mas também as de Rainer Maria Rilke, por exemplo. De fato, o estudo do FV, ainda uma vez, revelou novos indícios desse processo de trabalho; especificamente, trata-se dos documentos encontrados na caixa n. 209, *Appunti, prime stesure, traduzioni, materiale su R. M. Rilke* (Anotações, primeiras redações, traduções, material sobre R. M. Rilke)[104]. Todo o material está contido em uma pasta amarela envolvida por uma capa plastificada com motivos florais laranja e, nesta pasta, a autora datou *19.5.1996*, com piloto preto. O material sobre Rilke aparece sublinhado e anotado, frequentemente com o círculo com um ponto no meio, sendo que esse material lhe era necessário para a introdução de uma eventual publicação dos sonetos. O mesmo tipo de anotação aparece em caneta verde, nas introduções dos livros de Dickinson, de Shakespeare, Browning e Rilke, em que consta, da marginália, uma espécie de sinopse dos fatos mais importantes sobre a biografia e a poética dos autores traduzidos por Virgillito. Nos assuntos e trechos destacados, que dizem respeito à poética desses autores, notam-se muitas semelhanças entre os motivos rilkianos e dickinsonianos: a renúncia ao amor; o papel do poeta como o único que pode compreender a experiência que vivenciamos na terra e que pode revelar a autonomia da palavra poética.

As datas marcadas nas fotocópias desse material revelam que Virgillito estava revendo os textos de Rilke e estudando para escrever a introdução de tal material quando começou a tradução dos poemas de Dickinson. De fato, isso é atestado pelo documento número oito dessa caixa: *R. M. Rilke, 'I Sonetti a Orfeo'. Versione di R . S. Virgillito, testo originale di premessa e note* (R. M. Rilke, 'Os Sonetos a Orfeo'. Versão de R. S. Virgillito, texto original do prefácio e das notas), 29 de setembro 1995, que apresenta cerca de 76 folhas dactiloscritas, com anotações autógrafas de Virgillito. Em 29 de setembro de 1995 resolve, então, entregar tudo o que se refere a Rilke, incluindo os manuscritos das traduções definitivas, bem como notas e introdução crítica para a editora

[104] Para maiores detalhes acerca desse material, consultar o inventário do Fundo Virgillito contido em Pellegrini; Biagioli, 2001, p. 120-121.

Garzanti e, logo depois, começa sistematicamente a tradução dos poemas de Dickinson.

Esses oito anos, entre 1987 e 1995, são de grande atividade e produção intelectual para Virgillito, quer como tradutora, como crítica literária, ou como poeta. Em 1988, publica a versão integral de sua tradução dos sonetos de Shakespeare; em 1990, é publicado, finalmente, o seu ensaio crítico sobre a poesia de Eugenio Montale, intitulado *La luce di Montale*; em 1991, é editada a sua nova e mais importante coletânea, *Incarnazioni del fuoco*; e, em 1994, é editada a que será a sua última coletânea de poemas publicada em vida, *L' albero di luce*.

Nessas últimas duas obras, *Incarnazioni del fuoco* e *L'albero di luce*, encontram-se as maiores semelhanças entre a sua poética e a de Dickinson. Nesses livros, Virgillito transcreve, ainda uma vez, a experiência que vivencia de buscar a revelação do mistério da existência, sempre perseguido, percebido por um instante, mas que logo se esvanece. Trata-se, para ela, da união com o *esposo místico*, com o Deus/Amante que não tem nome específico, segundo Giorgi (2002), ao referir-se ao núcleo da última fase da poeta. A espera pelo amado, nunca nomeado diretamente, a distância, a posse negada, a renúncia, a perfeição do encontro são as características da erótica da ausência, que é a mesma que caracteriza a poética de Dickinson. Percebe-se um sentimento de êxtase de dois seres que se tornam um, sendo que a eternidade e o limite do ser humano são temas recorrentes, que mostram o posicionamento da poeta frente ao mistério da vida.

Sua poesia, assim como a de Dickinson, caracteriza-se por uma forte concentração gráfico-sêmica, pela falta de subordinação e pela concentração polissêmica dos versos. As poesias são breves, condensadas e incisivas, não existindo quase pontuação alguma a não ser o famoso travessão, como se pode ver em uma das suas últimas poesias, *Sol negro*:

Tu –
agora –
movimentas o xadrez.
Na pez das tuas
esmeraldas
todas as corridas
de libélulas loucas –

no teu sol

negro

batem-se

alegria e horror : o passado –

milênios talvez – [105] (Virgillito, 1994, p. 34).

A sua poesia também é caracterizada pela concentração dos conceitos em uma só palavra. Elíptica e marcada pela parataxe, a sua poesia persegue aquela explosão polissêmica, que só se encontra nas sílabas e nos seus ritmos que devem concretizar, com aliterações e assonâncias ásperas, a coisa significada, quase sempre versificando o irreal e o invisível.

Mas só após muitos fatos é que Virgillito resolve desafiar a dicção desviante de Emily Dickinson, o que ocorre nos últimos onze meses de sua vida. Dentre esses fatos, destacam-se: ter buscado afiar a sua competência como tradutora de dois poetas que muito influenciaram a poética dickinsoniana, tais como Shakespeare e Barret Browning; ter conseguido passar para a folha em branco uma experiência metafísica singular em *Incarnazioni del Fuoco* e *L'Albero di luce*; ter entregue à editora Garzanti a versão definitiva das suas traduções dos sonetos de Rainer Maria Rilke, um outro autor que a ajudava a perceber a presença do divino na vida terrena e que acreditava no poder único da palavra poética.

O último testemunho do encontro entre Virgillito e o texto dickinsoniano são os dois livros de Guidacci encontrados por Sonia Giorgi, na mesa do escritório da poeta italiana, no dia de sua morte, 12 de agosto de 1996: um livro de poesias e um de cartas de Emily Dickinson, ambos traduzidos e organizados por Margherita Guidacci. Os dois exemplares foram publicados em 1995 pela Editora Bompiani e exibem, respectivamente, as datas marcadas por Virgillito: *8.12.1995*, no de poesias e *15.1.1996*, no das cartas. Havia, então, transcorrido um período de quatro meses desde que Virgillito tinha começado a tradução sistemática dos poemas de Dickinson, quando a poeta, provavelmente, adquire, lê e anota o livro das traduções de Guidacci.

O livro de poesias aparece anotado, desde as 34 folhas da introdução de Guidacci, incluindo as notas bibliográficas e a cronologia da vida de Emily Dickinson, sempre em caneta verde. Os poemas que Virgillito escolhera

[105] "Tu – / ora – / muovi gli scacchi . / Nella pece dei tuoi / Smeraldi / tutte le corse/ stramazzano / di libellule pazze – / nel tuo sole / nero / s'accapigliano/ gioia e orrore : il/ passato – / millenni forse –".

estão marcados, também, com pontinhos de caneta verde, com seis cartões postais ou com três pequenos papéis coloridos. Da introdução e da cronologia, Virgillito destaca, assim como tinha feito com o livro organizado por Bagicalupo e com os outros, as partes em que se comenta a relação da poeta com o reverendo Wadsworth e com Lord Otis. Na folha IX, marca, ainda uma vez, com o seu famoso símbolo, as partes em que a organizadora destaca o ano de 1862 como intenso em termos de composição poética, além de registrar o seu primeiro encontro com o reverendo Wadsworth, em 1855. Evidentemente, para Virgillito, esses dois dados eram decididamente relevantes para ir além da mera biografia e entender como e se eles teriam influenciado a poética da americana. E ainda nas folhas seguintes, em que se comenta essa produção poética de Dickinson, no ano de 1862, e o seu encontro com o crítico Higginson, ela anota, ao lado da folha em caneta verde, *una guida* (um guia), referindo-se, certamente, ao crítico americano. Será esta a primeira de uma série de anotações, em que destaca os temas recorrentes dos poemas de Emily Dickinson, a saber:

1) Na folha XI, *una guida* (um guia);
2) Na folha XIII *il dolore* (a dor);
3) Na folha XVII *puritani e trascendentalisti* (puritanos e trascendentalistas);
4) Na folha XVIII *i temi della natura* (os temas da natureza);
5) Na folha XXII *Eros;*
6) Na folha XXV θάνατος *la morte* (a morte);
7) Na folha XXIX *l'immortalità* (a imortalidade);
8) Na folha XXXIV *Sé* (Si);
9) Na folha XXXVII *l'imagery* (o imaginário).

Essas palavras-chave anotadas levam a supor que, na mente da autora, elas deveriam estar indicando uma sequência de temas que pretendia incluir na sua introdução crítica para uma possível publicação das traduções de Dickinson. A suposição foi, de certa forma, confirmada pela consulta ao FV, em que, na caixa n. 201 *Prime stesure, appunti lavori preparatori e disegni a inchiostro per la traduzione dei Sonetti di Shakespeare* (Primeiras redações, anotações esboços e desenhos a tinta para a tradução dos Sonetos de Shakespeare), se encontram 122 folhas contendo as primeiras versões das traduções dos sonetos de Shakespeare, bem como desenhos, anotações e uma agenda telefônica de capa dura, preta, com linhas diagonais vermelhas; esta mede 148 milímetros de largura e 210 de comprimento. Na folha de rosto, há uma anotação sublinhada, à guisa de título, de Virgillito, *alterazioni e accrescimenti* (alterações e acréscimos). Virgillito numerou as folhas na frente, a partir da primeira até a última, que traz o número 47. A agenda está anotada em caneta preta do tipo *tratto-pen*, a partir do verso da folha de rosto e, eventualmente, em caneta vermelha, sobretudo para destacar algumas partes. A agenda traz anotações sob a forma de verbetes, em ordem alfabética, nas quais a autora registra as recorrências daquelas palavras ou temas no *corpus* dos sonetos shakespereanos, bem como citações diversas sobre o assunto. Parece ter sido esta a forma de organizar o material necessário, com vistas à elaboração de uma introdução ou edição crítica e, também, para elaborar tematicamente os sonetos. Alguns exemplos de verbetes são: *Truth, Uno, Pessimismo* etc. O mesmo tipo de registro se encontra também nos manuscritos das traduções de Rilke, na caixa n. 209, *Appunti, prime stesure, traduzioni, materiale su R. M. Rilke* (Anotações, primeiras redações, material sobre R. M. Rilke).

Além disso, Virgillito sublinha e marca, com o seu símbolo, várias partes da introdução crítica de Guidacci, que dizem respeito aos temas principais da poética dickinsoniana. Acerca da dor, um dos temas destacados na marginália por Virgillito, ela assinala, com o seu símbolo, o seguinte trecho da p. XIV:

> Se na resposta à dor reside uma das grandes motivações poéticas de Dickinson, a outra é dada pela plenitude de seu senso vital. Poderíamos dizer que, diferente da primeira, de que é complementar, esta é fundamentalmente uma motivação de felicidade – ou melhor, de palpitante adesão, de êxtase (...). Encontro êxtase no ato de viver – somente o fato de viver já é felicidade suficiente[106] (Guidacci, 1995, p. XIV).

Observando, ainda, o uso do símbolo de Virgillito, percebe-se a importância das tradições puritana e trascendentalista na poesia de Dickinson (p. XVI), sempre tangenciando temas que dizem respeito à alma humana (p. XX) e à condição intemporal da vida a que a alma deve se conformar (p. XXX). Em suma, Virgillito traça um verdadeiro percurso espiritual da poética dickinsoniana, seguindo o que o seu símbolo sinaliza.

Há também um outro tipo de demarcação, que aparece e tem a ver com a prosódia da autora americana, o que se pode constatar na folha XXXV, apontando para a existência simultânea de vários ritmos na métrica da americana. Além disso, um outro dado interessante da marginália desse texto é o fato de

[106] "Se nella risposta al dolore risiede una delle grandi motivazioni poetiche della Dickinson, l'altra è data dalla pienezza del suo senso vitale. Potremmo dire che, a differenza della prima, di cui è complementare, questa è fondamentalmente una motivazione di gioia – o meglio di palpitante adesione, di estasi (...) "Trovo estasi nell'atto di vivere – il semplice senso di vivere è gioia sufficiente".

que Virgillito anota, a partir da folha XXII, em caneta preta, uma série de poemas que deveria levar em conta. Trata-se de uma espécie de lembrete, tanto que ela usa o imperativo direcionado para si mesma, *vedere* (ver), talvez inspirada pela leitura da introdução em que Guidacci apresenta, às vezes, trechos traduzidos de alguns poemas e, em outros momentos, somente o título do poema. Virgillito anota, ao lado de ambos, o número dos seguintes poemas: 491, 570, 1013, 1039, 1053, 568, 966, 725, 1010, 430, 498, 570, 511, 611, 710, 625, 508, 679, 695. Mas nem todas essas poesias foram traduzidas por ela. Neste caso, também, poder-se-ia supor que o elenco servisse para uma eventual introdução crítica.

Enfim, na cronologia da vida de Emily Dickinson, Virgillito sublinha trechos que dizem respeito à vida da poeta americana e de sua família, mas, sobretudo e, ainda uma vez, destaca algumas dadas específicas: a de 1855, ano em que Dickinson conhece o reverendo Wadsworth; o ano de 1860, em que ele vai visitar Dickinson; o ano de 1861, em que avisa que irá se mudar para São Francisco; o ano de 1862, em que Wadsworth viaja para São Francisco, desencadeando uma forte crise em Dickinson e, consequentemente, a proliferação de sua produção poética; o ano de 1880, em que acontece a última visita do reverendo a Dickinson; o ano de 1882, em que ele falece. Evidentemente, esses dados para Virgillito iam além de meras anotações de biografismo, considerando que Dickinson cultuava uma *paixão* pelo reverendo que havia de influenciar a sua sensibilidade criativa. Pela primeira vez, então, um dos cinco exemplares das coletâneas possuídas por Virgillito apresenta anotações homogêneas, quer dizer, somente de um tipo: em caneta verde, indicando uma leitura única e uniforme no texto, em uma única etapa, em que parece já consolidado o seu processo tradutório dos poemas de Dickinson.

O segundo texto, a coletânea das cartas de Dickinson, apresenta anotações da poeta italiana, somente na introdução, com caneta preta e a lápis, além de três cartões postais usados como marcadores. Somente três cartas de Dickinson estão destacadas por Virgillito: as de n. 233, 260 e 750. Ainda uma vez, e muito significativamente, nota-se que tanto as anotações, quanto as três cartas marcadas dizem respeito ao mesmo assunto: o encontro com o reverendo Wadsworth. Que isso expresse uma ligação entre a vida e a poética da autora americana, parece óbvio, mas a persistência com que Virgillito aprofundara esse aspecto é um tanto surpreendente. Evidentemente, queria entender melhor essa relação entre os dois, ou talvez, havia algo, nesse encontro, que somente ela tinha vislumbrado. Constam anotações acerca disso nas folhas n. XXII, n. XXIII e, sobretudo, na n. XXIV, em que destaca o fato de que poucas cartas enviadas para Wadsworth por Dickinson ficaram disponíveis e que nessas cartas, frequentemente, a autora americana enviava poesias para o reverendo. Virgillito marca, ainda, com um X, em caneta preta, os temas dessas cartas, dentre eles: a escolha, a distância, a espera para encontrar finalmente o amor no além, enfim, todos os temas relevantes na poética dickinsoniana. Ainda nas folhas n. XXV e n. XXVI, Virgillito sublinha e destaca, a lápis e com caneta preta, o fato de que a notícia da transferência de Wadsworth para a Califórnia foi um acontecimento traumático para Dickinson que, desde então, passou a vestir somente roupa branca, a não sair mais do quarto, a intensificar a sua produção poética. Isso tudo a levou, pela primeira vez, a procurar a aprovação de um crítico literário, no caso, de Thomas Higginson.

O encontro com o reverendo assume, então, o valor de um verdadeiro *atrator* de imagens poéticas, tendo desencadeado toda a energia criativa guardada na alma de Dickinson. Destaca Virgillito, ainda, os trechos em que se comenta, ao contrário, o efeito negativo que tiveram especificamente as mortes do reverendo, em 1882, e do sobrinho dela, em 1883; essas foram duas perdas que marcaram definitivamente a vida da poeta e que a levaram a uma *intimidade com o mistério*.

No que diz respeito às cartas, Virgillito marca, com cartões postais, a de n. 233, na folha 147, direcionada a um destinatário desconhecido. A carta de 1861 parece, na verdade, que fora escrita para o reverendo Wadsworth que no, cabeçalho, Dickinson chama de *Mestre*, e a quem diz palavras de saudade e amor:

> O desejo de revê-lo – Senhor – é maior do que qualquer outro meu desejo nesta terra – e este mesmo desejo – um pouco modificado – será o único que terei para o Céu. (...) Senhor – seria um conforto para sempre – poder olhar somente uma vez para o seu rosto, enquanto o Senhor olhasse para o meu[107] (Dickinson, 1996, p. 148-149).

As outras duas cartas marcadas com cartões postais são a de n. 260, na página 157, endereçada para A.T.W. Higginson e a n. 750, na página, 256-7, em que Virgillito marca o seguinte trecho: "foi um abril cheio de significado para mim. Estive no seu coração. O meu amigo de Filadélfia passou para além desta terra"[108] (id., p. 257).

---

[107] Il desiderio di rivederla – Signore – è più grande di ogni altro mio desiderio su questa terra – e questo stesso desiderio – appena modificato – sarà il solo che avrò per il Cielo. (...) Signore – sarebbe un conforto per sempre – poter guardare una sola volta il suo volto, mentre lei guardasse il mio".

[108] "è stato um aprile pieno di significato per me. Sono stata nel tuo cuore. Il mio amico di Filadelfia è passato da questa terra".

Conforme foi teorizado por Biasi (1997), existem quatro grandes fases genéticas em cada dossiê: a fase pré-redacional, a redacional, a pré-editorial e a editorial. Conforme essa classificação, a fase pré-redacional se compõe de duas sub-fases: uma fase explanatória e uma de decisão, sendo que a fase explanatória "pode resultar em várias tentativas espaçadas no tempo, algumas muito anteriores à redação" (Biasi, 1997, p. 10). Cabe, então, definir a sequência de aproximações de Virgillito ao texto dickinsoniano, que aconteceu ao longo de quarenta anos, como uma fase pré-redacional explanatória. Sempre segundo Biasi, essa fase pré-redacional se traduziria, em seu aspecto explanatório, em "uma sucessão esporádica de falsas partidas escalonadas no tempo antes que o projeto propriamente dito se destaque sob a forma de uma ideia de redação que poderá evoluir favoravelmente" (id., p. 11).

Finalizando essa primeira etapa da análise do dossiê Virgillito, podem-se destacar fases nítidas na gênese das traduções de Dickinson: observa-se, então, que em 1957, Virgillito lê e anota parcialmente a coletânea de poemas de Dickinson traduzidos por Errante e, também, traduz algumas palavras dos poemas; em 1979, lê e anota a coletânea organizada por Guidacci e traduz algumas estrofes dos poemas; em 1983, volta ao texto de Errante; em 1984, lê e anota o de Nadia Campana; em 1987, lê e anota o de Barbara Lanati; em setembro de 1995, lê o de Bagicalupo; no outono de 1995, volta ao de Campana e ao de Lanati, anotando, no livro, as primeiras traduções integrais de poemas da autora americana; em dezembro de 1995, lê e anota o de Guidacci; e em janeiro de 1996, lê e anota a coletânea de cartas.

Se, então, torna-se evidente que o outono de 1995 é uma data crucial para se estabelecer o começo sistemático do trabalho de tradução e redação de Virgillito, como confirmam as datas encontradas nos cinco cadernos de traduções, pode-se afirmar também que os vestígios deixados nos livros de Errante e Guidacci e, mais frequentemente, no de Lanati, constituem uma verdadeira fase pré-redacional explanatória dos poemas. Aqui, a autora Virgillito, em um clímax de crescente interesse pela poética da autora americana, adquire mais autoconfiança e tenta algumas tímidas traduções, até chegar ao projeto sistemático da tradução de 114 poesias de Dickinson. *Latu sensu*, poderiam se considerar, então, os anos que vão de 1957 a 1995 como uma extensa primeira fase pré-redacional, que inclui não somente as redações preliminares das traduções, mas, sobretudo, indícios de leituras que revelam um concreto interesse pela poética da autora americana.

As marcas deixadas por Virgillito nas folhas das coletâneas dos poemas de Dickinson, desde aquela organizada por Errante, revelariam tentativas de pré-seleções não definitivas dos poemas que viria a traduzir, em épocas diferentes. Ao analisar mais detalhadamente o texto de Errante, observa-se que, contrário ao que ocorre no texto introdutório, no resto da coletânea, são bastante frequentes as anotações de Virgillito. É significativo, por exemplo, que na p. 300, a poeta tenha registrado a lápis, ao lado da versão italiana de Errante da poesia, o advérbio de negação *NO*, contrariando, dessa forma, uma regra que, como se virá mais adiante, a levaria a marcar somente os textos ingleses de Dickinson e nunca as versões dos tradutores italianos. Ainda na p. 314, sublinha e anota a palavra *Rearrange* (reordenar), assinalando a tradução de Errante com um ponto de interrogação, e mostrando, dessa forma, ao crítico genético, sinais do seu diálogo com o texto traduzido, dos quais se pode deduzir uma certa insatisfação ou desacordo com as escolhas do tradutor. Essa insatisfação poderia (torna-se obrigatório o uso do condicional, já que o fato de ter usado uma caneta verde e não o lápis seria indicativo de uma outra fase temporal da sua leitura) ter levado Virgillito a tentar uma tradução sua do texto dickinsoniano, como atesta também o risco sublinhado com caneta verde, na p. 302, na palavra *realm* que, em seguida, traduz por *reame* (reinado).

Na coletânea de poemas de Dickinson, traduzida por Margherita Guidacci e encontrada na biblioteca de Virgillito, há também sinais evidentes de uma leitura profunda desses textos. O livro de Margherita Guidacci data de 1979 e traz, na folha de rosto, a seguinte dedicatória: *Dono fatto da Fr* (presente de Fr) e mais a anotação relativa à data do seu recebimento, 1979. Vários poemas contidos no livro apresentam marcas de vários tipos feitas por Virgillito: incisões usando a unha, círculos vermelhos a caneta, páginas dobradas e hífens pretos. Repito abaixo a tabela 2, apresentada anteriormente na página 97, para fácil visualização dessas marcas:

Símbolo utilizado	**Significado**
Marcas com a unha	Seleção de poemas ou parte de poemas
Páginas dobradas	Seleção de poemas
Círculo azul	Seleção de poemas
Círculo preto	Seleção de poemas
Círculo vermelho	Seleção de poemas na época da tradução 09.1995-01.1996
Círculo verde	Seleção de poemas
Hífen	Seleção de poemas
Ponto dentro de um círculo	Poemas e trechos que tinham particular relevância para a autora

Assim, cada código marca diferentes etapas cronológicas de leitura e seleção dos textos. O que se pode deduzir desses índices é que as incisões com a unha, provavelmente, seriam as primeiras, e com caneta vermelha, as últimas. Essas hipóteses sobre a cronologia do trabalho podem sugerir que as marcas em vermelho indicam, na maioria dos casos, as traduções feitas a partir de 1995 e, por vezes, a tradutora marca com incisões partes ou estrofes de poemas.

Todos esses índices revelariam, então, ao mesmo tempo, o aumento do interesse de Virgillito pelo texto dickinsoniano, à medida que se intensificam e diversificam as marcas deixadas no texto, ou os vários critérios de seleção e as diversas leituras feitas, em épocas e com fins diferentes. Importante, a propósito disso, é a anotação encontrada na página 246 do livro de Guidacci, na qual escreve a lápis, à margem da poesia n. 966, a tradução de uma frase e a data dessa anotação *mettimi/ alla prova -/ di te/ 26.9.95* (teste se estou à sua altura). Trata-se de uma data anterior a de nove de outubro de 1995, que marca o início sistemático das traduções feitas no primeiro caderno manuscrito, confirmando, ainda uma vez, a hipótese da fase pré-redacional.

Os dados encontrados até agora levariam a supor que, a partir de um interesse casual despertado pelas coletâneas de poemas de Dickinson recebidas como um presente por parte de amigos – uma força que Peirce chama de tichismo, ou seja, uma evolução sem propósito por causa de circunstâncias externas ou por força da lógica –, a poeta começa a ter mais interesse por traduzir Dickinson; isto ocorre em setembro de 1995. O aumento das marcas deixadas parece demonstrar, então, que a autora, ao ler o texto, teria começado a traduzir, em um primeiro momento, palavras e frases esporádicas, para só mais adiante, deter-se em estrofes e até poemas, como mostram as marcas deixadas nos livros de Campana e Lanati.

Observando, porém, com mais atenção e levando em conta os dados mostrados acima, pode-se afirmar que, já entre 1983 e 1987, os contatos com o texto de Dickinson se repetem aparecendo as primeiras traduções de parte de poemas. Esse fato é bastante significativo se lembrarmos que, naquela época, Virgillito estava envolvida em uma tarefa tradutória importante, as traduções dos sonetos de Shakespeare, publicados primeiro parcialmente e, em seguida, em 1988, na sua versão integral, bem como os versos de Elizabeth Barret Browning. O fato de que os dois autores teriam sido dois modelos incontestáveis para a poética dickinsoniana, como a própria autora americana afirma, leva a supor que a escolha de Virgillito não fosse, de fato, de natureza casual. É provável, então, que o contato com os textos, com os discursos e com a literatura dos dois autores de língua inglesa tenha despertado um interesse maior por parte de Virgillito pela obra de Dickinson, dando início a um trabalho que teria sido interrompido por causa da intensidade de um outro trabalho criativo paralelo, os poemas que estava escrevendo para as coletâneas *Incarnazioni del Fuoco* e *L'Albero di luce*. Assim, em 1995, uma vez publicadas as duas coletâneas e após ter traduzido os sonetos de Rilke, publicados somente póstumos, em 2001, Virgillito enfrenta, decididamente, a grande tarefa a que se propunha, como atesta a análise do dossiê genético: a intenção de publicar as traduções e de organizá-las segundo uma estética precisa.

Capítulo V – Gênese de um processo tradutório

Virgillito, como já mencionado no capítulo IV, chegara ao texto dickinsoniano, após anos de experiência como tradutora e muitas obras traduzidas de vários idiomas antigos e modernos, assim publicadas: em 1945, do alemão, *La vita della Vergine e altre poesie*, de Rainer Maria Rilke; em 1957, do grego, *Epigrammi greci* da *Antologia Palatina;* em 1976, do francês, *Il Testamento e la Ballata degli impiccati*, de François Villon; em 1984, uma edição parcial e, em 1988, uma edição integral do inglês, *I Sonetti*, de William Shakespeare; em 1986, do inglês, *Sonetti dal Portoghese*, de Elizabeth Barret Browning; em 2001, publicado póstumo, do alemão, *Sonetti a Orfeo*, de Rainer Maria Rilke. As introduções e as notas escritas pela autora, por ocasião dessas publicações, assim como as resenhas e os depoimentos publicados sobre seu trabalho são fundamentais para ajudar a reconstituir o tipo de percurso tradutório seguido por Virgillito. Antes de qualquer coisa, porém, pode-se buscar, em sua biblioteca pessoal, textos que possam favorecer o esclarecimento desse percurso. De fato, no catálogo de sua biblioteca, encontra-se somente um livro sobre teoria da tradução, a saber, o de Roman Jakobson, *Saggi di linguistica generale*, organizado por Luigi Heilmann e publicado em Milão pela editora Feltrinelli, em 1976. Evidentemente, apesar da presença desse livro não ser um indício suficiente para se poder inserir a tradutora dentro de um paradigma tradutório mais prescritivo, como era o que Jakobson representava, sugere-se que tal fato, por outro lado, não deixa de ter algum significado. Ainda mais, se levarmos em conta que, em sua introdução crítica à tradução dos sonetos de Shakespeare, Virgillito, ao justificar os seus critérios tradutórios, cita exatamente um trecho da obra mencionada:

> Algumas palavras acerca dos critérios e das escolhas da presente versão. Pareceu necessário, para não trair, na medida do possível, a força da escansão originária, retomar a estrutura métrica do soneto elisabetano (...). O hendecassílabo não será igual ao pentâmetro jâmbico inglês, mas muito

> lhe assemelha; e, no fim das contas, foi no soneto italiano que o inglês se moldou (...), na verdade, um texto poético, sem dúvida, vive essencialmente da mistura fônico/tímbrico/rítmica e somente nela o "significado" torna-se sedutor e potente. "A poesia", escreve R. Jakobson, "é intraduzível por definição, sendo possível só uma transposição criativa". Tentou-se, então, este caminho: buscando equivalências conforme os modos e a tradição de nossa língua, questionando as estruturas profundas para retomar pelo menos as imagens-chave, os jogos de analogias, de remessas intra e intertextuais, dentro de um jogo de harmonias e de timbre. Operações desse tipo comportam, claramente, um altíssimo risco de simplificação: não somente por causa da diferente, aliás, divergente estrutura das duas línguas, mas porque o texto original – além das naturais armadilhas da linguagem elisabetana para o leitor moderno – é excepcionalmente complexo e semanticamente polivalente, como várias vezes se disse. O leitor verá os resultados[109] (Virgillito, 1988, p. 22).

A julgar somente por essa afirmação da autora, poderia se concluir que a sua preocupação fundamental, ao traduzir os poemas mencionados, estaria voltada, particularmente, para o aspecto linguístico. Talvez, se pudesse enxergar, na análise de seu discurso, alguns estereótipos do paradigma prescritivo, o qual rezava que: não se deveria trair a presumida essência do original; se deveriam buscar equivalências semânticas e lexicais entre a língua de partida e a de chegada; e, finalmente, que a poesia é, por sua natureza, intraduzível. Pode-se, ainda, inferir que a preocupação da tradutora era de que o texto de chegada também tivesse um certo grau de poeticidade e que fosse compreensível para o leitor contemporâneo, buscando, por isso, uma transposição criativa ou uma recriação que utilizasse, também, signos carregados de significados provenientes do texto de partida.

[109] "Qualche parola intorno ai criteri e le scelte della presente versione. È parsa necessità, per non tradire, quanto si poteva, la forza della scansione originaria, riprendere la struttura metrica del sonetto elisabettiano (...). L'endecasillabo non sarà uguale al pentametro giambico inglese, ma ci somiglia molto; e dopotutto, è proprio sul sonetto italiano che quello inglese si è modellato. (...) In verità un testo poetico, non pare dubbio, vive essenzialmente dell'impasto fonico/timbrico/ritmico, e solo in quello il 'significato' prende seduzione e potenza. 'La poesia', scrive R. Jakobson, 'è intraducibile per definizione. È possibile solo la trasposizione creativa'. Si è tentata dunque questa via: cercando equivalenze secondo i modi e la tradizione della nostra lingua, interrogando le strutture profonde per ripigliare almeno le immagini-chiave, i giochi di analogie, di rimandi intra e intertestuali, entro un concordante gioco di armoniche e timbri. Operazioni del genere comportano, è chiaro, un altissimo rischio di reduttività: non solo per la diversa, anzi divergente struttura delle due lingue, ma perché il testo originale – a parte i naturali inganni del linguaggio elisabettiano per il lettore moderno – è di eccezionale complessità e polivalenza semantica, come si è più volte detto. Dei risultati, il lettore vedrà".

A suposição de que Virgillito não teria seguido um paradigma tradutório definido, mas que, ao contrário, houvesse adaptado o seu processo tradutório à natureza do texto a ser traduzido e ao seu público-alvo se confirma na leitura das análises que os críticos fizeram de suas traduções publicadas das obras de Shakespeare, de Barret-Browning e, sobretudo, de Dickinson.

Locatelli (2001), no seu estudo sobre as traduções dos Sonetos shakespearianos, cita Alessandro Serpieri – crítico conceituado e tradutor – como um dos maiores apreciadores das traduções de Rina Sara Virgillito. A própria Locatelli, na conclusão do seu ensaio, define as traduções de Virgillito como não somente, ou não exclusivamente lexicais, pois a sua originalidade estaria na capacidade de ter percebido o texto shakespeariano primeiro como leitora e, somente depois, como tradutora:

> esplêndidas no que diz respeito à riqueza e à harmonia; muito refinadas quanto à sintaxe e ao ritmo. A sua precisão não é nunca exclusivamente, ou propriamente lexical, isto é, não depende da tradução de cada vocábulo, mas tem precisão absoluta no plano conceitual (...). As suas traduções do inglês nos dão (...) a imagem de uma leitora finíssima, concentrada, cuidadosa e cultíssima (Locatelli, 2001, p. 19-20).

Afinal, segundo Virgillito é a intimidade com o texto, estabelecida e mantida durante muitos anos, que permite ao tradutor aquela compreensão profunda do texto de partida como se fosse quase que um texto seu, mas transposto para uma outra língua. Essa necessidade quase vital de traduzir está acenada em uma entrevista da época da publicação dos sonetos shakespearianos, em que à pergunta do entrevistador acerca da razão dessa tradução, Virgillito responde:

> Vinte anos atrás, mais ou menos, quando eu ensinava e queria mostrar aos meus alunos os sonetos de Shakespeare para compará-los com os de Petrarca. Comecei a traduzir alguns deles, acabei me apaixonando e levei – por minha sorte – vinte anos para conhecê-los profundamente, amadurecê-los, "descobri-los meus" torná-los meus, em virtude de minha complexa razão existencial[110] (Bordoni, s. d., p. 3).

Na mesma época, porém, ao ser entrevistada, afirma ser casual, quase sempre, a escolha de traduzir um autor, mas, ao mesmo tempo, contradiz-se e

[110] "Vent'anni fa circa, quando insegnavo e volevo far conoscere ai miei alunni i sonetti di Shakespeare per confrontarli con quelli di Petrarca. Ho iniziato col tradurne qualcuno, poi mi sono appasionata e ho impiegato – per fortuna mia – vent'anni per conoscerli a fondo, maturarli, amarli, 'scorpirli miei' e farli miei, in virtù anche di una mia complessa ragione esistenziale".

sustenta que nada é casual, sobretudo em se tratando de poesia, pois segundo ela somente um poeta pode traduzir outro poeta. Parece, então, que a concepção que Virgillito tinha de tradução oscilava entre um paradigma prescritivo e uma tentativa de ser antiprescritiva. Em suma, ela raciocinava mais como poeta do que como tradutora e, por isso, talvez, pudesse afirmar que, realmente, suas traduções eram somente e, sobretudo, de poeta a poeta:

> As traduções de Sara Virgillito nascem todas de encontros casuais ("mas nada é casual" – afirma Sara, confirmando uma dicotomia perene que há nela) e satisfizeram necessidades profundas que existiam em seu espírito (...) "Para traduzir os poetas se deve ser poeta" – sustenta Sara Virgillito, e isso nos parece quase que uma verdade até obvia[111] (Forlani, 1989, p. 14).

Existe, então, um paradoxo no processo tradutório de Virgillito, já que, como Marisa Bulgheroni confirma, ela adaptava seu modo de traduzir à estrutura do texto de partida para que ficasse mais compreensível e próximo da língua e cultura de chegada. Se, no caso das traduções de Shakespeare, tinha optado por uma transposição criativa, como ela própria afirmara na introdução àquela obra, no caso de Dickinson, ela parece haver tentado uma tradução *simultânea* do discurso poético da americana para o italiano:

> Ela que no seu traduzir tinha sempre almejado uma equilibrada elegância, parece, neste caso contagiada pelo dinamismo do texto dickinsoniano – elíptico, condensado, vibrante – e pronta para perseguir cada palavra, além da folha escrita, na margem, no branco, para devolvê-la intacta como uma pérola roubada das profundezas[112] (Bulgheroni, 2002, p. XXII).

Afinal, as afirmações de Virgillito, acerca da tradução acima mencionadas, levam a supor uma visão fechada do que é tradução e de quem *deve* traduzir poesia. Ao dizer que somente um poeta pode traduzir outro, Virgillito já estabelece uma vantagem para si enquanto tradutora e qual seria o critério de uma *boa tradução*. Essa visão é típica do tradutor-autor-poeta de prestígio, ou reconhecido pelo cânone que, graças à sua fama, considera possível e lícito tomar a liberdade tradutória que achar melhor ao longo do seu trabalho, optando por estratégias pessoais que não sofram as constrições dos

---

[111] "Le traduzioni di Sara Virgillito nascono tutte da incontri casuali ('ma nulla é casuale' – afferma Sara, dando voce ad una perenne dicotomia che vive in lei) ed hanno dato risposte a dei bisogni profondi che si andavano enucleando in lei (...) 'Per tradurre i poeti bisogna essere poeti' – afferma Sara Virgillito e questa ci sembra una verità persino scontata".

[112] "Lei che nel suo tradurre aveva mirato a un'inquieta ma levigata compiutezza, sembra qui contagiata dall'enigmatico dinamismo del testo dickinsoniano – ellittico, compresso, vibrante – e pronta a inseguire ogni parola oltre la pagina scritta, nel margine, nel bianco, per restituirla intatta come una perla strappata al profondo".

polissitemas. Acerca da diferença entre o processo tradutório dos tradutores-autores-poetas não reconhecidos pelo cânone literário e os reconhecidos, além de se considerar as consequências que isso pode acarretar à tradução, falou-se já amplamente desse assunto em (Romanelli, 2003).

Um outro percurso que pode auxiliar essa reconstituição do paradigma tradutório usado por Virgillito em seu trabalho é o das anotações deixadas nos textos de Dickinson, a respeito das questões linguísticas e estilísticas. Pode-se observar que Virgillito marcava frases e trechos de seus textos, como se viu anteriormente, com um símbolo recorrente, ao longo de todo o seu prototexto, o que parece destacar elementos significativos para ela. O símbolo é formado por um ponto dentro de um círculo, e a sua recorrência, como se verá mais adiante, parece destacar uma certa proximidade, percebida pela tradutora, entre a poética e a vida da poeta americana e a sua própria vida e obra. De modo que acompanhar o aparecimento desse símbolo, no prototexto, pode contribuir para reconstituir a ideia que Virgillito havia feito de Dickinson e do percurso intelectual da autora, fatores que teriam levado a italiana a privilegiar alguns elementos sobre outros, ao traduzir os seus poemas.

As anotações feitas por Virgillito, nas introduções dos livros de poemas de Dickinson encontrados em sua biblioteca pessoal, dizem respeito, sobretudo, ao aspecto linguisticamente peculiar dos poemas da americana. Mostram, então, como a preocupação da tradutora, ao se aproximar do texto dickinsoniano, teria sido, sobretudo, de natureza linguística, conforme ficou evidenciado na análise feita na dissertação de mestrado (cf. Romanelli, 2003), ao comparar as suas versões com as de outros tradutores.

No caso da introdução crítica do livro de Nadia Campana (1984), Virgillito teria sublinhado e marcado, na página 11, nota n. nove, as peculiaridades do estilo transgressivo da americana, o que, certamente, a aproximava da poética da autora italiana:

> Outros fatores de "transgressão" foram: a subtração de nexos lógicos fundamentais, a troca das funções sintáticas, o extenso uso do subjuntivo, a prevalência de palavras monossilábicas ou propositadamente truncadas, (...) a criação *ex-novo* de cerca de 50 vocábulos, a mistura de lexemas do uso cotidiano ou dialetal com outros decididamente mais técnicos e cultos[113] (Campana, 1984, p. 11).

[113] "Altri fattori di 'trasgressione' furono: la sottrazione di nessi logici fondamentali, lo scambio delle funzioni sintattiche, l'estensione dell'uso del congiuntivo, il prevalere delle parole monosillabiche o volutamente troncate, (...) la creazione ex-novo di oltre centocinquanta vocaboli, la mescolanza di lessemi dell'uso quotidiano o dialettale con altri di sapore decisamente tecnico o dotto".

E, ainda, na mesma introdução, Virgillito sublinha os trechos em que Campana destaca a importância: da elipse; do ritmo baseado na divisão silábica; do uso moderno da métrica tradicional; e da construção das imagens do texto, por meio de *flashes* descritivos. Também na introdução da coletânea dos poemas de Dickinson, organizada por Guidacci e publicada em 1995, Virgillito continua destacando trechos em que comenta o estilo e a linguagem poética da autora americana. Especificamente, interessa-lhe ressaltar o uso absolutamente novo de vários tipos de ritmo e rima:

> Emily fora uma grande inovadora (...) Emily Dickinson sem renegar a tradição (...) consegue dar ao instrumental poético a máxima variedade e ductilidade (...). Ela obtém esses resultados mediante a combinação, em uma mesma poesia, de vários ritmos (...). Fizera a mesma coisa no âmbito da rima (...) mantivera a rima, mas não se conformara com as opções que o cânone literário e estilístico contemporâneo lhe oferecia, por isso recuperara e inventara numerosas outras aplicações[114] (Guidacci, 1995, p. XXXV-VI).

Esses dados parecem importantes para se voltar a enfatizar a inovação do estilo de Emily Dickinson, destacando a preocupação de Virgillito, sobretudo, com questões meramente linguísticas, como se pôde observar, ao analisar o material extraído dos cinco cadernos manuscritos do seu prototexto.

Pôde-se ver, então, qual o percurso que levara Virgillito a encontrar os poemas de Dickinson, bem como, pôde se constatar qual a ideia que a tradutora italiana tinha da poeta americana e da própria arte de traduzir. O próximo passo será observar, de perto, o que revelam os manuscritos das traduções autógrafas dos poemas de Dickinson, buscando desvendar o método de trabalho ou a poética da tradução de Virgillito.

Pelo que observei, Rina Sara Virgillito costumava sempre levar consigo livrinhos, agendas coloridas, lápis e canetas, quando passeava pelas ruas da cidade alta de Bergamo, onde morava, ou quando sentava nos pequenos cafés de outros lugares que escolhia, como Florença e Roma. Lia, traduzia e desenhava, sem se importar com o que estava acontecendo ao seu redor ou, pelo menos, não detendo o olhar indagador e sensível apenas nas aparências, mas se concentrando, para conseguir penetrar além do véu da mera realidade.

114 "Emily fu un'innovatrice di prim'ordine (...) Emily Dickinson (...) senza rinnegare la tradizione (...) riesce a dare allo strumento poetico la massima varietà e duttilità (...). Essa ottiene questi risultati mediante la combinazione in una stessa poesia di vari ritmi (...). Lo stesso fece nel campo della rima (...) ella mantenne la rima ma non si contentò delle applicazioni (...) che le offriva la consuetudine dei suoi contemporanei, e resuscitò o inventò numerose altre applicazioni".

Por ocasião de sua morte, no verão de 1996, na sua casa – onde ninguém podia entrar –, e por isso se chamava *Casa Sacrário*, podiam se ver dois livros em cima da mesa do seu escritório: um de cartas e outro de poesias, ambos de Emily Dickinson. Numa gaveta, encontrava-se um grupo de cinco pequenas agendas (agora guardadas junto ao Arquivo Histórico de Florença). Nelas, escritas em uma grafia muito peculiar (ver foto), havia 114 poesias de Emily Dickinson, traduzidas por Virgillito.

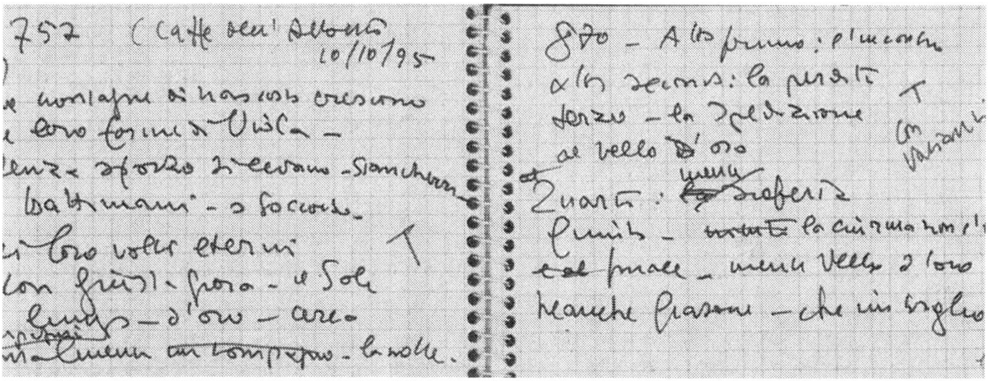

Figura 2 – Poemas manuscritos. Fonte: FV, caixa 210, primeiro caderno, fol. 17-18.

Assim, a partir do momento em que a herdeira universal, Sonia Giorgi, descobriu os cadernos, iniciei a pedido dela, uma análise filológica e organização de edição crítica dos manuscritos de Virgillito, como lembra Giorgi na introdução do livro:

> As páginas das cinco preciosas agendas de traduções dickinsonianas necessitavam de um trabalho duro e cuidadoso para serem editadas. Agradeço nesta ocasião a Sergio Romanelli, jovem e talentoso pesquisador, que transcreveu com perícia rabdomântica as páginas das agendas – com todas as variantes e as anotações autógrafas de Virgillito – e com uma paciência devota ordenou os textos, colaborando comigo na escolha da lição definitiva; sem a sua preciosa disponibilidade (...) a tarefa teria sido, de fato, impossível[115] (Dickinson, 2002, p. XXI).

[115] "Le pagine dei cinque preziosi taccuini di traduzioni dickinsoniane avevano bisogno di un arduo e attento lavoro per poter vedere la luce. Colgo qui l'occasione per ringraziare Sergio Romanelli, giovane ricercatore di talento, che ha trascritto con perizia rabdomantica le pagine dei taccuini – con tutte le varianti e le note autografe di Virgillito – e con devota pazienza ha ordinato i testi, collaborando con me alla scelta della lezione definitiva; senza la sua preziosa disponibilità (...) l'impresa mi sarebbe apparsa terribilmente difficile".

A análise dos manuscritos de Virgillito – como lembra Sonia Giorgi (2002) – revelou não somente aspectos interessantes do seu trabalho como tradutora, como se tornou fundamental para se estudar a interferência entre a sua atividade tradutória e a sua composição poética, além de fornecer um testemunho concreto da gênese do processo tradutório por ela percorrido.

Os cadernos de Virgillito, que estudei durante dez anos, demonstraram uma complexa obra de elaboração, trazendo todos eles, na capa ou na folha de rosto, a data e a classificação das primeiras versões de cada tradução e suas transcrições feitas pela tradutora.

O primeiro caderno contém as primeiras versões dos poemas escolhidos e todas exibem: a data da primeira composição; o lugar (quase sempre compunha em cafés); a hora; a data e o lugar da segunda versão ou das sucessivas versões; o número da poesia, conforme numeração estabelecida pelo texto de Johnson, o organizador da primeira coletânea completa dos poemas de Dickinson; e, em alguns casos, também a numeração estabelecida pelos tradutores Campana e Errante. De fato, Virgillito marca em muitas poesias o nome do tradutor para indicar que está usando como referência a versão em inglês escolhida por aquele tradutor (Guidacci, Bagicalupo, Errante, Campana e Lanati), desde que existem, como se viu no capítulo III, várias versões dos poemas originais de Dickinson. Ela marca o número da poesia, primeiro porque cada um desses tradutores optou por diferentes versões dos poemas em sua versão original inglesa; e, segundo, porque como Virgillito não possuía a edição completa dos poemas de Dickinson organizada por Johnson, esses livros continham os originais em língua inglesa, que se tornaram seus textos de referência. Não foi possível, por meio das marcas deixadas por Virgillito, entender com que critério escolhera, como referência para seu trabalho, um tradutor em vez de outro.

A dinâmica de trabalho que os vestígios dos cadernos de Virgillito deixam entrever era a seguinte: ela escrevia, quase de um só jato, a primeira versão do poema que, às vezes, corrigia imediatamente para, em geral, transcrevê-la em um outro caderno a fim de relê-la e corrigi-la, de novo. Não existem transcrições definitivas desses poemas, mas somente provisórias, como ela mesma marcou nas capas do primeiro e do segundo caderno de transcrições. Além disso, um dado interessante que emerge dessa análise é que, em muitos casos, encontram-se, nas agendas, junto às traduções, outros novos poemas. Esse dado haveria de confirmar um traço peculiar do trabalho intelectual e poético de Virgillito, que é a sua vocação para a poesia e para a tradução, confirmando a tese de que as duas atividades aconteceram em paralelo na vida da poeta italiana e, por isso, influenciaram-se reciprocamente. Essa tese encontra, a propósito, confirmação nas palavras de Ernestina Pellegrini:

> A atividade de tradutor e a de crítico acompanharam e marcaram, com uma pontualidade decisiva e significativa, o desenvolvimento da voz poética, quase em uma relação mediúnica de colóquio e identificação de Virgillito com os escritores escolhidos e interpretados por ela, destacando-se, dessa forma, a necessidade de "ancoragem" da sua sensibilidade, cada vez mais projetada para o indizível[116] (Pellegrini, 1997, p. 916)

Geralmente, Virgillito escrevia com caneta preta e usava uma outra vermelha ou azul para as sucessivas correções dos poemas. As versões autógrafas dos versos traduzidos trazem, quase todas, símbolos e abreviações que compõem um verdadeiro código de trabalho para cada etapa tradutória, apontando para as tarefas a serem ainda realizadas. Reproduz-se, a seguir, uma tabela com os símbolos mais recorrentes:

Tabela 3 – Símbolos e abreviações

Símbolos e abreviações encontrados	**Significado**
Riv.	Rever
Bac.	Bagicalupo (nome do tradutor)
T	Transcrever
T con varianti	Transcrever com variantes
1st	Primeira versão
I	Primeira versão
II stesura	Segunda versão
Da rivedere	Rever
(•)	Símbolo marcante das versões aprovadas pela tradutora
Da riv.	Rever
R	"
Controll.	Controlar
Café dell'Alberto	Primeira versão de poema composto no café dell'Alberto

[116] "L'attività di traduttore e di critico accompagnarono e marcarono, con una puntualità decisiva e significativa, lo sviluppo della voce poetica quasi in una relazione medianica di colloquio e identificazione di Virgillito con gli scrittori scelti e interpretati da lei mettendo in luce, in questo modo, la necessità di 'ancoraggio' della sua sensibilità, senpre più proiettata verso l'indicibile".

Guidacci	Nome da tradutora
Café dell'Alberto	Segunda versão de poema composto no Café dell'Alberto
Errante	Nome do tradutor
Campana	Nome da tradutora
→	Símbolo para marcar deslocamento
Círculo vermelho	Símbolo para marcar as versões aprovadas
Lanati	Nome da tradutora
1ª	Primeira versão
Ult.	Última versão
Senza data	Poema de Dickinson não datado
Controllare numero	Controlar o número
Carnet azzurro	Caderno azul
Johnson	Edição completa poemas de Dickinson
Varianti Guidacci	Texto inglês usado por Guidacci
r. in data	Revisado em data
(riv.)	Rever
Rev.	Revisão
(Ben)	Significado desconhecido
v. più /avanti/?	Ver mais adiante
3ª stesura	3ª versão
Café México[2]	Segunda versão de poema composto no Café México

As diferentes versões dos poemas traduzidos, contidos nos cinco cadernos, trazem quase sempre, o lugar e a data da composição, da revisão e da transcrição dos textos, apontando para uma geografia da escrita, que inclui as cidades de Bergamo, Roma, Florença, Bolonha, Milão, como se pode observar na tabela, a seguir:

Tabela 4 – Lugares de composição dos poemas

Lugar de composição dos poemas	**Cidade**
Café Brasil	Bergamo
Bar dell'Alberto	Bergamo
Café de Rome	Roma
Café S. Pietro	Roma
By train to Florence	No trem para Florença
Piazza Navona	Roma
Fontana del Tritone	Roma
By train to Milano	No trem para Milão
Gare Bologna	Bolonha
By train to Bergamo	No trem para Bergamo
Café México	Bergamo
Café Marianna	Bergamo
Café della Torre	Bergamo
S. Vigilio	Bergamo
Bar Brasil	Bergamo
Café Conciliazione	Roma
Café del Pantheon	Roma

Em Bergamo, a poeta viveu até o final da vida e, desde os anos 1940, quando, então, ganhou um concurso para lecionar latim e grego no *Licéo Clássico Paolo Sarpi*, a escola predileta da elite local e onde Virgillito ensinou até 1978. Em Milão, aconteceu a sua formação de professora e intelectual, tendo-se graduado em Letras Clássicas na Faculdade de Letras e Filosofia da Universidade Estadual de Milão. Roma e, sobretudo, Florença, eram as suas *cidades do coração*, aquelas escolhidas por afinidade e para as quais voltava sempre, com muito prazer. A cidade da Toscana foi, como, de fato, afirma a amiga e crítica literária Ernestina Pellegrini, "a pátria adotiva, desde os anos 1930 e até os últimos meses da sua solitária e orgulhosa existência: foi um lugar da alma, rico de afetos e de encontros decisivos para a sua formação humana e intelectual"[117] (Pellegrini, 2001, p. 9).

Um outro dado que essas anotações revelam é o fato de que Virgillito nunca compunha em casa, mas sempre ao ar livre, especialmente em praças,

[117] "la sua la patria d'adozione, sin dagli anni Trenta e fino agli ultimi mesi della sua ritrosa e fiera esistenza; fu un luogo dell'anima, ricco di affetti e di incontri decisivi per la sua formazione umana ed intellettuale".

ou em pequenos cafés das cidades que visitava, assim confirmando a sua vocação para criar em movimento, o que parecia afetar tanto a sua percepção artística, como a sua poética. As anotações, as marcas e, em muitos casos, os desenhos (cf. Romanelli, 2004) deixados por Virgillito em seus manuscritos traçam, de fato, todo um movimento perceptivo que correspondia ao seu movimento tradutório.

Segundo Salles (2001), o movimento tradutório é uma das perspectivas através da qual se pode observar o processo criativo de um autor. A análise dos manuscritos revela, segundo a autora, resíduos das diversas linguagens presentes no movimento tradutório, e que interagem entre si, influenciando a construção do signo poético. O fato é que se percebe que

> os artistas não fazem registros, necessariamente, na linguagem em que a obra haverá de se concretizar (...), e observa-se, na intimidade da criação, um contínuo movimento de tradução intersemiótica, ao longo do percurso criador, de um código para outro (Salles, 2001, p. 111-112).

Pela leitura dos manuscritos, pode-se, então, acompanhar o desenvolvimento de um pensamento visual, pois, mediante a observação do aproveitamento que o escritor faz do espaço da folha, é possível, com frequência, remontar aos primeiros movimentos da sua percepção e do seu pensamento criador, assim estabelecendo hipóteses acerca dos mecanismos poéticos do artista.

O movimento é, de fato, uma marca recorrente no discurso poético de Virgillito, o que bem se constata na realização gráfica e estilística de seus poemas e de seus desenhos. Peculiar é, ainda, observar a disposição física, na folha, de suas estrofes, na qual as palavras dão forma ao significado, como se pode verificar ao lado, na figura 3.

Figura 3 – Exemplo de interconexão entre poesia e desenho. Fonte: Virgillito, *Diari fiesolani giugno luglio 1995.*

Em verdade, o significante e o significado, em Virgillito, são uma realidade concreta na folha, e a poeta desenha o que fala, traçando figuras em movimento, quase caligramas. Esse aspecto é tão inerente à sua produção, que até nas traduções das poesias de Dickinson, ela reescreve a palavra dickinsoniana, mas seguindo as formas de seu próprio significante; ou seja, não conservando a divisão em estrofes do original, mas recriando-o segundo os cânones da sua poética, isto é, fragmentando a versificação e deixando, muitas vezes, somente um lexema em cada linha. Isso se pode observar na tradução de um poema de Dickinson, no fólio dois do primeiro caderno de traduções, em que Virigillito personaliza a disposição dos versos do poema da americana, na folha, assim como faz com um de seus poemas inéditos, contidos no mesmo caderno:

A) Poema de Dickinson traduzido:

< *scarta* >
che la massaia (ha smesso) - rotta o fuori
(fuori) combattimento –

< *meglio* >
(piace) un Sevres più nuovo, i vecchi vanno
in pezzi
o -
E non potrei morire
con te –
uno dei due deve aspettare, chiudere
gli occhi dell'altro – tu
non saresti capace –

/?/
E io – potrei star lì

(FV, caixa 210, primeiro caderno, fol. 8).

B) Poema de autoria de Virgillito:

non cieli
non terra –
/sgombrare/? l'ombra
è
/?/ –
ma a Dio nulla /rende/? –
/taumaturghi/? ci
/vogliono/?
esorcisti e /simili/? –
alza i calcagni –
ora si /scuote/? qualche
raggio
/nel/? marasma – o forse
è solo un

/miraggio/?
(senza) (/?/) insostanziale –
cresco

By train to Milano, nella
serena ottobrata – h. 14 del 23/10
(FV, caixa 210, primeiro caderno, fol. 22).

No caso de Virgillito, confirmaria-se a tese segundo a qual o artista quer perceber e descrever os fenômenos que estão ao seu redor, sendo essa descrição nas palavras de Salles:

> um processo de tradução da linguagem das apreensões sensoriais para a linguagem verbal. É uma transcodificação para a linguagem verbal, que procura transcrever a apreensão dos fenômenos dos sentidos (Salles, 2001, p. 16).

As manifestações da percepção artística, segundo Anastácio (1999), ocorrem em diferentes linguagens, que vão sendo trabalhadas e retrabalhadas, ao longo do percurso de criação. É possível observar, até mesmo, a *Plasticidade do pensamento* de Virgillito, cujos índices ficam nos manuscritos, bem como nas folhas dos seus textos publicados e inéditos: essa plasticidade pode ser percebida, como Anastácio (1999) afirma, pelo modo como a autora manipula o espaço da folha e a disposição dos versos nos manuscritos.

O movimento, no processo criativo de Virgillito, também aparece no deslocamento físico que a levava a compor em lugares diversos para poder aguçar, dessa forma, aquela percepção tão necessária para a sua criação artística. Via-se estimulada pelos acontecimentos que a cercavam, sendo que esse aspecto circunstancial ou contingencial teria reflexos importantes em sua criação, caso se considere, por exemplo, que no caso das traduções de Dickinson, o fato dela compor fora de casa a obrigava a levar poucos livros consigo e nenhum dicionário. Por isso, também, a cada vez que compunha, escolhia somente uma das cinco coletâneas dos poemas de Dickinson – como texto de referência – com que trabalhava naquele determinado momento, sempre marcando as dúvidas que tinha sobre questões as mais diversas, sobretudo de ordem linguística, e que, ao voltar para casa, haveria de procurar resolver. Em muitos casos, de fato, Virgillito não somente anotava e sublinhava opções de tradução duvidosas, mas, também, escrevia ao lado do termo em italiano, a palavra em inglês, como está exemplificado nos seguintes trechos:

1) Anotação da palavra inglesa a ser verificada:

#1

<< *(Alter)* << *(p. 304 Errante)*

1 *Mutare ? – quando le colline* *III*
muteranno (...).

(FV, caixa 210, primeiro caderno, fol. 72).

Nesse primeiro trecho, a dúvida é sobre o verbo *Alter* que, na versão referida, é traduzido por *Mutare* (Mudar); na segunda versão, contida no terceiro caderno, o problema ainda não estaria resolvido, já que Virgillito traduz, em um primeiro momento, por *Mutare,* para depois corrigir para *Mutarmi* (Mudar-me):

#2

*(304 Errante)**

>> *Rivedere* >>

>> 18 >>

1 *Mutar(e) < mi? > quando le colline*

< *muteranno* >

(muteranno)

< *(lo faranno* > *(...)*

(FV, caixa 210, terceiro caderno, fol. 23).

Mas o *Rivedere* (Rever) marcado em caneta vermelha, acima do primeiro verso, indica que a dúvida não teve uma solução satisfatória e permaneceu em aberto. Já em um outro poema, no fólio 56 do segundo caderno, a dúvida diz respeito ainda à tradução do verbo *to pile*:

 # 5

< to pile >

1 *< (Accumularsi nucleo) >*

(Ammonticchiarsi) nel (chiuso)

((dilatarsi /?/) (...)

(FV, caixa 210, segundo caderno, fol. 56).

Esta tem sido, talvez, a mais trabalhada por Virgillito, desde que há nove diferentes versões em que o problema principal que parece ter preocupado a tradutora gira em torno de como traduzir o verbo *to pile*. Nesta versão, Virgillito opta, em um primeiro momento, pelo termo *Ammonticchiarsi* (Apinhar-se) para descartá-lo, e adotar o verbo *dilatarsi* (dilatar-se), também em seguida descartado e substituído por *comprimersi* (comprimir-se); mais uma vez, é ainda alterado na correção e, também, na transcrição, como atestam as notas em vermelho. Adota-se, então, o verbo *Accumularsi* (Acumular-se) para, finalmente, ser reaproveitada uma opção anterior, o verbo *comprimersi* (comprimir-se). Nas outras oito versões do mesmo poema, a questão continua em aberto, recorrendo-se a eliminações, substituições e reconsiderações dos mesmos verbos, anteriormente descartados, até chegar, após três meses, na nona versão, à confirmação de uma opção, muitas vezes, tentada, *comprimersi:*

#1

1247 ···→

1 *< addensarsi >*

((Concentrarsi) come tuono al (suo) nucleo (...).

(FV, caixa 210, primeiro caderno, fol. 39).

#2

1 *Come tuono restringersi nel nucleo*

Restringersi come tuono al nucleo

addensarsi

concentrarsi (...).

(FV, caixa 210, primeiro caderno, fol. 40).

#3

<u>R Riv</u> 1247 *ore 18:30*

1 (Addensarsi come tuono al nucleo (...).

(FV, caixa 210, primeiro caderno, fol. 41).

#4

1 < <u>controll.</u> > 1247 - 27/10 < <u>addensarsi</u> (sul limite?) >

< nel chiuso >

< concentrarsi al nucleo >

Come tuono restringersi nel nucleo (...).

(FV, caixa 210, primeiro caderno, fol. 45).

#6

*1247 <LANATI >**

1 << , << - 27/4

< (restringersi) >

< comprimersi >

< ((addensarsi fino al)) >

< ((comprimersi) nel (chiuso) >

<(limite) >

5 Come tuono (concentrarsi al nucleo -) (...).

(FV, caixa 210, terceiro caderno, fol. 8).

#7

1247 *>> 27/10 >>*

1

< (comprimersi) > < ((nucleo)) >

< (comprimersi) > < limite >

< (costringersi) nel ((chiuso)) >

Come tuono (restringersi nel nucleo) (...).

(FV, caixa 210, terceiro caderno, fol. 18).

#8

(1247) < 12.1.96 >

<limite>

Come tuono comprimersi nel (chiuso) (...).

(FV, caixa 210, quarto caderno, fol. 10).

#9

(1247) >> . >>

Come tuono comprimersi nel limite – (...).

(FV, caixa 210, quarto caderno, fol. 32).

2) Palavras com tradução duvidosa sublinhadas:

#1

trova le case e (/?/) i giorni
ogni clamore splendido
è (solo) >> appena >> concomitante scintilla
di quella Luce (in agguato) - >> occulta >>
il pensiero è quieto come un fiocco
un urto senza suono, (...).

(FV, caixa 210, segundo caderno, fol. 17).

Neste caso, assim como em muitos outros, Virgillito sublinha vários termos traduzidos que não a satisfazem. Neste trecho, ela sublinha quatro lexemas italianos, sem indicar a que termos ingleses fariam referência: *scintilla* (faísca), *in agguato* (em ardil), *fiocco* (laço), *urto* (choque).

3) Palavras com tradução duvidosa sublinhadas e anotação dos termos ingleses correspondentes:

314

< brucia >> dissecca >> >

< (slabbra) >

La natura - a volte strina un arbusto
a volte - scalpa un albero
la sua gente verde lo ricorda

< vive ancora >

se (prima) (non muore) - *>> (più tardi) >>*

>> (further >>

< (flosce) >> gracili >> >

Foglie più ((fragili)) - alle stagioni *>> nuove) >>*

< sono mute testimoni - >

testimoniano mute,

< l' >

(FV, caixa 210, segundo caderno, fol. 61).

No caso da versão da poesia n. 314, Virgillito não somente sublinha algumas opções linguísticas que, provavelmente, não a satisfazem, como é o caso do verbo *strina* (v. três) (chamusca) que, ainda não o descartando, o substitui primeiro por *slabbra* (v. dois) (desbeiça), em seguida, por *brucia* (v. um) (queima) e, finalmente, por *dissecca* (v. um) (desseca). No mesmo texto, marca, também, um termo em inglês, cuja tradução é duvidosa, *further* (mais tarde), dando uma tradução, entre parênteses, que aparece rasurada, *più tardi*, e omitindo a escolha *final*. Todas essas opções apontam para conotações diferentes e testemunham um trabalho cuidadoso da tradutora em busca da palavra que lhe soasse mais eficaz dentro do microsistema do poema e do macrosistema da poética dickinsoniana, ambos incluídos no polissistema maior da língua italiana.

As marcas na folha mostram, portanto, um processo de aproximações e tentativas, muitas vezes, não resolvido, desde que a opção, frequentemente, ficava em aberto, gerando possíveis versões, todas, a princípio, válidas, mas nenhuma considerada definitiva. Assim é que tais exemplos confirmariam a suposição de que Virgillito trabalhava, sobretudo, em um primeiro momento, de forma instintiva, traduzindo de um só jato a primeira versão do poema escolhido; para, em seguida, trabalhá-lo e retrabalhá-lo, costumando ser as primeiras tentativas as mais criativas, e as sucessivas, as mais próximas do texto de partida. Percebe-se, ainda, que Virgillito, não obstante revelasse uma poética própria, durante o trabalho de tradução dos poemas de Dickinson, ela costumava descartar as escolhas mais originais e de efeito mais surpreendente. Na poesia 1315, por exemplo, em uma primeira versão traduz:

#1

1

< *(/?/)* >

Chi ↓ è meglio - Luna o mezzaluna?

< *questa* >   < *quella* >

↑ *né (l'una) né (l'altra)* - ←··· *(disse la luna) (...).*

(FV, caixa 210, primeiro caderno, fol. 98).

Che è meglio - luna o mezzaluna?/ disse la luna né l'una né l'altra (O que é melhor – lua ou meia lua?/ disse a lua, nem uma nem outra) - brinca aqui com a homofonia do italiano entre a palavra *luna* (lua) e *l'una* (a primeira) -, optando, porém, em seguida, e quase que arrependida pela liberdade tomada, por uma versão que soa mais próxima do inglês: *Disse la luna: né questa né quella* (Disse a lua: nenhuma das duas).

#2

108 Campana   *>> (4) >>*

1 *Che è meglio - luna o mezzaluna? -*

Disse la luna: né questa né quella – (...).

(FV, terceiro caderno, fol. 45).

Por meio da Crítica Genética, podem-se comparar as versões contidas nos manuscritos de Virgillito, não somente acompanhando e entendendo o processo de tradução, mas, sobretudo, analisando a invenção artística de Virgillito. De fato, nos casos de poema com mais de três versões, a atitude da tradutora parecia ser a de seguir, inicialmente, uma tradução bastante instintiva, que ia sendo refinada mediante aproximações lexicais e morfológicas; estas eram influenciadas por fatores contingenciais (como mencionado, não levava dicionário para traduzir), bem como pelo padrão do inglês, a língua de partida, e pelo seu próprio estilo poético.

Portanto, à primeira vista, ao se analisar os cadernos dos manuscritos, esse trabalho poderia soar como uma criação artística marcada pela instabilidade, mas que acaba revelando, no decorrer da análise, uma sistematicidade em que as leis daquela criação emergem. De fato, a análise dos cadernos revela que a tradutora escrevia a primeira versão dos poemas em um caderno, às vezes, corrigindo, até no mesmo caderno, diferentes versões de alguns poemas, mas, em geral, escrevendo só a primeira versão de cada um. Em um segundo momento, porém, relia o que escrevera no caderno e fazia as correções que considerava necessárias, transcrevendo, em seguida, (como atestam as siglas encontradas) em outros dois cadernos, os poemas revisados. E, ainda uma vez, os relia e os corrigia, buscando alcançar, provavelmente, uma versão que a satisfizesse.

A análise mostrou como realmente poucas poesias foram consideradas satisfatórias, sendo que a maioria, muito trabalhada, teria apresentado mais do que três diferentes versões e, em alguns casos, até nove. Ao analisar a agenda do último ano de vida, percebi que se tratava de um trabalho sistemático, mas sujeito a instabilidades devidas ao ruído, quer pela presença de novas informações introduzidas pelas correções feitas ao longo do trabalho e decorrentes de leituras mais aprofundadas do texto, quer pela comparação com versões de outros tradutores e com o texto de partida. Em algumas folhas, de fato, Virgillito marcava os dias em que deveria retomar a revisão de Dickinson e a sua transcrição, testemunhando, então, uma disciplina de trabalho que a tradutora se impunha para levar a cabo a tradução dos poemas.

Na folha da agenda, que marca o dia dois de janeiro de 1996, Virgillito anota: *riprendere E.D. Café dell'Alberto* (retomar E.D. Café dell'Alberto), em que especifica o ponto em que tinha parado a sua revisão. Ainda no dia seis de janeiro, anota uma consideração em que percebe certa ligação entre Dickinson e Shakespeare, a saber:

> *EM.* (*poesie della*
> *disperazione / esaspera*
> *zione) – è l'unico modo*
> *per uscirne – anche /?/ /crean/? con Shak.*[118].

[118] "EM. (poesias do desespero/ exasperação) – é a única forma para sair disso – também /?/ /crean/? como Shak". A primeira abreviatura, EM., indica, provavelmente, o nome Emily, e a última, Shak., o sobrenome Shakespeare.

No dia 12 de janeiro, anota: *ripresa E. D. (revisione) – L'Elisio dista quanto ... e altre* (retomada E.D. [revisão] – O Elisio dista quanto... e outras), confirmando a suposição de que, no mês de janeiro, estivesse, provavelmente, aprontando a última revisão dos poemas traduzidos, em vista de uma possível publicação. Ainda no dia 13, *rev. E. D. – è la via –* (revisão . E.D. – é o caminho -). Em seguida, a revisão continua no dia 15, quando, de fato, anota *Revisione E.D.* (Revisão E.D.); e, no dia 23, */renove/? poesie /previ/? Di E. D. al café dell'Alberto* (/?/ poesias /?/ De E. D. no café do Alberto). Esta data de 23 de janeiro é a última referência que se tem do trabalho de revisão dos poemas de Dickinson, que permanecerão inacabados, e que Virgillito não retomará mais, incompreensivelmente, até o dia de sua morte, em 12 de agosto de 1996.

Esse método sistemático de trabalho não diz respeito somente às traduções de Dickinson, mas também às outras que Virgillito fazia, como as de Shakespeare, Rilke e Barret Browning, bem como de seus próprios poemas, como se pode constatar ao consultar o Fundo Virgillito (FV).

Neste Fundo, na caixa de n. 192, encontram-se as primeiras versões das traduções dos sonetos de Shakespeare, *Prima stesura dei sonetti di Shakespeare, 1984-1985, cc. 80* (Primeiras versões dos sonetos de Shakespeare, 1984-1985), cujo processo de criação se assemelha ao de Dickinson. O caderno manuscrito faz parte do A.S.F. (Arquivo do estado de Florença) e do FV, em capa dura, com motivos florais verdes, medindo o suporte 115 milímetros de largura x 160 de comprimento. O papel é do tipo *carta di Florença;* na folha de rosto, consta o logotipo da papelaria e, no canto direito, no alto, em caneta vermelha do tipo *tratto-pen,* a anotação de duas datas, *6.9.1984* e *20.12.1985,* além de um símbolo utilizado pela autora, uma cruz sobreposta a uma letra /S/.

Quanto às datas, provavelmente, elas indicam o começo e o término da redação dos poemas traduzidos. O texto está numerado a partir da primeira folha, sempre na frente, até o número 80, e a autora, daí em diante, a partir da penúltima folha, cataloga os versos até o número 100. No verso da folha de rosto e das folhas de número um, dois, quatro e cinco, a autora anota um índice dos sonetos traduzidos, contendo título e anotações. As folhas estão escritas a partir do verso da folha de rosto até o verso da folha 80, sendo que o das folhas sete, 13, 14, 16, 20, 22, 23, 25, 26, 27, 28, 29, 34, 35, 38, 39, 41, 42, 43, 44, 45, 46 está vazio.

Após uma primeira análise, observam-se várias recorrências similares entre as primeiras versões das traduções dos sonetos de Shakespeare e as encontradas nos manuscritos das traduções dos poemas de Dickinson. A saber, os poemas estão escritos, na maioria dos casos, em caneta preta do tipo *tratto-pen,* raramente em vermelho ou verde; as correções sempre aparecem em caneta vermelha. Cada poema traz a data da primeira redação, incluindo o local (aqui também, como no caso de Dickinson, das anotações do local, pode-se deduzir que, frequentemente, escrevia em lugares públicos), hora e, quando possível, a data da revisão. Sempre se lê, em caneta vermelha: o número do soneto; um outro número entre parênteses, que indica, provavelmente, a sequência estabelecida por Virgillito ou os sonetos *aprovados*; um ponto, na maioria dos casos em vermelho, no início ou no final do poema; a letra /R/, geralmente a lápis ou em caneta vermelha, quando se faz necessária uma revisão ou quando já foi revisado o soneto, o que, às vezes, ocorreu depois de muito tempo. Toda as vezes que a autora voltava ao texto, marcava as datas das sucessivas leituras e revisões. Enfim, para exemplificar as recorrências encontradas, apresenta-se, a seguir, a transcrição de um dos sonetos, especificamente, o de número 36:

Fol. 37

R *Sonetto 36* *casa sullla collina*

24/7 - h. 12

(by train 19. 1. 86)

Lo confesso, dobbiamo due restare
anche se i nostri amori fanno uno:

< con me rimangono >
così le macchie che su me si spandono

< . non sbiancano >
io solo assumerò senza il tuo aiuto

....

Nei nostri due amori è un sol riguardo

< ma é nelle vite nostre una frattura >
(pur), se (le vite) ci separa un fatto crudo >> . >>
che d'amore l'effetto (intero) < unico > lascia
ma ai piaceri d'amor dolci ore ruba

< Più non (/?/) < m'è > (/?/) < dato > esserti amico aperto. >
Amico aperto più non oso esserti

< (oltraggi) > *< l'onta mia, che piango >*
che non ti offuschi (di mia colpa l'onta)

(a te),

né, (povrai) in pubblico onore concedermi

< onore >

a men di togliere (/onore/?) al tuo nome ↓ (-).

< farlo >

Ma non (lo fare), ti amo in tale modo

(che tu sei mio, e mio è) il tuo buon nome.

< che è mio - poiché sei mio - >

37

<< *c. 96* <<

<< 22.2.86 << *37*

O registro de um método de trabalho preciso que revele momentos da atividade tradutória se encontra, também, em uma série de traduções de vários autores e diversas línguas contidas num caderno do FV, em uma pasta amarela, constando o nome da autora e título: *Traduzioni*, escrito em *pilot-pen* preto. O caderno, de n. 200, contém traduções dos seguintes autores:

– Catulo (dos *Carmina*), 1951, c. 19, datilografado com anotações autógrafas;

– Lucrécio (do *De rerum natura*), s. d., c. 75, datilografado;

- F. Garcia Lorca (dos *Canti gitani e andalusi* e outras poesias), 1951-1953, c. 21 datilografado, e mais um manuscrito;

– J. R. Jimènez (Várias poesias), 1951, c. 13, datilografado;

– J. W. Goethe (*Il re degli Ontani* e *Margherita all'arcolaio* e *Preghiera di Margherita alla Mater dolorosa* do *Faust*), 1959-1982, c. 15, datilografado;

– Esiodo (de *Le opere e i giorni*, v. 1-269), 1959-1960, c. sete, manuscritos;

– H. Heine (do *Canzoniere*), 1951, c. cinco, datilografados e manuscritos;

– R. Kipling (*Se*), 1951, c. um, datilografado;

– G. M. Hopkins (*Primavera*), s. d., c. dois, datilografado;

– T. S. Eliot (*Marina, Animula, Gli uomini vuoti*), 1957, c. cinco, datilografados e manuscritos;

– D. Thomas (*Nella coscia del gigante bianco, Il colle delle felci, Questo pane che spezzo, Dove un tempo le acque del tuo viso, Il diavolo incarnato, Specialmente se il vento d'Ottobre, Sopra il colle di Sir John, Poesie d'Ottobre, Il colloquio delle preghiere, Quando i miei cinque sensi, Nel mio lavoro o arte*), 1957, c. 28, datilografados e com anotações autógrafas.

A observação desses manuscritos revelou alguns dados interessantes acerca do processo tradutório de Virgillito, como o cuidado com que trabalhava, às vezes, durante vários decênios, sobre o mesmo texto, conforme ocorrera na poesia *Il re degli Ontani,* traduzida durante 40 anos, já que a primeira versão data de 1944 e a última de 1982. Cabe ressaltar que Virgillito podia trabalhar as suas traduções, durante muito tempo, porque essa tarefa era para ela uma exigência intelectual, além de uma paixão, e não lhe servia de sustento. Além disso, a leitura dos documentos confirmou que, assim como no caso dos poemas de Dickinson, em nenhum dos manuscritos consultados aparecem referências parciais ou integrais aos textos de partida em língua estrangeira, mas sim, somente aos poemas na língua de chegada, que a autora trabalhava, incessantemente. Assim, tais recorrências confirmam a existência de um método de trabalho, que se pode constar também nos manuscritos das traduções dos poemas de Rainer Maria Rilke, n. 206 do FV, *Fogli sciolti n. 52 più 2 cartoline illustrate contenenti appunti, prime stesure, annotazioni, frammenti di traduzioni, schizzi, 1981-1983* (Folhas avulsas n. 52 mais postais ilustrados contendo anotações, esboços, notas, fragmentos de traduções, desenhos, 1981-1983), manuscritos e datilografados.

Trata-se de um conjunto de 52 folhas avulsas com esboços de traduções e desenhos. Todos os textos apresentam os mesmos critérios encontrados nas traduções dos poemas de Dickinson e, aqui também, encontram-se os mesmos símbolos: /R/ para *Rivedere* (Rever); /T/ para *Trascritta* (Transcrita). Ademais, o mesmo processo de trabalho se encontra nos documentos reunidos na caixa de N. 207, *Notes n. 3 contenenti prime stesure Sonetti a Orfeo di R. M. Rilke, Toscana-Bergamo, 1988-1991* (Notes n. 3 contendo primeiras versões Sonetos para Orfeu de R. M. Rilke, Toscana-Bergamo, 1988-1991): 1 - 11/7/88 - 27/7/88, cc. 55; 2 - 28/7/88 - 27/8/88, cc. 51; 3 - 27/8/88 - 17/8/91, cc. 25 mais duas cc. avulsas. Trata-se de três pequenos blocos de notas encadernados, na horizontal, com capa plastificada e folhas de papel simples quadriculado, do mesmo tamanho dos cadernos das traduções de Dickinson. Também no caso desses cadernos, com traduções autógrafas de poemas de Rilke, Virgillito numera somente a frente de cada folha, a lápis; quase sempre há a indicação do local, data e hora da composição. Virgillito não segue, ao traduzir, a ordem original dos sonetos, mas a adequa aos seus critérios, assim como acontece com os sonetos de Shakespeare e de Dickinson.

Todas essas recorrências são confirmadas ainda pela análise da caixa de n. 208, *Quaderno contenente trascrizioni dai primi notes del 1988 e successive revisioni dei Sonetti a Orfeo di R.M. Rilke, cc. 64 più cc. 10 datt. con annotazioni autografe. Toscana-Bergamo, 1988-1992* (Caderno contendo transcrições das primeiras notas de 1988 e revisões dos Sonetos para Orfeu de R. M. Rilke, cc. 64 mais cc. 10 dactiloscritos com anotações autógrafas. Toscana-Bergamo, 1988-1992) que contém dez folhas avulsas escritas à máquina, com as primeiras redações dos sonetos de Rilke revisados com caneta vermelha, preta ou a lápis. Trata-se de um caderno do tamanho daquele azul das traduções de Dickinson, de capa azul escuro e detalhes amarelos, encadernado verticalmente com cola, sendo o suporte de papel simples quadriculado. Na folha de rosto, aparecem as datas das várias revisões e da transcrição dos primeiros cadernos. Neste caso, também as folhas estão numeradas a lápis, somente na frente, no canto direito, em baixo, a partir da primeira e até o n. 64. Virgillito escreve em caneta preta, mas anotando as revisões em vermelho ou verde. Vários são os símbolos utilizados:

Tabela 5 – Símbolos encontrados na caixa n. 208

Símbolo utilizado	**Significado**
u. s.	Última versão
Rev.	Revisão
(.)	Símbolo marcante das versões aprovadas pela tradutora
Riv.	Rever
Rif.	Refeita, refazer.

Transcreve-se, a seguir, a titulo de ilustração, a segunda folha do caderno:

Fol.2

5/9/88

. 1 (Rom. Palazzo Farnese)

Montesenario 11/7/88

1

< E si levò > < O Elevazione >

(Lui) un albero (si alzò)* - (O trascendere)* puro

< che > < sale >

Orfeo canta. O albero (alto) nell'orecchio.
(E) taceva ⇢ ogni cosa ↓ (/?/). ma in quell'esser muto*
nuovo inizio s'apriva, (/?/), tramutamento.

Dal silenzio animali, dal bosco fatto chiaro
balzarono, da nascondiglie grotte.
E si vide: non per paura o inganno
tanta quite li teneva accolti:

ma erano in ascolto. Rugghi bramiti stridi
rimpiccioliti nel cuore sembravano.
E (/ove/?) appena un /capanne/? si offriva,
un un rifugio ai più oscuri desideri
con ingresso di stipiti tremanti,
nel loro udito tu innalzasti un tempio

I: Palazzo Farnese, Roma, 1/7/88

Da observação desse material, que diz respeito às traduções de Rilke, depara-se com as mesmas recorrências encontradas nas traduções de Shakespeare e Dickinson. Quanto à metodologia de trabalho, seria a seguinte: uma primeira versão dos poemas escolhidos, raramente na ordem cronológica, que depois seriam transcritos em outros cadernos – sempre anotando a data de cada leitura – para serem revisados e corrigidos, às vezes, após muito tempo, no mesmo texto em que foram transcritos, para depois serem novamente passados a limpo, em outros cadernos, até a transcrição tida como *final* feita à máquina e em folhas avulsas.

Pode-se dizer, então, que existe um método de trabalho de Virgillito e, ao que parece, o mesmo que utilizava para compor os próprios versos, como se pode observar no seguinte poema, encontrado junto com o primeiro caderno contendo traduções dos poemas de Dickinson:

non cieli
non terra –
/sgombrare/? l'ombra
è
/?/ –
ma a Dio nulla /rende/? –
/taumaturghi/? ci
/vogliono/?
esorcisti e /simili/? –
alza i calcagni –
ora si /scuote/? qualche
raggio
/nel/? marasma – o forse
è solo un
/miraggio/?
(senza) (/?/) insostanziale –
cresco

By train to Milano, nella
serena ottobrata – h. 14 del 23/10
(FV, caixa 210, primeiro caderno, fol. 22).

O poema apresenta anotações de data e local da composição, das condições atmosféricas, a saber: *nella serena ottobrata* (na serena noite de outubro). O manuscrito apresenta, também, rasuras (v.16) e itens sublinhados (v. 16), testemunhando, dessa forma, que não havia uma diferença marcante entre o processo de tradução e o de composição de Virgillito. Em ambos os casos, poderia se falar de invenção artística, já que, nos dois momentos, a autora estaria criando novos textos, que obedecem a uma arquitetura estilística e poética determinada.

A análise macroestrutural dos documentos que compõem o dossiê Virgillito revelou um método de trabalho fundamentado em normas de seleção e composição, aparentemente sistemáticas, mas que estariam sujeitas a circunstâncias aleatórias. O fato de que, por exemplo, a autora gostava de compor em lugares abertos e de não levar consigo nenhum dicionário influenciou significativamente o seu modo de traduzir, fazendo com que as primeiras versões fossem mais recriações. Essa análise mostrou, ainda, como o trabalho de revisão e transcrição era complexo e cuidadoso, permanecendo, após muitas tentativas, inacabado.

Uma análise mais aprofundada dos poemas em si, de sua estrutura, de sua composição, deveria apontar para o que poderia chamar de metafísica da tradução ou poética da tradução, ou seja, para um conjunto de opções microestruturais que deveriam revelar qual a estética que Virgillito se propunha a alcançar com o seu trabalho. Mediante a observação das rasuras, dos acréscimos, das anotações, ou seja, daquele conjunto de operações com que a tradutora ia moldando o seu texto, pode-se localizar uma série de recorrências, bem como elementos tanto internos quanto externos ao sistema criativo, que os originaram. A leitura das transcrições dos poemas revelou a seguinte tipologia de trabalho:

- Correção por eliminação de elementos linguísticos a fim de tornar os poemas mais elípticos;
- Correção por redistribuição morfossintática dos elementos linguísticos (deslocação ou inversão dos sintagmas e dos lexemas), sobretudo, do tipo SVO (sujeito, verbo, objeto) para SOV (sujeito, objeto, verbo);
- Correção por substituição dos lexemas;
- Correção por substituição, mas sem eliminação do elemento substituído;
- Correção por substituição do elemento e reconsideração do mesmo;
- Omissão de elementos lexicais e morfossintáticos do texto de partida.

Para tornar mais fácil a leitura dos dados, sintetizo o número de recorrências encontradas em cada caderno, por tipologia, utilizando tabelas:

Tabela 6 – Recorrências do primeiro caderno

Tipologia	**Numero de recorrências**
Exclusão	Fólios 7, 8, 12, 14, 15, 16, 18, 34, 36, 37, 39, 44, 45, 46, 47, 51, 53, 54, 55, 56, 59, 60, 66, 71, 73, 74, 77, 78, 81, 82, 84, 86, 89, 96, 97.
Redistribuição	Fólios 6, 13, 17, 19, 44, 46, 50, 53, 55, 56, 57, 58, 59, 63, 64, 65, 66, 67, 70, 71, 75, 82, 83, 84, 86, 88, 89, 91, 93, 94, 95, 97, 98.
Substituição lexical	Fólios 9, 13, 15, 16, 19, 20, 30, 31, 32, 35, 36, 37, 39, 42, 51, 55, 56, 59, 61, 67, 68, 69, 70, 71, 73, 74, 75, 77, 78, 81, 82, 83, 84, 85, 86, 88, 89, 91, 93, 94, 95, 96, 97, 98.
Acréscimo sem eliminação	Fólios 10, 40, 41, 42, 45, 47, 55, 56, 64, 70, 72, 88.
Eliminação e reconsideração	Fólios 35, 64, 66, 67, 69, 71, 72, 80, 83, 94, 95, 98.
Omissão	

Antes de comentar as recorrências encontradas neste primeiro caderno, parece-me necessário justificar a presença, nos primeiros dois fólios, de duas citações anotadas por Virgillito e que são relevantes para se entender o trabalho de tradução e interpretação dos poemas que a italiana estava prestes a traduzir. A primeira citação se encontra no fólio dois do primeiro caderno e está escrita em caneta azul, reproduzindo um trecho no qual Virgillito anota a folha, mas não o autor:

Fol. 2

Charlus nella 'recherche'
raccomandava a Morel
/l'interprete/? Che suona al /piano/? A /?/ del
15° quartetto di Beethoven
/?/ /?/ /?/ /?/ deve
intendere (/a/?) (/labbra/?) (/di/?) (/amico/?)
dell'interpretazione
e nel suo 'sacro delirio'
deve farsi uno
con Chopin ecc –

/?/

(citati p. 267)[119]

Na citação, que não está completamente legível por causa das várias rasuras, faz-se referência à obra de Proust, *A busca do tempo perdido*, especificamente, às personagens de nome Charlus e Morel. Nos versos mais legíveis, compreende-se que a questão principal tratada na citação é a da interpretação; no caso em questão, o intérprete, o violoncelista Murel e autor da música a ser tocada, a de Chopin, deveriam se tornar, na opinião do autor, uma pessoa só. Deveria, portanto, haver uma simbiose entre interpretado e intérprete e, talvez Virgillito escolhera esta citação porque achava que assim deveria também ocorrer no processo tradutório.

No terceiro fólio desse mesmo caderno, a autora inclui uma outra citação, provavelmente, do transcendentalista Emerson, em que menciona qual deveria ser o papel do poeta: "aquele que enxerga a essência da natureza (...) sob as aparências mutantes dos acontecimentos e que saberá revelá-la (...) com amor e terror "[120] (FV, caixa 210, primeiro caderno, fol. 3). As citações, claramente, foram postas por Virgillito quase como uma espécie de prelúdio ou prólogo ao trabalho e ao papel do tradutor, sobretudo do tradutor de poemas. Pode-se considerá-las quase que como uma advertência que um poeta e um tradutor faria a si mesmo, talvez um lembrete para guiá-lo na tradução dos poemas.

Logo após essas duas citações, no fólio quatro do primeiro caderno, encontra-se uma poesia inédita, que precede a série de poemas traduzidos de Dickinson e, em seguida, aparecem outros poemas inéditos. Ao que parece, nas primeiras observações dos seus cadernos, Virgillito se aproximava do texto a ser traduzido, primeiro como poeta e, em seguida, como tradutora. E, voltando aos aspectos linguísticos do processo tradutório de Virgillito, a análise deste caderno mostrou, sobretudo, três operações mais frequentes: a exclusão, a redistribuição e a substituição lexical.

Por exclusão, entendo a eliminação de morfemas – sobretudo, artigos, preposições e contrações; de lexemas, preferencialmente adjetivos e tempos verbais simples, para marcar uma maior elipticidade do texto.

[119] "Charlus na 'recherche'// recomendava a Morel// /o intérprete/? Que toca no // /piano /? A /?/ do // 15° quarteto de Beethoven// /?/ /?/ /?/ /?/ deve // entender (/a/?) (/lábios/?) (/de/?) (/amigo/?) // da interpretação // e no seu 'sacro delírio' // deve tornar-se um // com Chopin etc. // /?/".

[120] "chi/ discernerà/ l'essenza (...) della/ natura sotto la/ /parte/? /ondeggiante/? / degli avvenimenti/ e saprà rivelarla,(...) con l'amore e/ il terrore".

A) Eliminação de morfemas:

Um exemplo indicativo desse processo de busca de um texto mais elíptico pode ser encontrado no fólio 12 do primeiro caderno, em que, no mesmo poema, pode se observar o trabalho de Virgillito para atingir tal efeito desejado. A questão pode ser constatada no quarto verso, sendo que as quatro versões mostram um processo gradual de eliminação de qualquer elemento preposicional:

#1 (...) (mezzo per gioco mezzo /a/? sprezzo) (...)

#1a (...) < mezzo a scherno – e mezzo per gioco > (...)

#1b (...) ((metà per gioco, metà per fastidio) (...)

#1c (...) metà gioco metà fastidio) (...).

(FV, caixa 210, primeiro caderno, fol. 12).

Outros exemplos da mesma estratégia podem ser constatados, a seguir:

(...) (a) mette(r) via (...).

(FV, caixa 210, primeiro caderno, fol. 7).

(...) < e prenderei >
(per prender(e) < mi >) l'eternità (...).

(FV, caixa 210, primeiro caderno, fol.14).

(...) < il mio valore >
(751) - (Quel ch'io valgo), è (tutto)
il mio dubbio – (...).

(FV, caixa 210, primeiro caderno, fol. 15).

(...) ((ci alzerem(o) < mo > – (a te)
(accanto) < (/?/) > (te))) –
raggiungeremmo te (...).

(FV, caixa 210, primeiro caderno, fol. 34).

Esse mesmo processo de busca de uma maior elipticidade ou concisão se observa nos próprios poemas inéditos de Virgillito, que se encontram, como já mencionado, nos mesmos cadernos, entremeando as traduções dos poemas de Dickinson. Fica, então, confirmada a existência de normas de criação, que abrangiam toda a sua produção, tanto a tradutória, quanto a poética, como se pode observar no seguinte exemplo do fólio n. 48:

1 Niente
(non vale)
pian(gere) < ti > né (...).
(FV, caixa 210, primeiro caderno, fol. 48).

Neste poema, em uma primeira versão, Virgillito escreve os seguintes versos: *Niente / Non vale piangere né (...).* Em um segundo momento, são eliminados, tanto o adjunto adverbial de negação, quanto dois verbos, reduzidos a um único substantivo, até chegar ao seguinte resultado: *Niente / Pianti né.*

B) Redistribuição sintagmática:

Muitas das ocorrências encontradas dizem respeito à redução e, sobretudo, à redistribuição dos sintagmas, o que ocorre de duas maneiras: por inversão sintática entre adjetivo e substantivo; e por inversão entre substantivo e verbo. No primeiro caso, dá-se preferência à posição adjetivo/substantivo e, no segundo, na maioria das vezes, Virgillito opta, em um primeiro momento, por uma distribuição canônica SVO, para mudá-la nas versões seguintes para SOV:

a) substantivo/adjetivo:

#1
(...) (come l'ape languente)
come languida l'ape (...).
(FV, caixa 210, primeiro caderno, fol. 50).

Opção confirmada na segunda versão do mesmo poema no fólio 51:

#2

(...) come languida l'ape

tardi al suo fiore giunta (...).

(FV, caixa 210, primeiro caderno, fol. 51).

Outros exemplos podem ser constatados, a seguir:

(...) < sazia >

↓la mosca ←(pigra) sui suoi vetri (...).

(FV, caixa 210, primeiro caderno, fol. 64).

(...) < (spogliati) >

(i cieli) (svuotati) (↑ i cieli)

< saccheggiati > (...).

(FV, caixa 210, primeiro caderno, fol. 89).

< giusto >

(...) mettici il ↓ coperchio (perfetto) >> ((esatto)) >> (...).

(FV, caixa 210, primeiro caderno, fol. 95).

b) <u>inversão SVO para SOV:</u>

< (sarebbero) >

(...) notti selvagge (il nostro) >> nostra >>

(lusso) (sarebbero) >> la nostra (ebbrezza) >>

< (ebbrezza) >

< follia (nostra) sarebbero > (...).

(FV, caixa 210, primeiro caderno, fol. 52).

#1

(...) e mi toccarono

(e con) le loro piume (mi toccarono)

(mi toccarono con) (...).

(FV, caixa 210, primeiro caderno, fol. 55).

#2

(...) (lievi) angeli – guardarono – < *tenui* – >

((mi toccarono con le loro piume))

< *con le piume sfiorandomi* > *(...).*

(FV, caixa 210, primeiro caderno, fol. 56).

No seguinte trecho, ha até dois casos, no mesmo poema, de inversão VO/ OV:

(...) < *il fiore mi si vieti* >

ma (sia proibito mi sia il fiore)

(s'annienti – l'ape -)

(l'ape – annientata -)

l'ape s'annienti – (...).

(FV, caixa 210, primeiro caderno, fol. 66).

Outros exemplos podem ser conferidos:

(...) (sradica e l'albero) e (non c'è)

(strappa le radici – non c'è albero)

< *via le radici* > *(strappa) radici – e l'albero non c'è (...).*

(FV, caixa 210, primeiro caderno, fol. 89).

(...) e scancelli (la luce) >> *il (bagliore)* >>

↑ < *il fulgore* > *(...)*

(FV, caixa 210, primeiro caderno, fol. 98).

c) <u>substituição lexical:</u>

No que diz respeito à terceira tipologia de correção encontrada, a substituição lexical, nota-se uma tendência da tradutora para o uso de um registro linguístico mais coloquial, próprio da língua falada. Cabe lembrar que, ainda uma vez, esse fenômeno pertence também à poética de Dickinson, que sabia mesclar um registro formal com outro coloquial, por sinal, o que constituía uma de suas características mais marcantes. Uma característica, aliás, que, se por um lado parece ter influenciado significativamente Virgillito, por outro, não deve ser considerada como preponderante, já que na própria poética de Virgillito convergem esses dois polos linguísticos, além de se registrar a presença de neologismos e latinismos como seus principais traços estilísticos:

> Virgillito costuma juntar de modo não usual e agramatical palavras e advérbios para criar outros novos: "o nãoonde", "o nãoser", "o nãosesabeonde", "o alémsobre", "onãoterminar" (...) latinismos como "suma", "nimbos", "requie" (...) Encontram-se ainda nos seus poemas expressões coloquiais: "vai-e-vem", (...) "está na hora de acertar as contas"[121] (Romanelli, 2004a, p. 307).

Além disso, pode-se observar, também, ao ler os vários exemplos encontrados nos manuscritos, que a sua opção por uma linguagem mais coloquial faz parte de uma estratégia que utiliza para conseguir versos mais concisos e elípticos. E quase sempre, de fato, os lexemas escolhidos, ou os sintagmas reformulados por Virgillito, nas sucessivas versões de um poema, são sempre mais sintéticos:

< *il mio valore* >
(751) - (Quel ch'io valgo), è (tutto)
il mio dubbio –

< *il suo* >
<< /?/ ? << *(il valore di lui)* – la mia paura –

< *quel che ho di meglio, (oscuro) >> pallido >>* >
<< /x/? << *(al confronto, ogni mia qualità)*

< *a quel confronto – pare* >
(più smorta – appare.) (...).

(Virgillito, caixa 210, primeiro caderno, fol. 15).

Em outros casos, a autora torna o léxico mais acessível e menos arcaico, a saber:

---

[121] "Virgillito usa unire in un modo inusuale e sgrammaticato parole ed avverbi per crearne di più adeguati: 'il nondove', 'il nonessere', 'il nonsisadove', 'l'aldisopra', 'il nonfinire' (...)latinismi quali 'somma', 'nembi', 'requie' (...) Si incontrano ancora nei suoi poemi espressioni colloquiali: 'andirivieni', (...) 'è ora di fare i conti'".

(...) *< arrampicarti non posso – ma se >*

(a te non posso rampare) – (...).[122] (FV, Caixa 210, primeiro caderno, fol. 31).

< soprannome >

(...) che da Dio ha il (nomignolo)

di Eternità (...).[123] (FV, Caixa 210, primeiro caderno, fol. 35).

E ainda:

(...) *< quando penso >*

<< (al ricordare) << (rammentando) (...).[124] (FV, caixa 210, primeiro caderno, fol. 75).

Pode-se constatar, portanto, ao observar o modo como Virgillito lida com o léxico, que a tradutora testa, repetidamente, o efeito de várias opções linguísticas. Observe-se como trabalha com o verbo *raggiungere* (alcançar), nos seus manuscritos, sem encontrar, nessa primeira versão, uma opção que a satisfaça:

(...) pánfilo, remi – in qualche
regale estate
chissà, ((potremmo) *< (non si) >*
< (potrebbe) >
(raggiungere)
(il sole)
(giungere al sole?)
(giungere sino)
< non si potrebbe >
chissà – (si arriverebbe)

[122] "(...) <escalar-te não posso – mas se> // (a ti não posso rampear) – (...)".

[123] "(...) Que por Deus recebeu o (alcunha) < apelido> // de Eternidade".

[124] "(...) (recordar) >> (ao lembrar) >> >> quando penso >> (...)".

(al sole?) potremmo

< *toccare* > >>*(toccare)* >> >> *il sole* >> >

(raggiungere il sole?)

(forse toccare) il sole) (...).[125] (FV, caixa 210, primeiro caderno, fol. 32).

Um exemplo de elipse e léxico juntos seria o seguinte:

< *cede* >

(...) la tenerezza (s'affioca) – nella prova.[126] (FV, caixa 210, primeiro caderno, fol. 77).

Existem casos em que a tradutora acrescenta lexemas ou morfemas em alguns versos de seus poemas, mas, em vez de descartar as opções anteriores, continua mantendo o processo de testagem em aberto. Deixa, então, como válidas, duas ou mais possíveis opções, sem demonstrar preferência por nenhuma e gerando, dentro do mesmo texto, significações diferentes, todas coerentes, mas inacabadas. Poderia-se chamar esses acréscimos não resolvidos de pontos de bifurcação, pois, um mesmo texto pode dar origem a tantos outros textos.

O que quero questionar, nesse momento, é se seria realmente necessário, então, optar somente por um desses textos, desde que vários deles podem ter uma coerência interna própria, além de gerarem possíveis sentidos poéticos? De modo que, se descartássemos um e optássemos pelo outro, o primeiro deixaria de ser um texto válido? Poderia-se, então, manter esse texto plural e, aparentemente inacabado, tal como ele é, sem que ele deixasse de ser um texto? Nesse caso, o leitor poderia se tornar, então, um verdadeiro autor do citado texto, podendo, ao lê-lo, optar por uma das opções intrínsecas e inacabadas deixadas pelo escritor, conforme seu gosto e, assim, livrando o escritor do mito da perfeição da obra acabada.

A gênese da obra denuncia, portanto, exatamente esse paradoxo, que tem desafiado, durante séculos, a criação artística, questionando valores como: acabamento, definição, ponto de partida, conclusão. Afinal, ciências que

[125] "(...) Iates e remos – em algum // verão real // quiçá (poderíamos) >> (não se) >> >> (poderia) >> // (alcançar) // (o sol) // (chegar até o sol?) // (chegar até) // quiçá – (se atingiria) >> (não se poderia) >> // (ao sol?) (poderíamos) >> tocar >> >> (tocar) >> >> o sol >> // (alcançar o sol?) // (talvez tocar o sol) (...)".

[126] (...) "a ternura (se enfraquece) >> cede >> – na prova.".

privilegiam o processo artístico e a gênese da criação, como o faz a Crítica Genética, mostram que podem existir vários textos, por vezes, dentro de um único texto, e que tanto os inacabados (e, por isso, não publicados) quanto os acabados (por isso, *dignos* de publicação) são obras que podem ser dotadas de uma coerência intrínseca e de uma validade que vão além de sua própria estrutura física.

Por que não dar, então, ao leitor, livre acesso a esses prototextos e livrar, definitivamente, o escritor do pesadelo da conclusão de sua composição? Por que não dizer que muitos escritores não são propriamente autores de suas obras, desde que tiveram que concluir seus textos conforme o gosto, a imposição e as normas editoriais, culturais e sociais? Logo, podem ter sido expostos a censuras de vários tipos e, por que não afirmar que, talvez, muitos desses escritores não estivessem interessados em concluir nada? Mas sim, em criar algo que possuísse validade, independente de seu *acabamento*?

Como se pode perceber neste trabalho, existiram criadores, como a poeta Emily Dickinson, que preferiram uma longa e inacabada experiência de criação poética à obrigação de corrigir os seus poemas, conforme o gosto dos editores e do público. Pode-se, então, considerar Emily Dickinson a autora de seus poemas publicados, desde que passaram por infinitas correções ao longo de dois séculos? Pode-se, da mesma forma, considerar Rina Sara Virgillito como tradutora e autora das traduções dos poemas de Dickinson publicadas pela editora Garzanti, desde que, após a sua morte, os versos foram revisados, corrigidos e muitos dos textos, assim chamado de plurais, cortados em sua pluralidade? Ora, então, por que dizer que Dickinson e Virgillito são as autoras desses poemas plurais? Por que não assumir o fato de que um texto publicado nunca tem um único autor?

Pode-se perceber, portanto, que o que a Crítica Literária não disse e continua não querendo dizer, a Crítica Genética pretende dizer e mostrar por meio da análise dos manuscritos deixados por seus autores. Por isso, desejo, aqui, questionar o processo tradutório, vendo-o a partir de sua gênese. Afinal, por que razão e que critérios adotariam a tradutora e o público para não considerar válidos tais textos tidos como inacabados, como se pode ler a seguir:

< <u>controll.</u> > 1247 - 27/10 < <u>adden</u>sarsi (sul limite?) >

< nel chiuso >
< concentrarsi al nucleo >
Come tuono restringersi nel nucleo
< eppoi disintegrare con fragore >
poi con fragore romper via –
< (/?/) > < si nasconde – questo >
ogni creatura (cerca nascondigli) –
(questo) sarebbe poesia

o Amore – i due arrivano <u>uniti</u> –
?| entrambi li provi – o nessuno
| esperimenti e ti consumi –
perché nessuno vede Dio e vive[127] (Virgillito, caixa 210, primeiro caderno, fol. 45).

As recorrências localizadas no primeiro caderno, encontram-se também no segundo, que contém poemas traduzidos por Virgillito. Como se pode observar, na seguinte tabela, os casos mais numerosos são os de exclusão, de substituição lexical, de redistribuição sintagmática e de reconsideração de opções já descartadas. Sendo o número de ocorrências desta última tipologia de correção maior no segundo do que no primeiro caderno, parece mais interessante analisar tal aspecto e deixar de lado outros que não apresentem variações significativas em relação às encontradas no primeiro caderno.

[127] "Como trovão restringir-se no núcleo >> Concentrar-se no núcleo >> >> no fechado >> >> adensar-se (no limite?) >> // depois com fragor estourar longe - >> e depois desintegrar com fragor >> // toda criatura (busca esconderijos) - >> se esconde – isto >> // (isto) seria poesia // ou Amor – os dois chegam juntos - // ambos provas – ou nenhum // experimentas e te consomes - // porque ninguém vê Deus e sobrevive".

Tabela 7 – Recorrências do segundo caderno

Tipologia	Número de recorrências
Exclusão	Fólios 7, 15, 16, 18, 19, 25, 27, 28, 29, 30, 31, 35, 36, 37, 38, 39, 41, 47, 48, 51, 54, 58, 61, 62, 66, 68, 70, 75, 76, 78, 80, 87, 89, 91, 94, 95.
Redistribuição	Fólios 4, 5, 6, 7, 9, 13, 15, 16, 18, 19, 22, 25, 26, 28, 29, 30, 31, 33, 37, 38, 39, 43, 44, 47, 52, 57, 58, 59, 63, 64, 67, 69, 70, 74, 79, 83, 85, 91, 92, 94, 96.
Substituição lexical	Fólios 3, 4, 5, 6, 8, 10, 11, 15, 16, 21, 22, 23, 24, 25, 26, 27, 29, 30, 31, 33, 36, 37, 38, 39, 41, 42, 43, 44, 47, 48, 49, 50, 53, 54, 56, 57, 58, 59, 60, 61, 62, 63, 64, 65, 66, 67, 68, 70, 75, 76, 77, 81, 84, 87, 91, 92, 93, 95, 96, 98.
Acréscimo sem eliminação	Fólios 2, 9, 18, 24, 54, 61, 62, 63, 67, 85, 95
Eliminação e reconsideração	Fólios 3, 5, 6, 13, 15, 18, 19, 23, 26, 28, 37, 41, 42, 43, 47, 57, 63, 68, 74, 79, 81, 84, 86, 87, 91, 96.
Omissão	Fólio 73

As ocorrências de eliminação e reconsideração de algum elemento linguístico são, neste segundo caderno, em número de 26. Nessas recorrências, constata-se como o processo de criação, assim como qualquer processo de escrita, constitui um sistema instável e sujeito a movimentos retroativos ou cíclicos, ainda que apontando para um fim, que é o da realização material, por parte do autor, da sua percepção. Nesses exemplos, pode-se observar como, depois da primeira redação, segue uma fase de rasuras de vários tipos, não conclusivas, mas sim provisórias, que constituem uma etapa necessária para testar o efeito poético buscado. Uma vez que as correções tenham sido consideradas insatisfatórias, a tradutora pode reconsiderar, então, as opções de partida, deixando, porém, ambas em aberto e não optando, definitivamente, por nenhuma. Esse *modus faciendi* pode ser constatado no seguinte poema manuscrito, em que a tradutora, do verso seis ao 16, somente testa várias vezes os mesmos lexemas, descartando-os e reconsiderando-os, continuamente:

< (ribolle) >
(il cervello – (più /?/ ribolle) >> (ribulica -) >>
< di bulicare (appena) >> (piano) >> >

....

cala – imperiale – unica – (/una/?) < la > fólgore
che scalpa la tua anima (/muta/?) < nuda - >

< i venti le foreste >

< quando azzampano (l(a) < e > forest(a) < e > i venti) >
(quando i venti) (abbrancano)
↓ < (le foreste azzampano) >

< (l'universo – si ferma) >
(l'universo – è immobile) >> (immoto -) >>-
(è fermo – l'universo)
quando azzampano i venti le foreste
l'universo – si ferma –
il cervello - < di bubbolare piano >

< di bulicare appena - >
(ribollire /?/ < piano >) –
<< 22.11. << *- bùbbola (appena) -)*[128] (FV, caixa 210, segundo caderno, fol. 63).

Às vezes, as dúvidas tradutológicas se tornam tão fortes que a omissão parece ser a solução mais apropriada, pelo menos temporariamente, como mostra a versão do seguinte poema, em que na linha número sete, Virgillito omite o último termo da oração, substituído por um traço. Nas outras versões, pode-se também testemunhar uma incerteza muito grande que acaba não resolvida; assim como não resolvida é a tradução do verbo inglês *to hold* entre parênteses no verso nove, que não apresenta seu termo correspondente em italiano:

---

[128] "(o cérebro – (mais /?/ referve) >> (referve) >> >> (fervilha -) >> >> de fervilhar (apenas) >> (devagar) >> / desce – imperial – única – (/uma/?) >> a >> fulgure / que escalpa a tua alma (/muda/?) >> (nua) >> / (quando os ventos) (agarram) >> quando apanham ((a) >> as >> Forest(a) >> as >> os ventos) >> (as florestas apanham) / (o universo - é imóvel) >> (sem moto) >> >> (o universo para) >> / (é parado – o universo) / quando apanham os bentos as florestas / o universo – para - / o cérebro - >> de fervilhar devagar >> >> de ferver apenas - >> / (referver /?/ >> devagar >>) - / borbulha (apenas) -)".

#1

Divino titolo – il mio !

< (segnale) >
moglie – ma senza il (segnacolo)
grado aguzzo – conferitomi
Imperatrice del Calvario !
Regale – tranne la corona
<u>Sposa</u> – senza (/?/) __
che Dio manda a noi donne
quando tu – (hold) – granato su granato –
oro – su oro –

(FV, caixa 210, segundo caderno, fol. 72).

#2

<< *riv.* << 1072

Divino titolo - il mio !

< segnácolo >
moglie - ma senza il contrassegno -
grado appuntito - conferitomi
Imperatrice del Calvario !
Regale - tranne la corona
Sposa - senza l _______
che Dio manda a noi donne -

< cingi >
quando tu – <u>(reggi)</u> - granato su granato -
oro - su oro -
nata - sposata - nel sudario
in un sol giorno -
(una tripla) vittoria >> tripla >>
"mio marito", le donne dicono
indugiando sulla melodia

È questa - la via ?
(FV, caixa 210, quarto caderno, fol.19).

A palavra inglesa, objeto da omissão, remete ao substantivo, *the Swoon,* ou seja, *um desmaio.* É interessante notar que Virgillito nem sequer tenta nenhuma tradução do termo, mas somente faz um traço horizontal como se quisesse eliminar o espaço que deveria ser ocupado pela palavra em questão. Não se tem indicação nenhuma que possa ajudar a entender as razões dessa omissão, mas talvez o fato de compor seus poemas, como mencionado antes, fora de casa e sem o apoio de um dicionário, indicasse o provável desconhecimento do termo a ser traduzido, o que poderia ter levado Virgillito a esse *stand-by* linguístico. Curiosamente, na versão publicada, a omissão foi resolvida com o termo italiano *estasi* (êxtase), mas como não existe nos manuscritos de Virgillito nenhuma versão *final* dessa poesia, certamente que, a opção foi feita pelos organizadores ou pela editora, a saber:

#3
Divino titolo, il mio!
Moglie – ma senza il contrassegno –
grado appuntito – conferitomi –
Imperatrice del Calvario!
Regale – tranne la Corona –
sposa – senza l'estasi
che Dio manda a noi donne
quando tu – cingi – granato su granato –
oro su oro –
nata – sposata – nel sudario –
in un sol giorno –
vittoria tripla –
"mio marito", le donne dicono –
indugiando sulla melodia –
È questa - la via?
(Dickinson, 2002, p. 137).

Um breve aceno sobre os últimos três cadernos do dossiê Virgillito merece fazer parte dessa amostragem da tradução poética em apreço. O terceiro e o quarto são, na verdade, os que Virgillito chama de primeiro e segundo caderno de transcrições, apresentando o quinto somente duas versões do mesmo poema, o de número 1760, que foi o último que Virgillito traduziu. Existem, também, folhas avulsas, no final dos últimos dois cadernos, além de um conjunto de folhas avulsas não contidas em nenhum dos cinco cadernos.

Tabela 8 – Recorrências do terceiro caderno

Tipologia	**Número de recorrências**
Exclusão	Fólios 3, 9, 14, 17, 21, 24, 27, 30, 33, 35, 36, 42, 43, 44, 49, 53, 54, 55, 59, 61, 65.
Redistribuição	Fólios 1, 3, 5, 7, 8, 9, 12, 13, 14, 17, 18, 19, 20, 23, 26, 30, 31, 33, 36, 37, 38, 43, 44, 46, 47, 49, 51, 52, 54, 57, 58, 59, 66.
Substituição lexical	Fólios 9, 11, 12, 13, 17, 19, 20, 21, 23, 30, 33, 40, 43, 47, 49, 51, 55, 57, 63, 64.
Acréscimo sem eliminação	Fólios 1, 3, 7, 15, 19, 53, 62, 63.
Eliminação e reconsideração	Fólios 5, 13, 23, 46, 47, 49, 51, 52, 53, 64, 66.
Omissão	

Tabela 9 – Recorrências das folhas avulsas no final do terceiro caderno

Tipologia	**Número de recorrências**
Exclusão	Fólios 4, 7, 8
Redistribuição	Fólios 2, 3, 4, 6, 7, 8, 10
Substituição lexical	Fólios 4, 5, 9
Acréscimo sem eliminação	
Eliminação e reconsideração	Fólios 5, 7, 8, 9
Omissão	

Tabela 10 – Recorrências do quarto caderno

Tipologia	**Número de recorrências**
Exclusão	Fólios 1, 2, 3, 4, 5, 6, 7, 9, 10, 13, 18, 31, 33, 34, 38, 39, 40, 41
Redistribuição	Fólios 1, 2, 3, 4, 5, 6, 10, 11, 17, 19, 22, 28, 29, 30, 31, 33, 36, 39, 40, 41.
Substituição lexical	Fólios 1, 4, 6, 7, 11, 13, 14, 18, 22, 24, 31, 35, 36, 38.
Acréscimo sem eliminação	Fólios 19, 20, 23, 26, 28, 32, 35, 41.
Eliminação e reconsideração	Fólios 1, 2, 3, 4, 7, 11, 13, 14, 31, 34, 35, 38
Omissão	Fólio 19

Tabela 11 – Recorrências das folhas avulsas não contidas em nenhum dos cinco cadernos

Tipologia	**Número de recorrências**
Exclusão	Fólios 2, 10.
Redistribuição	Fólios 6, 8.
Substituição lexical	Fólios 2, 3, 7, 8.
Acréscimo sem eliminação	
Eliminação e reconsideração	Fólios 4, 6, 7
Omissão	

Após ter traduzido, nos dois primeiros cadernos, os poemas de Dickinson que mais a interessavam, Virgillito transcrevera as versões que pareciam satisfazê-la, ao menos temporariamente, e que havia numerado em ordem crescente, de um a 63, nos outros dois cadernos. Essas transcrições, porém, são, como ela própria afirma no cabeçalho, provisórias. De fato, ao analisar os cadernos, observa-se como as próprias transcrições apresentam vários acréscimos, diversas rasuras feitas em épocas e formas diferentes. As tabelas, acima, mostram as recorrências encontradas, que não são muito diferentes daquelas dos primeiros dois cadernos. Dois fatos, porém, chamam a atenção: primeiro, há um aumento das redistribuições sintagmáticas, no número de verbos deslocados no final do sintagma, conforme se pode constatar (SOV em vez de SVO):

< il passo di LUI > < sopraggiunga >

(...) finché ↓ non (s'avvicini il) (suo passo) (...).

(FV, caixa 210, terceiro caderno, fol. 19).

(...) (chi è felice lo ripaga -)

<< chi è felice << lo ripaga (chi è felice,) (...).

(FV, caixa 210, terceiro caderno, fol. 49).

(...) (quanto valgono i tuoi incontri -)

quanto i tuoi incontri valgono – (...).

(FV, caixa 210, terceiro caderno, fol. 51).

(...) (prima che inizi l'Ovest -)

*(inizi)** l'occidente - >> incominci - >> (...).*

(FV, caixa 210, terceiro caderno, fol. 55).

< (è a) >

(...) quando (nanna) la marea - >> si culla - >> (...).

(FV, caixa 210, quarto caderno, fol. 11).

(La potenza s'accosta)

non quando noi si sa, la Potenza s'accosta – (...).

(FV, caixa 210, quarto caderno, fol. 40).

(...) Anche se (dormono) ⇢ le Grandi Acque ↓ (...)

(rimbrottiamo) < con > la felicità ce la prendiamo (...).

(FV, caixa 210, quarto caderno, fol. 41).

Talvez, isso seja devido à influência do estilo da poeta do texto de partida, Emily Dickinson, desde que, nos seus versos, também se nota uma prevalência da construção SOV, a saber:

Though the great Waters sleep (...)
(Dickinson, 2002, p. 202).

Before the west begin (...)
(id., p. 92).

The Happy may repay (...)
(id., p. 198).
Till His best step approaching (...)
(id., p. 110).

Um segundo fato ainda chama a atenção: o número de acréscimos, sem eliminação da opção descartada, que é considerável, e talvez maior que nos outros casos. Esse fato mostra que a fase de transcrição não teria de garantir, necessariamente, um acabamento dos poemas ou, talvez, uma maior satisfação da tradutora em relação às suas opções, mas, ao contrário, uma maior indecisão no que diz respeito àquela que deveria ser a versão considerada *final*. Percebe-se, observando o estilo de Virgillito, que a sua escritura tende a ser mais aberta, mais flexível e menos engessada dentro de padrões preconcebidos, como ilustra o seguinte poema, em que o primeiro verso apresenta uma segunda opção em vermelho, anotada pela tradutora, e igualmente válida:

1434 >> 59 >>

< *t'accostare troppo alla dimora* >
Non andar troppo accanto alla casa
della Rosa -
per il saccheggio di un'aura
o un'alluvione di rugiada
ha i muri sempre in allarme -
non tentar di legare la farfalla
(FV, caixa 210, quarto caderno, fol. 62).

Essa espiral sem fim, que é o processo criativo de Virgillito, permanece inacabado, datado, pela última vez, em dois de maio de 1996, na segunda versão da poesia 1760, que se encontra no quinto caderno. Este tem como cabeçalho *Poesie di Emily Dickinson (1995) revisioni 1996* (Poesias de Emily Dickinson [1995] revisões 1996) e, segundo as intenções da autora, deveria conter as revisões das transcrições dos dois cadernos anteriores, o que volta a confirmar a intensidade do trabalho e, ao mesmo tempo, a sua insatisfação com os resultados conseguidos.

Não é possível afirmar, com exatidão, o motivo pelo qual, de janeiro de 1996 em diante, os testemunhos que refletem o processo tradutório dos poemas de Dickinson se reduzem drasticamente. Sabe-se, porém, ao observar a sua agenda de 1996, que naqueles meses, Virgillito estava revendo a sua obra publicada e os seus cadernos manuscritos, pois, na folha da agenda do dia primeiro de janeiro, ela anota *rilettura (in parte) del diario 6 (dal novembre 93 al marzo 94) – e dell'ultimo diario nov. – dic. 95* – (releitura [parcial] do diário n. 6 – de novembro de 93 a março de 94) – e do último diário novembro – dezembro 95).

Na época em que abandonara a transcrição dos poemas traduzidos, Virgillito estava sistematicamente relendo seus diários de anotações, como confirmam outras anotações do dia seis de janeiro: *riletto Diario 11 – agosto '88 /?/ (...) sistemare diario messaggi* (...) (relido Diário n. 11 – agosto '88 /?/ arrumar diário mensagens [...]). As anotações desse tipo são frequentes, testemunhando um trabalho incessante de releitura e revisão da própria obra publicada e, sobretudo, também da inédita e considerada inacabada.

Ora, as recorrências encontradas nos cadernos dos poemas traduzidos de Dickinson constituem o ápice de uma verdadeira *poética da criação*, que abrange toda a obra de Virgillito, tanto a sua própria, quanto a tradutória. Além disso, revelam como Virgillito era uma leitora atenta, tanto da sua obra, quanto dos textos de outros escritores. De fato, a leitura e a releitura dos próprios textos, bem como as reflexões sobre a gênese da obra de arte, parecem ter sido a seiva vital com que Virgillito alimentava, continuamente, a sua criação. Este pode ser considerado como um verdadeiro sistema retroativo de *input* e de *output*, que não somente procedia dos polissistemas literários externos, mas, sobretudo, do próprio sistema criativo da autora, incluindo não somente as suas obras editadas, como as inéditas. Dessa forma, Virgillito procurava entender as leis de sua criação, sempre relendo e revisando todo o seu material, incessantemente, até os últimos dias de vida.

O método sistemático de trabalho e de criação da poeta italiana exemplifica e confirma a tese, segundo a qual, para um escritor/tradutor, a sua obra nunca está fechada e acabada, mas continua sendo, ainda depois de publicada, insatisfatória e provisória. A análise dos manuscritos realizada por Virgillito, assim como aquela feita pelo geneticista, em uma fase posterior, apontam para o paradoxo inerente à criação: por um lado, vê-se como o trabalho meticuloso de revisão, transcrição, releitura e correção dos manuscritos parece indiciar a insatisfação, por parte do autor/leitor/tradutor, com a sua obra; por outro lado, entende-se como esse mesmo trabalho é nada mais que um processo instável e não previsível sobre o qual o autor não exerce tanto controle. Observa-se, inclusive, que em algumas fases da redação, o escritor é dominado e guiado pela força das palavras, seguindo um rumo inédito testemunhado pelas rasuras, pelos pontos de bifurcação e pelas reconsiderações, que aparecem no texto manuscrito. A análise desses manuscritos mostra, realmente, como a escrita parece ser um verdadeiro sistema complexo e instável, em que as leis da dispersão e da reorganização convivem, em constante flutuação.

Somente a Crítica Genética, com a sua metodologia, que valoriza, acima de tudo, a instabilidade e as flutuações do processo de criação, pode revelar ao leitor/público e, como se viu, ao próprio autor da obra, a precariedade, mas, ao mesmo tempo, a complexidade e a sistematicidade do próprio processo criativo. Caem, por terra, então, os mitos, ainda hoje persistentes, da obra que nasce pronta na mente do autor e que dele somente depende; ou o mito da superioridade da obra publicada em relação àquela considerada *inacabada*; ou o mito da dependência da obra traduzida em relação àquela tida como *original*; ou ainda, a relatividade do papel do tradutor em contraposição à relevância do papel do autor; ou, finalmente, a ideia da existência de *um* autor, de *uma* obra, de *um* texto e de *uma* tradução, tudo isso tem de ser questionado e infinitamente revisto.

Já durante a fase da transcrição dos manuscritos, ficara evidente que o trabalho dos organizadores para escolher as versões assim chamadas de *finais* teria sido árduo e questionável, desde que somente 18 poesias estavam *prontas* para serem editadas e quase nunca Virgillito deixara algum indício que pudesse ajudar nessa difícil escolha. Muitos foram os problemas, desde a primeira leitura (entender a grafia peculiar da autora, distinguir entre maiúsculas ou minúsculas, compreender os vários símbolos etc.) até a sua análise (qual opção escolher quando havia mais de uma possível?). As organizadoras, Sonia Giorgi e Marisa Bulgheroni, tiveram que fazer escolhas. Algumas dessas intervenções se encontram nas 13 folhas datilografadas doadas por Sonia Giorgi.

As organizadoras, assim como tinha feito a autora Virgillito, acrescentaram, eliminaram e corrigiram os textos manuscritos, para a sua publicação. Como se pode constatar, a título de ilustração:

- Na poesia número 315, na versão de Virgillito por elas escolhida, as organizadoras resolveram substituir, no segundo verso, o sintagma *la corda* (a corda) pelo mesmo sintagma, mas no plural, *le corde* (as cordas);
- Na poesia número 384, à versão de Virgillito, na terceira estrofe, acrescentaram o verso *tu solo puoi* (somente tu podes) que não aparecia na versão manuscrita:

> *(...) Con men fatica l'aquila distacchi*
> *dal nido –*
> *e nel cielo ti alzi –*
> *<< tu solo puoi >> (...);*

- Na poesia 463, na versão de Virgillito, quarto verso da primeira estrofe, o substantivo *morte* passou a constar em maiúscula. Ainda na 498, na segunda estrofe, decidiu-se acrescentar um termo, que a tradutora tinha omitido:

> *(...) che spiano << muti >> il suo passare (...);*

- Na poesia 568, na segunda estrofe, segundo verso, o lexema *guardava* (olhava) da versão de Virgillito foi substituído por *fissava* (fitava);
- Na poesia 640 ainda substituiriam um lexema na terceira estrofe do segundo verso, *combattimento* (combate) por *moda* (moda);
- Na poesia 1293, ao contrário, eliminou-se o adjunto adverbial *quanto,* que tinha sido escrito por Virgillito, aparecendo o verbo *cedettero* (cederam) substituído pelo verbo substantivado *ceduti* (cedidos):

> *I paesi che pensavamo visitare*
> *(quanto) vasti abbastanza da correrli*

dalla immaginazione (cedettero) >> ceduti >>
al figlio dell'immaginazione – (...);

• finalmente, na poesia 1677, foi substituído um inteiro sintagma, *manco va bene* (nem presta), na primeira estrofe do verso três:

(...) un angoletto meditativo -
(manco va bene) >> spazio buono >> per un uccellino, (...).

As organizadoras tomaram, então, a liberdade de fazer o que a autora tinha feito com o seu próprio texto, ou seja, substituíram lexemas, acrescentaram semantemas e eliminaram tantos outros, tornando-se, assim, co-autoras do texto, finalmente, publicado. Porém, o leitor comum acabou não tendo acesso ao modo como aconteceram as escolhas que compõem a versão definitiva, ou quem contribuiu e por que razão para tal versão, aparecendo, apenas, o nome Virgillito como autora da obra. Afinal, o que teria guiado as escolhas das organizadoras? Quais os critérios encontrados no texto manuscrito, ou que sinais deixados por Virgillito teriam sido privilegiados? Teriam sido privilegiados critérios de gosto pessoal, ou de gosto literário do polissistema em que a obra se insere? Até que ponto houve interferência do texto de partida ou das políticas das editoras? Afinal, quem seria o autor dessas traduções?

Giorgi, em sua introdução, responde parcialmente a essas perguntas:

> A versão escolhida – e que se propõe aqui – decorre da comparação entre as várias redações e privilegia, ainda que não paulatinamente, a versão final; respeita, ainda, quando houver, as indicações da tradutora que mostram sua preferência por uma ou outra versão[129] (Giorgi, 2002, p. XXI).

Essas afirmações não respondem, totalmente, aos questionamentos porque, na verdade, não existem versões *finais* dos poemas traduzidos por Virgillito. O que há, sim, são versões mais *acabadas* e com menos rasuras, aparentemente *finais*. Mas tudo isso não consistiria em um julgamento subjetivo dos pesquisadores ou dos organizadores? Na realidade, os cadernos de Virgillito apresentam um trabalho em aberto, inacabado e que como se viu, ela deixara incompleto, não somente por causa de sua morte, pois o fato é que desde janeiro de 1996 abandonara a revisão das transcrições, dedicando-se a

[129] "La lezione per la quale si é optato – e che qui si propone – scaturisce dal confronto tra le redazioni e privilegia, anche se non pedissequamente, la versione finale; rispetta inoltre, dove presenti, le indicazioni della traduttrice che fossero favorevoli più all'una che all'altra delle versioni".

um outro trabalho. Talvez fosse até mais correto não se falar em versões *finais*, desde que a ética do pesquisador não lhe permite terminar algo inacabado por outro autor, mas sim organizar e apresentar ao público, da forma mais clara possível, o testemunho de uma criação.

Enfim, Virgillito, assim como Dickinson, teria deixado os seus manuscritos inacabados para publicação. De modo que os seus poemas traduzidos acabaram passando por correções, por várias transcrições para, finalmente, serem publicados como se ela própria tivesse aprovado tudo isso. O questionamento com que se quer concluir, temporariamente, este livro é o seguinte: será que alguém teria esse direito de mexer assim nos manuscritos de outrem, fechando, dessa forma, algo que o autor, por várias razoes, deixara em aberto? E, ainda que isso fosse viável, por várias motivações, será que os organizadores, revisores, editores não deveriam ter a coragem de admitir que haviam levado a cabo, de forma pessoal, textos deixados por um outro autor usando, para isso, critérios próprios e que nem sempre estariam fundamentados em indicações e sugestões deixadas por esse próprio autor dos manuscritos?

Em um poema, intitulado *North Haven*, que revela a delicada sensibilidade de um criador e todo o respeito que se deve nutrir para seus manuscritos, a poeta americana, Elizabeth Bishop nos deixa a descrição e o questionamento do *modus operandi* do processo de criação de um escritor e, por analogia, de um pintor; alude-se, neste caso, especificamente, ao processo de criação do poeta Robert Lowell[130], a quem o poema é dedicado *in memoriam*. A poesia de Bishop faz alusão à peculiaridade do processo de criação de Lowell que, ao compor os seus poemas, costumava reescrevê-los e revisá-los de uma forma obsessiva e obstinada, como se impusesse a si próprio a exaustiva tarefa de: *repeat, repeat, repeat; revise, revise, revise*. Mas a morte de Lowell impediu que continuasse revendo e transformando seus poemas ou que esse processo de criação continuasse, deixando inacabadas as suas palavras e inacabadas as suas revisões:

[130] Lowell Robert (Boston 1917 – New York 1977) poeta norte-americano. Dentre as suas obras: *Life studies* (1959), *The dolphin* (1977).

(...) You left North Haven, anchored in its rock,
Afloat in my mystic blue ... And now – you've
Left
For good. You can't derange, or re-arrange,
Your poems again. (But the Sparrows can
Their song.)
The words won't change again. Sad friend,
You cannot change.
1978 (Bishop, 1994, p. 188-189).

Bishop lamenta, assim, a perda do amigo, enfatizando, nesta estrofe, a questão da mobilidade ou da imobilidade, a sua força motriz na poesia. Assim, a ilha de *North Haven* continuaria lá, quieta, imóvel, ancorada naquela atmosfera de sonho, flutuando no azul e os pássaros continuariam ali, também, entoando os seus cantos, mudando-os a cada nova manhã. Mas os manuscritos do amigo não mais seriam mexidos e remexidos por ele próprio.

Contudo, não se pode ignorar o fato de que a obra de um autor, tanto acabada, quanto inacabada, será incessantemente lida, relida, interpretada, semanticamente modificada, alterada, conforme o gosto, a ideologia, o período histórico e as necessidades dos leitores que virão. Isso não se discute. Mas e quanto aos manuscritos? Até que ponto será que eles podem ser desarrumados e re-organizados. Que ética teria de estar presente nesta delicada tarefa para que as malhas do amplo organismo vivo, que são os manuscritos, possam permanecer sempre abertas?

Capítulo VI – A defesa do tradutor e da tradução

O objetivo, ou melhor, os objetivos deste livro eram, primeiramente, abordar, de uma forma interdisciplinar, um objeto de pesquisa que, por sua natureza, já é híbrido. De fato, o objeto em questão se constituía de manuscritos autógrafos de poemas de Emily Dickinson traduzidos para o italiano pela poeta e tradutora italiana Rina Sara Virgillito. Não se tratava, porém, simplesmente de manuscritos, ou não somente de manuscritos, mas do testemunho privilegiado e complexo de um processo de criação tradutório.

Para dar conta desse complexo objeto de estudo, foram utilizados princípios da Crítica Genética, dos Estudos Descritivos da Tradução e da Semiótica Peirceana que, harmonizadas a um pensamento sistêmico novo paradigmático, buscaram aproximar, analisar, descrever, conhecer e explicar esse objeto de estudo muito peculiar. Pela primeira vez, de fato, tentei uma parceria teórica e metodológica entre Crítica Genética e Estudos Descritivos da Tradução para se estudar o processo criativo do tradutor, a partir de seus manuscritos. Tentei reconstituir, então, de uma forma empírica, com base nos dados colhidos e no *corpus* delimitado, o processo criativo do tradutor, tendo em vista detectar as leis e as normas seguidas, bem como as razões, as influências de vários tipos que o teriam levado a determinadas escolhas dentro de seu procedimento tradutório.

Mas, o objetivo não consistia, simplesmente, em mostrar um processo de criação com as leis que lhe são inerentes ou com suas dúvidas, influências, constrições internas e externas, mas sim colocar em relevo a qualidade e a validade do trabalho criativo do tradutor. Dar-lhe visibilidade, mostrar como seu labor se desenvolve ao longo de anos, encontrando-se, por vezes, no meio de um complexo processo de interações com outros sistemas de vários tipos e que também contribuem à realização do produto assim chamado *final*. E como esse produto, uma vez tenha entrado em um sistema, é capaz de influenciá-lo, por sua vez, ou enriquecê-lo e mudá-lo.

Este livro quer, de fato, ser uma defesa da tradução e do tradutor, ainda hoje vítimas de preconceitos que lhes destinam um espaço pequeno, isolado e limitado dentro do polissistema cultural mundial em que se insere e que hoje, por sua vez, é visto dentro de um espaço global. Nesse espaço o tradutor é, geralmente, criticado pela *má* qualidade de seu trabalho, não somente por parte dos leitores, mas, sobretudo, infelizmente, por críticos literários ou de tradução que, por sua vez, pouco sabem desse árduo trabalho e da forma complexa como acontece. A maioria deles ignora simplesmente essa complexidade que a análise dos manuscritos de Virgillito, dentro da abordagem da Crítica Genética, quis ilustrar, pela primeira vez. Essa complexidade, inerente ao trabalho tradutológico, está presente, não somente na própria recriação do texto fonte, mas sim na escolha do autor a ser traduzido, nas razões que teriam levado um tradutor a optar por um determinado texto, sem contar as consequências que essas escolhas acarretam, ou nas pesquisas realizadas que, às vezes, duram decênios e que constitui o trabalho pré-redacional, em que o tradutor busca, pesquisa, lê, recusa, desiste, retoma, começa, dialoga, briga com os textos a serem traduzidos.

A análise dos manuscritos dos poemas de Dickinson traduzidos por Virgillito revelou, assim, um universo flutuante e complexo que inclui diálogos intertextuais e intratextuais com as outras traduções publicadas daquele mesmo autor, ou diálogos vários com o texto a ser traduzido (ao longo de 40 anos) e com a literatura referente àquele autor (prefácios, ensaios, coletâneas etc.), ou, ainda, diálogos com textos sobre a teoria da tradução. Ou seja, o tradutor existe, aparentemente está sozinho, mas trabalha cercado por um mundo que se nutre por *inputs* os mais diversos, que modificam, enriquecem e influenciam não somente o seu processo de trabalho, mas também, a estética do seu objeto de estudo.

Os manuscritos revelaram um *modus operandi* de um tradutor de poemas, que é similar ao *modus operandi* do poeta. De modo que, as recorrências encontradas nos manuscritos das traduções de Virgillito eram as mesmas encontradas nos manuscritos de seus poemas editados ou inéditos, assim revelando um preciso método de criação artística, tanto na tradução quanto na composição de seus poemas.

Em suma, o tradutor é também criador de novos textos, de novas obras que, uma vez terminadas, entram no polissistema literário de uma determinada cultura, influenciando-a e enriquecendo-a com a sua contribuição. Não é possível aceitar, portanto, a ideia de que literatura traduzida não seja literatura, ou de que o tradutor não seja um escritor.

Se o objetivo principal, ou aquele ao redor do qual confluíram os outros objetivos deste texto, foi o de defender o trabalho do tradutor, mas baseando-se em uma análise precisa e detalhada das formas físicas do seu labor, por outro, quis também questionar mitos ligados, de algum modo, ao processo tradutório ou criativo em geral.

O fato é que, embora ainda persista a ideia de que esse trabalho criativo seja algo espontâneo, ao se observarem os manuscritos do tradutor, depara-se com um outro tipo de abordagem. O trabalho de criação que os manuscritos revelam é um oficio com regras, leis, etapas precisas que requerem conhecimento, disciplina, criatividade, esforço e paciência que não dependem somente do autor/tradutor. Pois, ele não domina, completamente, seu conhecimento e seu processo de criação, que se comporta como um sistema complexo, cuja aparente organização vê-se constantemente ameaçada e modificada pelo ruído, ou seja, pela chegada de novas informações que o autor e seu sistema criativo recebem dos polissistemas ao seu redor. São esses *ruídos*, que dão sempre um novo e imprevisível rumo a esse trabalho, por isso não faz sentido falar em obra *acabada*, *final*, *interpretável* e *compreensível*, mas sim de processo criativo instável, imprevisível e subjetivo. Por isso não faz sentido falar do autor de uma obra, mas sim de autores, desde que no processo de criação de um texto participam, frequentemente, o escritor, a editora, os revisores e os organizadores. Todos eles deixam marcas precisas, mas não tão visíveis assim, a menos que se tenha o privilégio de estudar, como neste caso, os seus manuscritos. Por isso não faz sentido falar de *fidelidade* ao *original*, de *mensagem* do autor, de equivalência entre *original* e texto *final*. Mas, sim, prefere-se falar de validade e dignidade dos originais ou do trabalho do tradutor e de seus textos nunca completamente acabados, que ajudam a compor um polissistema literário e o mantém vivo. Logo, um texto pode ser considerado literário, não enquanto texto *acabado*, mas sim enquanto texto portador de sentidos poéticos múltiplos.

Referências

AIKEN, C. Emily Dickinson, 1924 (1963). In: SEWALL, R. B. (Org.). *Emily Dickinson*. A Collection of Crítical Essays. Nova York: Prentice-Hall, p. 9-15.

ANASTÁCIO, S. M. Guerra (1999). *O jogo das imagens no universo da criação de Elizabeth Bishop*. Sao Paulo, Annablume.

ARCHIVIO RINA SARA VIRGILLITO (1998). *Catalogo della biblioteca*. Editado por Beatrice Biagioli. Florença.

BAGICALUPO, M. Introduzione (1995). In DICKINSON, E. ***Poesie***. Editado por Massimo Bagicalupo. Milão: Oscar Mondadori, p. VII-XLIII.

BELLEMIN-NOËL, J. (1993). "Reproduzir o manuscrito, apresentar os rascunhos, estabelecer um prototexto". *Manuscrítica*. Revista de Crítica Genética. São Paulo: APML, n. 4, p.127-161.

BENJAMIN, Walter (1992). ***A tarefa do tradutor***. Rio de Janeiro: UERJ.

BIASI, Pierre-Marc de (1997). "A crítica genética". In: BERGEZ, Daniel et Al. ***Métodos críticos para a análise literária***. São Paulo: Martins Fontes, p. 1-44.

BISHOP, E. (1994). ***The Complete Poems***. Nova York: The Noonday Press/Farrar, Straus and Giroux.

BLOOM, H. (1994). ***The Western canon***: the books and school of the ages. Nova York: Riverhead Books.

BO. C. (1984). "Introduzione". In VIRGILLITO, R. S. ***Nel grembo dell'attimo***. Florença: Nuove edizioni Enrico Vallecchi, (s. p.).

BOURJEA, S. (1998). "Valéry, tradução, gênese". In: COSTA, Luiz Angélico da (Org.). ***Limites da traduzibilidade***. Salvador: Edufba, p. 47-55.

BORDONI. S. (s.d.). *William Shakespeare, I sonetti*. Trad. Rina Sara Virgillito. s.l.p.

BROWN, A. (1985). "Prefácio". In: DICKINSON, E. ***Uma centena de poemas***. Trad. introdução e notas Aila de Oliveira Gomes. São Paulo: T. A. QUEIROZ, p. XIX-XXI.

BULGHERONI, M. (1997). "Accendere una lampada e sparire". In: DICKINSON, E. ***Tutte le poesie***. Milão: Mondadori, p. IX-LXI.

_______ (2001). *Nei Sobborghi di un segreto*. Vita di Emily Dickinson. Milão: Mondadori.

_______ (2002). In lotta con l'angelo. In: DICKINSON, E. *Poesie*. Trad. Rina Sara Virgillito. Milão: Garzanti, p. XXII-XXIV.

BROWNING, E. B. (1986). *Sonetti dal portoghese*. Trad. Rina Sara Virgillito. Florença: Libreria delle donne.

CAPRA, F. (1982). *O ponto de mutação. A ciência, a sociedade e a cultura emergente*. 25. ed. São Paulo: Cultrix.

CUCCHI, M.; GIOVANARDI, S. (Orgs.) (2004). *Poeti italiani del secondo Novecento*. Milão: Mondadori, v. 1, p. VII-XLIV.

DICKINSON, E. (1956). *Poesie*. Trad e Prefácio Guido Errante. Milão: Mondadori.

_______ (1960). *The Complete Poems*. Editado por Thomas H. Johnson. Boston: Little, Brown and Company.

_______ (1964). *Poesie*. Editado por Guido Errante. Milão: Mondadori.

_______ (1979). *Poesie*. Trad. Margherita Guidacci. Milão: Rizzoli.

_______ (1983). *Le stanze d'alabastro: centoquaranta poesie inedite in Italia con testo a fronte*. Editado por Nadia Campana. Milão: Feltrinelli.

_______ (1985). *Uma centena de poemas*. Trad., Introd. e notas Aíla de Oliveira Gomes. São Paulo: T. A. QUEIROZ.

_______ (1986). *Silenzi*. Editado por Barbara Lanati. Milão: Feltrinelli.

_______ (1995). *Lettere*. Editado por Margherita Guidacci. Milão: Bompiani.

_______ (1995a). *Poesie*. Editado por Massimo Bagicalupo. Milão: Mondadori.

_______ (1997). *Tutte le poesie*. Editado por M. Bulgheroni. Milão: Mondadori.

_______ (1997a). *La bambina cattiva*. Editado por Bianca Tarozzi. Venezia: Marsilio Editor.

_______ (1999). *Poesie*. Editado por Gabriella Sobrino. Roma: Newton & Compton.

_______ (2001). *Buongiorno notte*. Editado por Nicola Gardini. Milão: Crocetti Editore.

_______ (2002). *Silenzi*. Editado por Barbara Lanati. Milão: Feltrinelli.

_______ (2002a). *Poesie*. Trad. Rina Sara Virgillito. Milão: Garzanti.

EPIGRAMMI GRECI (1957). Trad. Rina Sara Virgillito. Milão: Mantovani.

ERRANTE, G (1956). "Introduzione". In: DICKINSON, E. *Poesie*. Prefácio Guido Errante. Milão: Mondadori, p. 1-199.

ESTEVES, M. J. De Vasconcellos (2002). *Pensamento Sistêmico o novo paradigma da ciência.* Campinas: Papirus.

EVEN-ZOHAR, I. (1990). "Polysistem Studies". *Poetics Today. International Journal for Theory and Analysis of Literature and Communication.* v. 11, n. 1.

FIEDLER, N. Ferrara (1995). *O fenômeno da complexidade.* Palestra. s.l.p, p. 1-10.

______ (1995a). "O texto literário como sistema complexo". In: WILLEMART, P. (Org.). *Gênese e memória. IV Encontro Internacional de Pesquisadores do Manuscrito e de Edições.* São Paulo: Annablume, p. 29-43.

FORLANI, M. (1989). "Poeta e interprete di poeti Sara Rina Virgillito da Montale a Shakespeare". In: *Bergamo.* Bergamo: Minerva Italica, n. 1, março, p. 14.

FOUCAULT, M. (2001). "As damas de companhia". In: MOTTA, M. Barros da (Org.). *Foucault.* Estetica: literatura e pintura. Musica e cinema. Trad. Ines Autran Dourado Barbosa. Rio de Janeiro: Forense Universitária, p. 194-209.

______ (2001a). "O que é um autor?". In: MOTTA, M. Barros da (Org.). *Foucault.* Estetica: literatura e pintura. Musica e cinema. Trad. Ines Autran Dourado Barbosa. Rio de Janeiro: Forense Universitária, p. 264-298.

GENTZLER, E. (1993). *Contemporary Transaltion Theories.* Londres/Nova York: Rothledge.

GIORGI, S. (2002). "Note a margine di una traduzione". In: GIOVANARDI, S. "Introduzione". In: DICKINSON, E. *Poesie.* Trad. Rina Sara Virgillito. Milão: Garzanti, p. XX-XXII.

GRANDO, C. (1998). "Leitura Genética do Poema 'Se Tivesse Madeira e Ilusões', de Hilda Hist". *Manuscrítica.* Revista de Crítica Genética. São Paulo: APML, n. 7, p. 91-110.

______ (1999). "Estrutura formal Dos Poemas de *Amavisse*: os Paralelismos Hilstianos". *Manuscrítica.* Revista de Crítica Genética. São Paulo: APML, n. 8, p. 73-87.

______ (2001). "Genética e tradução: a poética de Hilda Hist". *Manuscrítica.* Revista de Crítica Genética. São Paulo: APML, n. 10, p. 141-153.

GRÉSILLON, A. (2007). *Elementos de crítica genética.* Ler os manuscritos modernos. Trad. Cristina de Campos Velho Birck, Letícia Cobalchini, Simone Nunes Reis, Vincent Leclerq. Porto Alegre: Editora da UFRGS.

GUIDACCI, M. (1979). "Introduzione". In DICKINSON, E. *Poesie.* Trad. Margherita Guidacci. Milão: Rizzoli.

HAY, L. (2007). *A literatura dos escritores.* Questões de crítica genética. Trad. Cleonice Paes Barreto Mourão. Belo Horizonte: Editora UFMG.

HENN, R. (1998). "Organização e Caos". *Manuscrítica*. Revista de Crítica Genética. São Paulo: APML, n. 7, p. 197-209.

HERMANS, T. (1985). *The Manipulation of Literature*. Studies in Literary Transalation. Londres/Sidney: Croom Helm.

HOLMES, James S. (1972). "The Name and Nature of Translation Studies". In: *Holmes, Translated!* Papers on Literary Translation and Translation Studies. Amsterdam: Rodopi, p. 67-80.

JAKOBSON, R. Aspectos linguísticos da tradução. In: **Linguística e Comunicação**. São Paulo, Cultrix, 1969, p. 63-72.

JOHNSON, A. L. (1995). "Postfazione". In: DICKINSON, E. *Lettere*. Editado por Margherita Guidacci. Milão: Bompiani, p. 365-91.

LAMBERT, José e ROBYNS, Clem (1995). "Translation". In: POSNER, R.; ROBERING, K. e SEBEOK, T. A. (Orgs.). *Semiotics*. A Handbook on the Sign-Theoretic Foundations of Nature and Culture. Berlin/Nova York: Gruyter, p. 1-23.

LAMBERT, J. e GORP, H. von (1985). "On describing Transaltions". In: HERMANS T. (Org.). *The Manipulation of Literature*. Studies in Literary Translation. Londres/Sidney: Croom Helm, p. 42-53.

LANATI, B. Prefazione (2002). In: DICKINSON, E. *Silenzi*. Editado por Barbara Lanati. Milão: Feltrinelli, p. V-XXVII.

LEFEVERE, A. (1992). *Translation, Rewriting, & the Manipulation of Literary Fame*. Londres: Routledge.

LOCATELLI, A. (2001). "Rilievi testuali ed interpretazioni dei *Sonetti* shakespeariani nella traduzione di Rina Sara Virgillito". *Traduttologia rivista quadrimestrale di interpretazione e traduzione diretta da Francesco Marroni*. Roma: Rendina Editori, ano III, n. 8, maio – agosto, p. 9-21.

MITCHELL, Domhall (2000). *Emily Dickinson*: Monarch of Perception. Amherst: Massachussets Press.

MORIN, E. (1982). *Ciência com consciência*. Lisboa: Publicações Europa-América.

_______ (1983). *O problema epistemológico da complexidade*. Lisboa: Publicações Europa-América.

PARET PASSOS, M. H. (2011). *Da crítica genética à tradução literária*: uma interdisciplinaridade. Vinhedo: Horizonte.

PELLEGRINI, E. (1997). "Sara Virgillito". In: GHIDETTI, E. e LUTI, G. (Orgs.). *Dizionario critico della letteratura italiana Del Novecento*. Roma: Editori Riuniti, p. 915-917.

PELLEGRINI, E. e BIAGIOLI, B. (2001). *Rina Sara Virgillito*. Poetica, testi inediti, inventario delle carte. Roma: Di Storia e Letteratura.

PEIRCE, C. S. (1931-1958). *Collected Papers*. Harvard: Harvard Press, 8 v.

PRIGOGINE, I. (1980). *From being to becoming*. Time and complexity in the physical sciences. Nova York: W. H. Freeman.

RILKE, R. M. (1945). *La vita della Vergine e altre poesie*. Trad. Rina Sara Virgillito. Milão: Editoriale italiana.

ROMANELLI, S. (2003). *De poeta a poeta*: a única tradução possível? O caso Dickinson/ Virgillito: uma analise descritiva. Dissertação. Salvador: Universidade Federal da Bahia.

______ (2004). "O movimento tradutório na obra de Rina Sara Virgillito". *Inventário*, n. 3, dezembro. Disponível em: <http:\\ www.inventario.ufba.br>.

______ (2004a). "Una quieta vulcanica vita. (L' immaginario siciliano nella poesia di Rina Sara Virgillito)". In: *ABPI 2003 ANAIS do X Congresso Nacional de Professores de Italiano IV Encontro Internacional de Italianística*. Florianópolis: UFSC, p. 303-309. Disponível em cd-rom.

SALLES, C. Almeida (1992). *Crítica genética*. São Paulo: Educ.

______ (2001). "Linguagens em diálogo". *Manuscrítica*. Revista de Crítica Genética. São Paulo: APML, n. 10, p. 109-139.

SEWALL, R. B. (Org.) (1963). *Emily Dickinson*. A Collection of Crítical Essays. Nova York: Prentice-Hall/Englewood Cliffs.

SHAKESPEARE, W. (1984). *Sonetti d'amore*. Trad. Rina Sara Virgillito. Roma: Newton Compton.

______ (1988). *I Sonetti*. Trad. Rina Sara Virgillito. Roma: G. T. E. Newton.

SZONDI, P. (1992). *Introduzione all'ermeneutica letteraria*. Torino: Einaudi.

TATE, A. (1963). "Emily Dickinson, 1932". In: SEWALL, R. B. (Org.). *Emily Dickinson*. A Collection of Crítical Essays. Nova York: Prentice-Hall/Englewood Cliffs, p. 16-27.

TEDESCHINI LALLI, B. (1963). *Emily Dickinson*. Prospettive critiche. Florença: Le Monnier.

THACKREY, D. E. (1963). "The Communication of the World, 1954". In: SEWALL, R. B. (Org.). *Emily Dickinson*. A Collection of Crítical Essays. Nova York: Prentice-Hall/ Englewood Cliffs, p. 51-69.

TYMOCZKO, M. (2000). "Translation and Political Engagement. Activism, Social Change and the Role of Translation in Geopolitical Shifts". *The Translator*. Manchester, v. 6, n. 1, p. 23-47.

TOURY, G. (1980). *In Search of a Theory of Translation*. Tel Aviv: Tel Aviv University/The Porter Institute for Poetics and Semiotic.

______ (1995). *Descriptive Translation Studies and Beyond*. Amsterdam/Philadelphia: John Benjamins Publishing Company.

VILLON, F. (1976). *Il Testamento e la Ballata degli impiccati*. Trad. Rina Sara Virgillito. Milão: Rusconi.

VIRGILLITO, R. S. (1945-1946). "Poetica e Poesia di Eugenio Montale". In: *Annuario delle Scuole medie di Lovere*, p. 7.

______ (1946). *G. Ungaretti, 40 sonetti di Shakespeare*. Milão: Mondadori, s. p.

______ (1947). "Per un'interpretazione della poesia di Montale". In: *Humanitas*, ano II, n. 1, s. p.

______ (1947a). "John Donne, Poesie, Guanda: Modena, 1944". In: *Humanitas*, ano II, n. 3, s. p.

______ (1947b). "Wilder". *Humanitas*, ano II, n. 3, s. p.

______ (1954). *I giorni del sole*. Apresentação Carlo Bo. Ilustração E. Montale. Urbino: Istituto d'arte.

______ (1962). *La conchiglia*. Caltanissetta/Roma: Sciascia.

______ (1976). *I fiori del cardo*. Milão: Scheiwiller.

______ (1984). *Nel grembo dell'attimo*. Introdução Carlo Bo. Florença: Nuove Edizioni/ Enrico Vallecchi.

______ (1988). "Introduzione". In: SHAKESPEARE, W. *I Sonetti*. Trad. Rina Sara Virgillito. Roma: G. T. E. Newton, p. 7-22.

______ (1990). *La luce di Montale*. Milão: Edizioni Paoline.

______ (1991). *Incarnazioni del fuoco*. Introdução Ernestina Pellegrini. Notas Mario Luzi. Bergamo: Moretti e Vitali Editori.

______ (1994). *L'albero di luce*. Introdução Ernestina Pellegrini. Tritiici (????) Silva Felci. Bergamo: Edizioni El Bagatt.

WILLEMART, P. (1996). "Instabilidade e estabilidade dos processos de criação no manuscrito literário". *Manuscrítica*. Revista de Crítica Genética. São Paulo: APML, n. 6, p. 21- 43.

______ (2000). "O operador na escritura". In: GAMA, A. Ribeiro da; TELLES, C. Marques.; ALVES, I. I. Duarte (Orgs.). *Memória cultural e edições*. Salvador, p. 411-424.

WINTERS, Y. (1963). "Emily Dickinson and the Limits of Judgment, 1938". In: SEWALL, R. B. (Org.). *Emily Dickinson*. A Collection of Crítical Essays. Nova York: Prentice-Hall/ Englewood Cliffs, p. 28-40.

ZACCARIA, P. (2002). "Introduzione". In: DICKINSON, E. *Poesie*. Trad. Rina Sara Virgillito. Milão: Garzanti, p. VII-XIX.